Une saison en bikini

Melissa de la Cruz

Une saison en bikini

filles au pair

Tome 3

Traduit de l'anglais (américain)
par Valérie Le Plouhinec

Titre original :
The au pairs – sun – kissed
(Première publication : Simon & Schuster, New York, 2006)

*À toutes les filles merveilleuses qui m'ont envoyé
des e-mails, des messages instantanés, des textos,
des blogs et des commentaires en ligne : merci pour votre
soutien sans faille, votre enthousiasme réconfortant et
vos nombreuses questions intéressantes ! Ce qui suit est
pour vous. Et, oui, il est beaucoup question de Mara et de
Ryan dans ce livre. Quant aux nouvelles lectrices…
bienvenue dans les Hamptons ! Et maintenant,
rentrez chez vous. Non, je rigole.*

Occupez-vous du superflu, le nécessaire s'occupera de lui-même.

Dorothy PARKER

All the riches, baby, won't mean anything,
All the riches, baby, won't bring you what love can bring.
« Toutes les richesses du monde, bébé, ne veulent rien dire
Toutes les richesses du monde, bébé, ne te donneront pas ce que donne l'amour. »

Gwen STEFANI, *Rich Girl*

« Tout vient à point à qui sait attendre »,
dit-on : assise au siège 12A,
Mara espère que c'est bien vrai

Lorsque le pilote amorça son virage au-dessus de l'aéroport La Guardia, Mara Waters éteignit son iPod mini et posa le catalogue de l'université de Dartmouth qu'elle était en train de lire. À travers le petit hublot, elle contempla l'horizon de Manhattan : un lumineux panorama de verre et d'acier adouci par la brume de fin d'après-midi. Ce n'était pas la première fois qu'elle prenait cette navette pour faire les quarante minutes de vol entre Boston et New York, elle en avait l'habitude. Le trajet était agréable, avec magazines gratuits à volonté en salle d'embarquement et, pour compagnons de voyage, des hommes et femmes d'affaires en costume de lainage impeccable ou en complet de travail froissé, dont l'oreillette Bluetooth clignotait avec discrétion.

C'était la première semaine de juin et, à peine quarante-huit heures plus tôt, elle avait officiellement reçu son diplôme de fin d'études secondaires. La cérémonie s'était déroulée sans surprise : après un morne discours du major (myope) de la promotion, les lycéens avaient entonné sans entrain *Breakaway*, de Kelly Clarkson. La chanson avait été imposée par la direction qui n'avait pas apprécié le choix des élèves : *American Idiot* de Green Day. Seul événement notable : juste au moment où on lui remettait son diplôme, un membre de la fanfare du lycée avait soulevé sa robe de cérémonie sur l'estrade et prouvé qu'il ne portait rien en dessous. (Ses collègues de la fanfare, en grand uniforme, avaient alors improvisé une version impertinente du générique de la série *The Strip* en se trémoussant et se déhanchant d'une manière très peu protocolaire.)

Mara avait reçu le prix d'excellence en anglais, ainsi qu'une bourse d'études de deux mille dollars. Sa mère avait pleuré et son père avait pris bien trop de photos avec son nouvel appareil numérique, tandis que ses sœurs l'acclamaient depuis les gradins. Au son des accords retentissants de la Marche solennelle, elle s'était jointe aux trois cents « Tigres rugissants » – le surnom des élèves du lycée – pour jeter en l'air sa coiffe de diplômée. Ensuite, tout en buvant du punch coupé d'eau et en grignotant des biscuits rassis dans le gymnase, elle avait regardé ses camarades échanger leurs nouvelles adresses électroniques à la fac et se promettre de se rendre visite à l'automne.

Si seulement elle avait pu en faire autant !

Mara regarda le catalogue de Dartmouth en fronçant les sourcils. Les photos d'étudiants en pull à torsades occupés à réviser sur les pelouses lui donnèrent une bouffée de jalousie. *Sur liste d'attente*. C'est ce que disait la lettre d'une page qu'elle avait reçue dans une mince enveloppe blanche. Ni oui ni non : « Peut-être ».

Peut-être serait-elle informée de son admission une semaine ou même quelques jours avant la rentrée. Aussi bien, elle pouvait ne pas être admise du tout. Par chance, elle s'était vu proposer une place à Columbia, assortie d'une généreuse aide financière, et elle avait versé un dépôt de garantie pour réserver sa place au cas où cela ne marcherait pas pour Dartmouth.

L'été qui s'étendait devant elle serait donc rempli d'angoisse et d'appréhension, car elle ignorait ce qu'il adviendrait d'elle à l'automne. C'était tellement injuste ! Dartmouth était son premier choix, son seul choix même, si elle avait pu en décider. Après tout, c'est là que Ryan allait entrer en deuxième année.

Ryan. À l'évocation de son nom, elle ne pouvait s'empêcher de sourire. Ryan Perry. Son *petit ami*. Cela avait fini par arriver : eux deux, enfin réunis ! Ils s'étaient rencontrés deux ans auparavant, lorsqu'elle était fille au pair chez lui et s'occupait de ses petits frères et sœurs. Dès le début, ils s'étaient bien entendus. Mais les événements et les gens s'étaient rapidement interposés entre eux. Lors de ce premier été, Mara était encore avec Jim Mizekowski, son amoureux du lycée. Elle avait fini par le plaquer à huit jours de la fin. Ryan et elle avaient alors passé ensemble une dernière semaine de rêve dans les Hamptons. Mais plus tard, pendant l'hiver, Mara avait rompu, effrayée par l'incompatibilité de leurs milieux sociaux. Car si Ryan était né avec une cuillère en argent dans la bouche, Mara, elle, avait toujours dû travailler dur pour obtenir quoi que ce soit dans la vie.

C'est pourquoi ils avaient passé le deuxième été chacun de son côté. Mara avait trouvé refuge dans les bras de Garrett Reynolds, le riche héritier et grand séducteur qui habitait la porte à côté ; quant à Ryan, il n'avait pas cherché bien loin non plus : il s'était consolé avec Eliza, l'une des meilleures amies de Mara. Mais tout cela, c'était du passé. Garrett était oublié, et Eliza, pardonnée. Toute l'année, Mara était souvent allée retrouver Ryan à New York et dans le New Hampshire. Ryan, lui, avait fini par faire le voyage jusqu'à Sturbridge.

Toutes ses craintes au sujet de ce qu'il allait penser – que sa maison était trop miteuse, ses parents trop bizarres, ses sœurs trop bruyantes – avaient été balayées dès l'instant où Ryan était arrivé. Il avait sympathisé avec son père en parlant football, et avait repris trois fois du poulet frit de sa mère : un record ! Megan lui avait soutiré toutes sortes de détails croustillants sur les célébrités new-yorkaises (« Ton pote a léché de la tequila dans le décolleté de Lindsay Lohan ? Non, tu plaisantes ? ») ; Maureen avait déclaré que Ryan était un beau nom pour un garçon, tout en caressant son ventre de femme enceinte. Il n'avait fait aucune remarque sur la salle de bains inachevée où un bout de tissu cloué à la fenêtre tenait lieu de rideau, ni sur la température frisquette de la maison – quinze degrés en plein hiver – à laquelle se tenaient ses parents pour réduire les factures de chauffage.

Cet été-ci promettait d'être le meilleur de tous : elle n'avait plus besoin de garder des enfants, car elle avait trouvé un stage au magazine *Hamptons* grâce aux relations d'Anna Perry. C'était un poste de débutante typique : faire le coursier, passer des fax, répondre au téléphone pour la rédactrice en chef. Mais on pouvait en espérer quelques (notez bien le « quelques ») petites chances d'écrire. « Il nous faut quelqu'un pour légender toutes les photos de soirées », lui avait dit sa future patronne. Mara pressentait que cela demanderait plus d'aptitudes à distinguer l'une de l'autre les jet-setteuses identiquement blondes que de réelles qualités rédactionnelles, mais au moins c'était un premier pas dans le monde du journalisme.

Cela ne payait pas autant que le job de nounou – un comble ! –, et les gosses et les filles allaient lui manquer. Jacqui serait la dernière à travailler encore pour les Perry, puisqu'Eliza avait autre chose de prévu, comme d'habitude. Mais le mieux, avec ce boulot, c'est qu'elle serait libre de vivre avec Ryan à bord du yacht de son père. Ils allaient vivre ensemble, comme un vrai couple. Ce serait l'été le plus romantique *du monde* !

Mara soupira en rêvant qu'elle sillonnait la baie à la voile, Ryan à la barre tandis qu'elle se prélassait en bronzant sur le pont. Tous les deux s'embrassant sur fond de soleil couchant.

L'avion avança jusqu'à la passerelle et Mara ralluma son téléphone qui émit immédiatement la sonnerie indiquant un appel de Ryan : l'air du film *Halloween* de John Carpenter. *Doo-do-do-do doo-do-do-do...*

Elle sourit en ouvrant d'un geste le téléphone. Elle était sur liste d'attente ? La belle affaire ! Elle allait quand même passer son troisième été dans les Hamptons avec le garçon qu'elle aimait, et qui l'attendait à l'aéroport.

Et cela, personne ne pourrait le lui enlever.

À SoHo, pour Eliza,
la mode c'est la guerre des tranchées

— E-liii-zâ !
— E-liii-zâââ !
— Tu m'écoutes ?
Hein ? Quoi ?

Eliza cligna des yeux. Quelqu'un lui parlait. Plus précisément, quelqu'un lui parlait *de haut*. Elle posa ses baguettes et essaya de masquer son agacement. Dîner en paix, c'était vraiment trop demander ?

Il était minuit et demi. Elle était au show-room depuis neuf heures du matin et n'avait qu'une envie : rentrer prendre une douche. Elle qui était toujours parfumée au Coco Chanel, pour la première fois de sa vie elle cocottait grave ! Elle se renifla discrètement chaque aisselle et plissa le nez.

— E-liii-zââ. Allô allô, la Terre parle à E-liii-zââ !

Eliza se frotta les yeux et finit par faire le point sur la propriétaire de cette voix. Paige McGinley, aussi appelée Paige la Pénible. Sa soi-disant patronne.

L'esclavagiste en chef du célèbre styliste Sydney Minx, propriétaire du show-room, le roi des caprices de star, l'homme à cause de qui elle avait dormi à peine une demi-heure depuis deux jours.

Sydney était un styliste de mode gay originaire du Bronx. Au début de sa carrière, il avait réussi, à force de vigoureux cirages de pompes, à s'acoquiner avec une bande de jet-setteurs new-yorkais qui l'avaient aidé à lancer une ligne de sportswear chic, décontractés et néanmoins hors de prix. Ses collections s'étaient par la suite étoffées pour proposer accessoires, parfum, objets de déco, bougies et linge de maison. Quiconque s'habillait, dînait et rêvait pouvait être sûr d'utiliser à un moment ou à un autre un article Sydney Minx.

Ce cabotin allait ouvrir, dans deux jours, sa première boutique dans les Hamptons. Le bureau bourdonnait d'une activité frénétique pour préparer dans le moindre détail la grande soirée d'inauguration et son défilé de mode. Comme tout le monde à New York, Eliza avait été une fan absolue de Sydney à ses débuts : les pulls « clochard » en cachemire nid-d'abeilles d'un prix extravagant, les pantalons tuyau-de-poêle sexy, les sacs au logo artistement tagué. Mais ces derniers temps, il dérapait. Les dernières collections avaient viré sans transition, d'une saison à l'autre, du look bombe sexuelle en folie à l'austérité la plus amidonnée et collet monté : la marque s'efforçait laborieusement de s'adapter au public de plus en plus capricieux des acheteuses de haute couture. Au bout d'un certain nombre de collections ratées, on risquait forcément de tomber dans les oubliettes de la mode. Avec cette ouverture, Sydney jouait gros.

La tension était si forte que si jamais Sydney, éternel insatisfait, convoquait encore une fois l'équipe pour traiter d'imbéciles et d'incapables tous ses associés, assistants de production, mannequins et stagiaires, quelqu'un allait forcément éclater en sanglots. Déjà, l'une des modélistes avait abandonné sa machine à coudre, mortifiée, lorsqu'il avait qualifié de « camelote à deux balles », de « cauchemar oculaire inégalé » et d'« insulte au nom de la couture » le prototype sur lequel elle travaillait.

— Je peux faire quelque chose ? demanda Eliza avec humeur en s'essuyant la bouche avec une serviette en papier.

— Pourquoi est-ce que tous les T-shirts ne sont pas encore pliés ? Je te l'ai déjà dit, il faut tous les emballer pour que les coursiers les apportent aux boutiques demain matin, fit Paige d'un ton autoritaire.

Cette fille de vingt-deux ans aux cheveux noirs et aux traits durs, fraîchement diplômée du *Fashion Institute of Technology*, avait rapidement grimpé du poste d'assistante personnelle de Sydney à la position de directrice de création de la marque.

Les T-shirts, décorés de la silhouette photoshoppée et nettement amincie du styliste, seraient glissés dans les sacs de cadeaux offerts aux invités VIP de la fête de lancement à East Hampton, et vendus au commun des mortels soixante-quinze dollars pièce dans les boutiques de tout le pays.

— Parce que je suis en train de passer tout le tissu à la bombe or comme Sydney l'a demandé pour les manteaux « Anna », rétorqua Eliza en repoussant les boîtes de nourriture chinoise.

Elle montra à Paige les coupons qui devaient être cousus sur un trench militaire grâce auquel Sydney espérait attirer l'attention de la rédactrice en chef de *Vogue*. Il en restait encore la moitié à peindre.

Eliza s'essuya les mains sur l'arrière de son pantalon de jogging So Low puis croisa les bras, sur la défensive. Emballer des T-shirts, non mais, c'était une tâche de grouillot ! Elle était Eliza Thompson ! Mentionnée une fois dans le magazine *New York* comme la fille la plus populaire du circuit des lycées privés ! Si elle avait pris ce boulot, c'était uniquement parce qu'elle aimait la mode et croyait que ce serait le paradis de passer l'été dans le show-room d'un styliste.

— Ces coupons ne sont pas encore finis ? dit Paige, atterrée. Sydney en avait besoin il y a des heures.

Eliza s'efforça de ne pas avoir l'air trop coupable. Elle avait pris tout son temps pour peindre le tissu, justement afin que personne ne lui demande de faire autre chose. Elle avait remarqué qu'en prenant un air suffisamment occupé elle pouvait éviter les corvées les plus soûlantes.

— En tout cas, laisse tomber pour le moment. Va aider Vidalia, elle n'est pas fichue d'enfiler sa robe correctement pour le filage. Ensuite, il me faut ces T-shirts.

— D'accord, grogna Eliza.

— Et qu'est-ce que c'est que cette odeur ?

Eliza se figea, les bras collés au corps.

— Berk ! Qui a commandé du chinois ? s'écria Paige en soulevant la boîte de bœuf aux oignons à moitié dévorée par Eliza.

— Euh... tout le monde ? lui rappela Eliza.

Toute l'équipe avait pris de la nourriture à emporter, vu que l'heure du dîner était passée depuis longtemps et qu'ils étaient tous morts de faim. Elle était en train d'engloutir voracement les nouilles quand Paige avait interrompu son repas.

— Eh bien, débarrasse-nous de ça. Si Sydney se pointe et retrouve ses vêtements parfumés façon Chinatown, il va faire un scandale.

Eliza enfourna encore quelques bouchées du plat odorant avant d'aller le jeter avec regret dans le vide-ordures de l'autre côté du couloir. Puis elle revint dans le loft de trois mille mètres carrés de Sydney Minx. Il se trouvait au troisième étage d'une ancienne usine de SoHo. Le styliste l'avait acheté dans les années soixante-dix, alors que le bâtiment était encore un squat d'artistes. Sydney avait juré qu'il ne quitterait jamais le quartier, mais lorsque les affaires avaient décollé il s'était vite replié sur une adresse huppée de l'Upper East Side, et le loft avait été transformé en quartier général pour ses collections.

À peine une semaine plus tôt, Eliza avait bondi de joie en apprenant que sa mère avait persuadé Sydney Minx de la prendre en stage. Elle avait même raté sa cérémonie de remise de diplôme pour être là ce soir. Aucune importance : après un an passé à Spence, à New York, et deux au lycée Herbert-Hoover de Buffalo, elle avait fait sa dernière année d'études secondaires dans une pension chic où, même en séchant la plupart des cours, elle avait réussi comme une fleur dans les matières les plus difficiles. Enfiler une robe noire et coiffer un chapeau en carton pour aller chercher un morceau de papier ? Et puis quoi encore ? Elle avait demandé au lycée de le lui envoyer par la poste. D'ailleurs, comme chacun sait, la coiffe de cérémonie aplatit les cheveux.

Les Thompson avaient retrouvé leur fortune, et pour Eliza, tout était pour le mieux dans le meilleur des mondes. Le scandale qui avait ruiné ses parents et les avait précipités dans l'oubli (d'où le passage par Buffalo) était de l'histoire ancienne. Grâce à des relations bien placées, son père avait investi pour une bouchée de pain dans des entrepôts abandonnés de l'ouest de Manhattan, qui n'avaient pas tardé à devenir les valeurs immobilières les plus recherchées de la ville. Et voilà ! Les affaires avaient repris pour les Thompson. En rachetant leur part de la copropriété de Park Avenue et en reprenant une inscription au prestigieux Knickerbocker Club, ils avaient retrouvé leur réputation intacte, de même que leurs cartes de crédit.

Tous les rêves d'Eliza semblaient enfin se réaliser : elle avait été admise en avance à Princeton, l'université de ses rêves – ce qui n'avait jamais vraiment fait de doute, avec ses notes parfaites et son statut de future héritière. Mais en plus, cet été, elle n'aurait ni à s'occuper des enfants Perry, ni à s'épuiser dans une boîte de nuit à servir des célébrités insupportables. Le stage chez Sydney Minx était la cerise sur le gâteau. Il lui apporterait des contacts dans le milieu (elle ne crachait jamais sur de bonnes remises pour rallonger son budget shopping, et elle avait entendu dire que les soldes de presse étaient incroyables !) et en plus, ce serait une manière amusante de passer le temps. Ce n'était pas que le boulot soit agréable en ce moment, mais il pourrait le devenir... si seulement on la laissait faire quelque chose de plus intéressant que peindre du tissu, repasser des vêtements et garnir des cartons.

Quoi qu'il en soit, dès demain elle serait dans les Hamptons avec Jeremy et ses amies. Mara devait déjà y être, et Jacqui n'allait pas tarder à arriver en avion avec la famille Perry.

Elles ne s'étaient pas vues toutes les trois depuis les vacances de printemps, où elles avaient réussi à se retrouver à Cabo San Lucas pour quelques journées gorgées de soleil. Elle bouillait d'impatience de leur décrire son nouveau job. Bien sûr, l'agrafage des programmes de défilés de mode n'étant pas extraordinairement glamour, elle ne raconterait peut-être pas tout dans le détail.

En passant devant un miroir en pied, elle vérifia rapidement son reflet. Horreur ! Le manque de sommeil lui avait accroché des valises sous les yeux, et sa chevelure blonde, habituellement splendide, lui retombait à plat sur les épaules. Ses yeux bleus étaient humides entre des paupières rougies. Pourtant, même dans le pire état, elle parvenait encore à être la plus jolie fille de la pièce. Elle avait noué son ample chemise blanche autour de sa taille au lieu de la boutonner, ce qui laissait entrevoir un ventre plat et bronzé au-dessus de son jogging baggy. Et les confortables claquettes qu'elle portait aux pieds arboraient tout de même un discret logo Chanel de chaque côté. Elle rassembla ses cheveux en un chignon lâche mais élégant, qu'elle fixa à l'aide d'une paire de baguettes propres.

Jeremy aimait bien quand elle remontait ses cheveux, pensa-t-elle avec affection. Il était déjà à Montauk et l'attendait avec impatience. En le voyant quelques semaines plus tôt, à sa remise de diplôme universitaire à Binghamton, elle avait été si fière de lui ! Jeremy était l'un des rares garçons à rendre sexy cette ridicule coiffe en carton, avec ses boucles brunes qui dépassaient sous le bonnet.

Une relation à distance, c'était dur, mais ils avaient réussi à la faire fonctionner et n'allaient pas tarder à fêter le premier anniversaire de leur histoire. On n'aurait jamais dit que cela faisait déjà un an : dès qu'ils se trouvaient ensemble, c'était comme s'ils venaient de se rencontrer. Du fond du cœur, elle se sentait plus amoureuse que jamais. Elle avait hâte de le revoir. De tous les garçons qu'elle avait connus, Jeremy était le seul à voir la vraie Eliza, le seul à l'aimer parce qu'elle recrachait parfois son lait par le nez en riant. Le seul avec qui elle se sente assez à l'aise pour laisser tomber son numéro de princesse-diva. Tant de types n'attendaient d'elle qu'un comportement de mannequin parfait, du genre « sois belle et tais-toi ». Jeremy, lui, la trouvait belle lorsqu'elle avait un bouton au menton.

Ils avaient prévu de passer la nuit ensemble dès qu'elle arriverait en ville... et Eliza savait, même si Jeremy l'ignorait encore, que pour la première fois cela voudrait dire *vraiment* passer la nuit ensemble ; pas se peloter comme des gamins, comme ils l'avaient fait jusqu'à présent. Au bout d'un an de relation sérieuse – après une rupture l'hiver de leur rencontre –, elle était prête à faire de lui son premier amant. Il était son véritable amour, et il attendait depuis longtemps qu'elle se sente prête. Elle avait dix-huit ans : pour elle, c'était le moment. Elle inspira profondément et se regarda de nouveau dans la glace.

Si tout se passait comme prévu, demain soir elle ne serait plus vierge. Elle se demandait si elle aurait quelque chose de changé. Plus vieille ? Plus mûre ? Plus expérimentée ? Est-ce que cela se verrait ? Elle n'allait pas tarder à le savoir.

Dans l'Upper East Side, Jacqui constate que faire ses valises pour les Hamptons n'arrange en rien la gueule de bois

La sonnette retentit et carillonna fortement dans le studio, mais Jacqui Velasco n'y prêta aucune attention. Elle se dépêchait de jeter vêtements, chaussures et sacs de plage dans deux valises ouvertes au milieu de la chambre. À peine une demi-heure plus tôt, elle montait sur l'estrade avec le reste de sa promotion de l'académie Sainte-Grâce pour recevoir son diplôme. Elle portait encore la jolie robe à fleurs Blumarine et les escarpins Gucci à bout rond qu'elle avait choisis pour l'occasion.

Sa grand-mère était déjà partie pour l'aéroport afin d'attraper son vol de retour pour São Paulo. Cela avait été un bonheur de voir son *avó*, rayonnante de fierté sous sa mantille en dentelle. Après tout, Jacqui avait été reçue avec un bon B+ de moyenne et un prix d'excellence en espagnol (bien sûr, parler couramment le portugais l'avait aidée). Elle avait fait ses adieux à sa grand-mère à la porte de l'auditorium ; puis, dès qu'elle l'avait pu, était rentrée à toute vitesse emballer ses affaires pour les Hamptons. Les Perry étaient très à cheval sur les horaires et n'en attendaient pas moins des autres.

Mais pourquoi, pourquoi avait-elle repoussé si longtemps le moment de faire ses sacs ? Jacqui continuait à se le demander, même si elle ne connaissait que trop bien la réponse. La fin des examens ! Au lieu de passer du temps à se préparer pour le pèlerinage annuel des Perry à East Hampton, Jacqui avait choisi de faire la fête avec ses camarades. Les quarante-huit heures qui venaient de s'écouler avaient été un tourbillon : soirée alcoolisée au Maritime Hotel, golf miniature aux Chelsea Piers, nuit passée dans les Catskills avec feu de camp et marshmallows grillés. Entre les festivités et les moments où elle devait trimballer les enfants Perry de l'école à leurs activités diverses, elle n'avait pas trouvé un instant pour remplir ses valises.

Son pauvre crâne souffrait d'une gueule de bois carabinée, conséquence de la fête imbibée de tequila de la veille. Elle ouvrait des tiroirs au hasard, choisissant et écartant des objets au petit bonheur. Foulard Pucci. Oui. Cardigan en cachemire. Non. (Trop chaud.) Djellaba Duro Olowu. Oui. Petit haut sexy. Trop vu l'an dernier. Havaianas. Oui. Levi's blanc. Absolument.

Elle passa la main dans son épaisse chevelure noire. La crête hérissée qu'elle avait dû porter l'été précédent pour un défilé de mode n'était plus qu'un souvenir. La coupe punk lui allait bien, mais elle avait besoin de ses longues boucles brunes pour se sentir elle-même.

Sa première année à New York avait été tout simplement magique. Les Perry l'avaient installée dans le studio de leur précédente nounou. Jacqui avait eu le souffle coupé en découvrant ces vingt mètres carrés aménagés de manière charmante et confortable avec baies vitrées, jolie chambre en alcôve, une vraie cuisine et une cheminée en état de marche. Situé à un pâté de maisons de chez les Perry, l'appartement était assez près pour que Jacqui y aille facilement garder les enfants, mais suffisamment éloigné pour qu'elle ait son intimité.

Jacqui s'était inscrite en dernière année de lycée à Sainte-Grâce, une petite école catholique de filles du West Side, qui l'avait acceptée alors que Stuyvesant, l'une des écoles publiques les plus cotées du pays, avait rejeté sa candidature. Les Perry lui payaient ses frais de scolarité, et ses camarades de classe avaient rapidement idolâtré cette éclatante beauté brésilienne parachutée parmi elles. Jacqui avait travaillé dur toute l'année, ce qui ne l'avait pas empêchée de se faire beaucoup d'amies. Car elle était la seule de l'école à avoir son propre appartement, et elle avait donné des fêtes sans compter.

Elle trouva une bouteille de bière vide sous son lit et la fourra dans la poubelle.

La sonnette tintinnabula de nouveau, et cette fois Jacqui entendit distinctement Anna et Kevin Perry se disputer derrière la porte.

— Je te parle ! Ne réponds pas au téléphone quand je te parle !

— Anna, c'est pour le travail. C'est important. Une minute, d'accord ?

— Tu ne m'écoutes jamais. Tu fais toujours passer le travail avant !

— Chérie, s'il te plaît, tais-toi. Il faut que je prenne cet appel.

— Oh, vas-y, tiens ! Où est-elle ? Jacqui ! Jacqui !

— J'arrive, cria Jacqui en courant ouvrir la porte.

Anna Perry, véritable apparition tout de blanc vêtue, en tenue de tennis Chanel, tapotait avec impatience de sa french-manucure sur le chambranle de la porte.

— La limousine est là. Nous devons être à l'héliport de la 34e Rue en vitesse, sinon nous allons louper notre créneau de décollage, ordonna-t-elle sans ménagement.

Kevin Perry, l'air tendu et chiffonné dans son costume de lainage gris, adressa à Jacqui un bref signe du menton tout en portant son téléphone à l'oreille.

— Oui, oui, désolée... un instant...

Jacqui hocha la tête et referma la porte au nez d'Anna. Les Perry payaient peut-être cet appartement, mais c'était quand même chez elle. En outre, il fallait absolument qu'elle cache le fût de bière qui traînait au milieu du salon.

Mara infiltre la jeunesse dorée

Mara traversa l'aéroport à grandes enjambées résolues et prit un raccourci connu de peu de gens pour rejoindre la zone de retrait des bagages. Elle était tellement concentrée qu'elle ne remarqua pas les nombreux regards admiratifs qui la poursuivaient. Avec son T-shirt blanc Michael Stars moulant, son pantacourt Lilly Pulitzer vert et rose et ses sandales compensées Tory Burch pour TRB – achetés tout récemment grâce au chèque de félicitations de ses grands-parents –, elle était la classe même. Son épaisse chevelure noisette, expertement colorée et coiffée, lui tombait coquinement juste en dessous des épaules, et elle était bronzée grâce à un week-end passé à Block Island pour fêter son diplôme.

Elle récupéra ses valises, les empila sur un chariot et franchit les portes coulissantes en verre à la recherche de Ryan. Elle le trouva appuyé à une Ferrari Enzo rouge surbaissée, garée illégalement le long du trottoir.

Il courut à sa rencontre à grandes foulées bondissantes.

— Salut beauté ! dit-il en saisissant une housse à vêtements sur le dessus du chariot.

— Salut toi-même, répondit Mara dont le cœur rata une marche... ce qui arrivait à chaque fois qu'elle voyait son beau visage.

Elle lui sourit par-dessus les valises Coach assorties en cuir souple, un cadeau de fin d'études de sa sœur Megan. Cette dernière avait quitté son salon de coiffure pour un job de représentante de commerce, qui lui offrait des remises exceptionnelles.

Les cheveux de Ryan avaient poussé, il avait une coupe d'étudiant ébouriffé, mais à part cela il n'avait pas changé : même bronzage cuivré, même look légèrement débraillé – un T-shirt Aboveground Records sur un jean troué Roley, ses éternelles claquettes en caoutchouc, et des Ray-Ban aviateur vintage remontées sur la tête. Mara laissa le chariot sur le trottoir pour le rejoindre, passant un bras autour de sa taille pendant qu'il fourrait la housse dans le coffre.

— Une nouvelle caisse ? demanda-t-elle en admirant la voiture de sport italienne.

— Ouais. (Il haussa les épaules comme pour s'excuser.) C'est mon père. Je crois que c'est un cadeau de rattrapage. Il a oublié mon anniversaire cette année.

Chez Mara, dans ce genre de circonstances, on confectionnait plutôt des brownies maison et on offrait une virée au centre commercial, pas chez le concessionnaire Ferrari.

— Et ton ancienne voiture ?

— Sugar la promène à L.A.

Mara remercia les dieux, quels qu'ils fussent, qui avaient décidé que les jumelles, les infernales sœurs de Ryan âgées de dix-huit ans, seraient absentes des Hamptons cette année. Sugar et Poppy étaient « montées à Hollywood », et toutes deux écumaient les castings de films. Pour l'instant, elles totalisaient à elles deux un film d'horreur sorti uniquement en vidéo, mais elles s'étaient débrouillées pour être présentes à toutes les avant-premières de gala. Sugar enregistrait un album (*Melted Sugar*), tandis que Poppy étendait son empire d'une ligne de parfums – « Sniffers » by Poppy Perry – aux sacs à main (« Stuffers ») et aux parfums d'ambiance (« Stinkers »). Elles étaient connues pour leurs apparitions publiques généralement alcoolisées et dénudées et, cela va sans dire, elles étaient la nouvelle coqueluche d'Hollywood.

Mara secoua la tête au souvenir des exploits des jumelles ; elle leur avait presque pardonné leur rôle dans ses déboires de l'année précédente. Presque, mais pas tout à fait.

— Tu m'as manqué, dit Ryan en se penchant pour l'embrasser. Ses lèvres se pressèrent contre celles de Mara qui ferma les yeux et entrouvrit la bouche. Elle le sentit se coller à son corps et resserra son étreinte. Bientôt, ils se pelotaient carrément devant l'aérogare. Ryan enfouit son visage dans le cou de Mara qui respira son parfum familier : savon Ivory, eau de mer et crème solaire. Miam.

Plusieurs automobilistes klaxonnèrent avec impatience, car la voiture de Ryan bloquait la circulation. Ils se décollèrent à regret.

— Mmm, fit Ryan en lui pressant les épaules, je crois qu'on ferait mieux d'y aller.

— Tu crois ? rétorqua Mara en clignant de l'œil, encore tout heureuse et étourdie de son baiser de bienvenue.

Ryan haussa un sourcil en observant les bagages.

— Je ne suis pas sûr que tout rentre dans le coffre. Il secoua la tête.

— J'en ai pris un peu beaucoup.

— C'est ce que je vois. (Il hocha la tête en essayant de faire entrer une valise particulièrement énorme dans le petit coffre de la Ferrari.) Si j'avais su, j'aurais pris la Rover.

— Désolée, fit Mara d'un air penaud.

Ryan jura en plaisantant à moitié lorsque les roulettes de la valise se coincèrent dans le montant de la portière. Mara recula pour ne pas le gêner.

— Qu'est-ce que c'est, SGH ? demanda-t-elle en remarquant un petit autocollant ovale sur la gauche du pare-chocs de la décapotable.

— Sag Harbor, là où nous allons passer l'été, expliqua Ryan en rougissant un peu. Anna en a acheté pour toutes les voitures. Les leurs sont marqués « EH », East Hampton. Je n'ai pas pu l'empêcher d'en coller un sur la mienne. C'est un peu ringard, je sais.

Mara eut un sourire narquois. Un autocollant proclamant leur destination pour l'été, c'était Anna Perry toute crachée : la belle-mère de Ryan, obsédée par le statut social, ne laissait jamais passer une occasion de faire étalage de leur fortune. Ryan finit par réussir à caser le plus gros des bagages dans le coffre et empila le reste sur le minuscule siège arrière de la voiture de sport. Mara posa son sac à main Mulberry tout neuf sur ses genoux et cala le cabas assorti sous ses pieds.

Elle était un peu gênée d'avoir emporté tant d'affaires ; mais en tant que stagiaire pour le magazine le plus en vue des Hamptons, elle était bien décidée à avoir tous les attributs de la journaliste glamour, ne serait-ce que pour courir chez Starbucks chercher des cafés. Elle connaissait les Hamptons depuis assez longtemps pour avoir parfaitement intégré l'adage : « L'habit fait bien le moine. »

Ryan se glissa sur le siège conducteur et la Ferrari démarra en rugissant. Comme son beau fiancé doublait toutes les voitures en un éclair sur l'autoroute, le visage de Mara s'illumina.

Quiconque l'aurait vue ainsi aurait cru qu'elle avait toujours été une moitié égale de ce couple doré, qu'elle avait toujours baigné dans le genre de vie dont la plupart des gens ne font que rêver, qu'elle était née belle, riche, bénie des dieux et pleine de confiance en elle. Pourtant, ceux qui pensaient cela étaient à mille lieues de la vérité.

Eliza pimente un peu la collection

— Eh, Vidalia ! appela Eliza. (Elle se dirigea vers un top model d'un mètre quatre-vingts mince comme un fil, emberlificotée dans une pièce originale de Sydney Minx.) Paige m'a dit que tu avais besoin d'aide ?

— Je n'y arrive pas avec ce truc, se plaignit le mannequin avec l'accent nasillard de Cincinnati, sa ville natale.

Eliza se demanda si Vidalia (tout court) avait pris un pseudonyme dans le but de donner une image plus exotique d'elle-même ; ce faisant, elle s'était involontairement attribué le nom d'un oignon commun.

— Voyons voir, je crois que c'est l'emmanchure que tu as sur la tête et que ça, ça va là ; ceci se boutonne de ce côté, et ce morceau pend librement, dit Eliza en aidant Vidalia à se débarrasser de la robe avant de la faire glisser sur ses épaules et de boutonner adroitement des pressions.

Enfin, elle tira sur la mousseline savamment déchiquetée jusqu'à ce qu'elle soit bien en place. Vidalia et Eliza contemplèrent l'image renvoyée par le miroir.

— C'est tout ? demanda le mannequin d'un air dubitatif.

Elisa hocha la tête, mais elle comprenait sa perplexité. La robe à elle seule devait être le clou du spectacle, pourtant elle était un peu ordinaire. Il manquait quelque chose...

Eliza repéra plusieurs chaînes en or – des ceintures – sur une table de coupe.

— Tiens, dit-elle en disposant les chaînes autour du cou de la fille. Mets ça.

Eliza empila chaîne en or sur chaîne en or. Puis elle troqua les sandales de Vidalia contre une paire de cuissardes en crocodile marron. C'était censé être une collection printemps/ été, mais tout le monde allait vouloir des bottes cet été : des bottes de cowboy, des bottes de motard, pourquoi pas des cuissardes en croco ? Les sandales, c'était fini. Prise d'une bouffée d'inspiration, Eliza passa les bords de la robe à la bombe dorée pour compléter l'ensemble avec panache.

Le mannequin se sourit dans la glace. C'était sexy, mignon et haut de gamme en même temps, le parfait dosage entre impertinence et superluxe.

— C'est mieux, non ? interrogea Eliza.

— *Perfecto*, acquiesça Vidalia qui soudain n'avait plus rien à envier à une héritière européenne.

Elles tombèrent dans les bras l'une de l'autre, euphorisées par la poussée d'adrénaline qui accompagne un travail bien fait, une tenue bien pensée.

Mais lorsque l'exaltation retomba, Eliza fut saisie par l'angoisse. Elle avait pris de gros risques en accessoirisant la robe et en remplaçant les sandales par des bottes. Seules les stylistes en chef – les vieilles routardes de la 7e Avenue, rompues aux magazines et aux défilés de mode sous leurs ceintures tressées Marni – étaient censées arranger les vêtements en vue de leur présentation. Quelle serait la réaction de Sydney lorsqu'il verrait comment Vidalia portait la robe ? Il risquait de détester. Il se pourrait qu'il renvoie Eliza avec perte et fracas. Elle avait déjà vu arriver des choses pareilles : l'été précédent, elle se trouvait dans les coulisses d'un défilé lorsqu'un styliste avait jeté une coupe de champagne à une maquilleuse qui avait eu l'outrecuidance de prêter ses lunettes masque à un mannequin pour le show. Les lunettes n'étaient pas sur la liste pour cette tenue. Le styliste les avait arrachées de la tête du modèle avec une telle violence qu'il avait fait sauter son postiche. Elle avait dû défiler chauve comme un nouveau-né.

Eliza se mit à paniquer.

— Tu sais quoi, Vidalia, si on retirait ces chaînes ? suggéra-t-elle. Sydney ne va peut-être pas apprécier.

Mais Vidalia se contenta de repousser la main d'Eliza.

— T'inquiète, c'est génial.

De toute manière, il était trop tard puisqu'on appelait tous les mannequins pour un dernier filage. Eliza inspira profondément et regagna le milieu de la pièce, en espérant que son premier jour au studio de Sydney ne serait pas le dernier.

Jacqui garde une enfant
de trente-trois ans

Derrière la porte fermée, Jacqui entendait Anna et Kevin continuer à se quereller. Il était question de son incapacité à lui à écouter sa femme, et de son incapacité à elle à le laisser faire son travail. Son retard leur servait simplement d'excuse pour se crier dessus, ce qu'ils faisaient bien trop souvent ces derniers temps. Jacqui savait qu'une partie du problème venait de l'angoisse grandissante d'Anna à l'idée de vieillir : elle avait failli buter son visagiste lorsqu'il avait remarqué quelques mèches grisonnantes à son dernier rendez-vous.

Jacqui ne comprenait pas comment deux personnes pouvaient se faire tourner en bourrique à ce point. Anna reprenait Kevin sur tout, qu'il s'agisse de sa tenue à table ou de son drive de golf. De son côté, Kevin se disputait avec Anna au sujet des relevés de cartes bancaires ou du travail de la femme de chambre. Anna avait une fâcheuse tendance à lui jeter à la tête les objets qui lui tombaient sous la main, si bien que, dans le feu de l'action, plusieurs de ses précieuses statuettes d'animaux Lladro avaient déjà été réduites en miettes.

La semaine précédente, avant un dîner qu'ils donnaient chez eux, Kevin avait, dans un accès de colère, brisé la brosse à cheveux Mason Pearson d'Anna.

— Une brosse à six cents dollars ! avait hurlé cette dernière, à l'agonie.

En représailles, elle s'était battue avec son mari et lui avait tiré l'oreille si fort que le cartilage s'était brisé. Kevin, fou de rage, l'avait accusée de mauvais traitements et avait menacé d'appeler les urgences. Ils ne s'étaient calmés qu'avec l'arrivée de leurs invités qui se demandaient pourquoi Kevin avait la tête bandée.

Jacqui avait vite appris à éloigner les enfants de ces scènes de troisième guerre mondiale. D'un tempérament égal et d'un naturel joyeux, elle aimait que les choses se passent bien. Même sa rupture avec Kit Ashleigh avait été des plus cordiales.

Ils étaient sortis ensemble peu après l'arrivée de Jacqui à New York. Les débuts avaient été merveilleux, mais il était rapidement devenu évident qu'ils n'étaient pas faits pour être en couple : Kit s'énervait dès qu'un autre garçon osait ne serait-ce que poser les yeux sur Jacqui (ce qui était fréquent), et Jacqui se fatiguait de devoir l'assurer de son amour vingt-quatre heures sur vingt-quatre. La coupe avait débordé un soir où Kit avait refusé de l'emmener dans la nouvelle boîte qu'il lançait, de peur qu'elle rencontre d'autres hommes. L'une des choses qui avaient attiré Jacqui chez Kit était qu'il savait toujours s'amuser. Pourtant, curieusement, le fait qu'ils soient ensemble ne faisait que le stresser. Elle était sûre qu'il avait presque été soulagé lorsqu'elle l'avait quitté, comme s'il s'y était attendu. Toutefois, elle était heureuse qu'ils aient réussi à se séparer bons amis.

Après Kit, elle avait fréquenté quelques garçons, mais rien de remarquable, personne dont la vue lui fasse perdre le souffle et picoter la peau. Cependant, Jacqui était une grande optimiste. Elle se tiendrait ouverte à l'amour, et serait à l'écoute lorsqu'il viendrait frapper à sa porte. Après tout, elle avait le temps d'attendre.

De même qu'elle avait le temps d'attendre son admission à la NYU, l'université de New York. On lui avait expliqué par e-mail que la décision tenait à un minuscule, un lancinant petit détail. Un problème d'équivalence avec son lycée au Brésil. Une embrouille administrative. Une fois que cela serait réglé, en moins de temps qu'il ne faut pour le dire elle prendrait ses notes entre un bébé top model et une jumelle Olsen esseulée.

Rien ne pouvait vraiment atteindre Jacqui. Après tout, quand on mesure un mètre soixante-seize, qu'on est bâtie comme Gisele Bündchen et qu'on a un sourire plus éblouissant que le soleil, à quoi bon se faire du mouron ? En plus, elle s'apprêtait à passer un nouvel été dans les Hamptons – retrouver Mara et Eliza ! – et il n'y avait plus aucun examen pour l'empoisonner et l'empêcher de faire une nouba du tonnerre. Ça allait déménager ! Elle méritait bien de s'éclater un peu, après tout le dur travail de cette année.

Jacqui se remit à emballer ses affaires, posa un dernier regard sur le placard – robes de plage ? espadrilles ? strings ? OK, OK, OK – et boucla ses deux valises. Elle les traîna jusqu'à la porte, où Anna était seule à l'attendre.

— Où est Kevin ? demanda Jacqui.

Au cours de l'année, sa relation avec son employeuse, femme réputée pour son exigence, était devenue presque fraternelle. Anna n'était pas si terrifiante ni folle que cela une fois qu'on la connaissait mieux. Elles étaient devenues tellement amies qu'Anna avait même commencé à se confier à Jacqui.

— Il ne vient pas. Il est parti à une réunion. Il y a un gala de charité en faveur des personnes âgées ce soir à East Hampton, eh bien me voilà sans cavalier. Ah, les hommes !

Jacqui suivit Anna dans l'ascenseur.

— C'était sans doute important.

— Qu'est-ce qui peut être plus important que de passer du temps avec sa famille ? Je te jure, un de ces jours je vais appeler Raoul Felder, tu peux me croire ! (Elle faisait allusion à un célèbre avocat du divorce, qui réglait la désintégration des mariages les plus huppés.) Peut-être qu'au moins, comme ça, il fera attention à moi ! C'est à peine s'il me regarde encore.

— Chut, il ne faut pas dire ça, fit Jacqui en se signant.

Elle était superstitieuse et n'aimait pas que l'on tente le mauvais sort. Autant qu'elle puisse en juger, la séparation serait la pire des choses pour sortir Anna du chaos qui embrouillait sa vie. C'était le problème, de nos jours : on considérait que tout était jetable, qu'il s'agisse de vêtements, de téléphones portables ou de relations. Jacqui, elle, savait que le jour où elle tomberait amoureuse, vraiment amoureuse, ce serait pour toujours. Si elle avait le choix, il n'y aurait pas de divorce dans sa vie. Ses grands-parents étaient restés cinquante-cinq ans ensemble, jusqu'à la mort de son papi, et ses parents avaient déjà affronté vingt années de vie commune.

— Et pourquoi ne pas le dire ? C'est vrai, il me considère comme un meuble ! Si je divorce, il réalisera enfin tout ce que je fais dans cette maison, bouda Anna.

Elle avait raconté à Jacqui qu'au début de leur liaison, Kevin ne pouvait pas se décoller d'elle ; ils prenaient volontiers des jets privés pour la Barbade ou pour Capri sur un coup de tête. Hélas, des années de mariage et de routine domestique avaient eu raison des plaisirs de ce genre.

Il arrivait à Jacqui de trouver Zoé, huit ans, plus mature qu'Anna. Elle ne l'avait pas compris tout de suite, mais elle se rendait compte à présent que son boulot de fille au pair consistait aussi à s'occuper d'Anna. Comme si elle avait entendu ses pensées, cette dernière posa la tête sur son épaule.

— Sans vous, il serait complètement perdu, lui assura Jacqui d'une voix apaisante en sortant de l'immeuble pour rejoindre avec elle la limousine noire extra-longue garée devant le porche.

— Va donc le lui dire, fit Anna avec amertume. (Elle secoua la tête.) Enfin bref, et ta remise de diplôme ? Ça s'est bien passé ?

C'était gentil à elle de s'en souvenir. Jacqui grimpa dans la limousine et lui raconta un peu la cérémonie. Sa promotion avait réussi à obtenir que la scénariste et comédienne Tina Fey prononce le discours, grâce à la fille de sa bonne, qui fréquentait l'école. Ce n'était pas leur premier choix : Hillary Clinton était au pro-gramme. Mais la sénatrice avait annulé au dernier moment en raison d'un problème d'emploi du temps. Ainsi allait la vie à New York...

La voiture démarra et commença à traverser la ville en direction de l'héliport ; elle prenait à gauche dans Park Avenue lorsque Jacqui s'aperçut qu'elle avait oublié l'article le plus indispensable à son été dans les Hamptons.

Son bikini Rosa Chá préféré, celui qui était bordé de coquillages. Au Brésil, elle avait montré à ses amies les maillots que les Américaines considéraient comme sexy. Toutes s'étaient esclaffées en voyant la taille des culottes. Elles étaient gigantesques comparées aux petits tangas que l'on portait là-bas.

Si seulement elle avait pensé à le prendre ! Eh bien, tant pis. Puisque c'était ainsi, elle s'amuserait bien à en trouver un autre, quitte à le « brésilianiser » un peu pour se sentir vraiment elle-même.

Quelque part,
Chris Martin chante à cœur joie

Lorsqu'ils arrivèrent au yacht-club de Sag Harbor, de petites lumières blanches éclairaient les voiles immaculées contre un ciel déjà sombre. Le yacht de douze mètres des Perry était amarré à un emplacement de choix : c'était le premier du quai, le plus près des eaux libres. Ryan se gara à côté des autres voitures rangées en face du navire de leur propriétaire.

— Votre château, milady.

Il plaisantait, mais ce n'était pas si éloigné de la vérité. Le voilier aux lignes pures était un Catalina bimoteur doté d'un cockpit spacieux et élégant, de bannettes d'invités disposées en V, trois salles de bains, cuisine, salon, et la télé satellite.

— On peut y dormir à dix, je pense que ça devrait suffire pour nous deux.

Mara en eut le souffle coupé. Le bateau était encore plus grand et plus beau que dans son souvenir avec ses ponts de teck polis à la main, ses finitions élégantes en fibre de verre, et son nom – *La Négligence*, en souvenir des procès pour faute professionnelle qui avaient payé le yacht – peint à la feuille de platine sur l'étrave. Trois fanions triangulaires flottaient au sommet du mât : la bannière étoilée, le logo du yacht-club et le blason familial des Perry. Mara gagna le bout du quai, retira ses chaussures et s'engagea avec précaution, pieds nus, sur le pont du bateau. Là, elle découvrit une allée de pétales de roses qui menait aux cabines du bas.

— Qu'est-ce que c'est ? s'étonna-t-elle avec un regard interrogateur.

Ryan la suivit dans l'escalier, à moitié enseveli sous les bagages.

— Tu verras.

En bas, elle continua à suivre la piste des pétales qui menait au pont avant. Là, une table entourée de deux chaises était dressée pour le dîner.

— Oh ! fit Mara en joignant les mains.

Sur la nappe blanche amidonnée se trouvaient deux couverts de porcelaine Royal Copenhagen à motifs de toile de Jouy. Au milieu, sous des cloches d'argent, leur dîner les attendait sur un chauffe-plat. Des effluves de poulet rôti, de légumes aux herbes et d'autres mets succulents s'élevaient de la table. Un seau à champagne en argent, à côté du bastingage, gardait au frais une bouteille de Veuve Clicquot.

Ryan lâcha les bagages par terre et s'approcha de Mara dans son dos. L'entourant de ses bras, il lui chuchota à l'oreille :

— Bienvenue à la maison.

Mara sentit ses yeux se remplir de larmes. C'était la chose la plus romantique qu'elle eût jamais vue

– sans être ringard ni convenu comme un épisode du *Bachelor*. C'était pour de vrai. Et tout cela, c'était pour elle.

Un maître d'hôtel en veste de smoking blanche sortit de l'ombre et s'inclina.

— Tout est à votre goût, monsieur Perry ? demanda-t-il avec une pointe d'accent français.

— Oui, merci, Georges, acquiesca Ryan. Nous débarrasserons nous-mêmes. Ne nous attendez pas. Passez une bonne soirée.

— Très bien, monsieur, dit le Français en disparaissant dans la nuit.

— J'ai obtenu que Jean-Luc prépare le dîner. Normalement ils ne cuisinent pas à domicile et ne font pas de livraisons, mais le propriétaire est un grand ami de mon père, expliqua-t-il. Allez viens, on va s'asseoir.

Il tira la chaise de Mara. Elle s'assit, encore émerveillée par tout ce spectacle. La nuit était douce et parfumée, une brise fraîche soufflait dans ses cheveux, et elle se rappela combien elle aimait les Hamptons.

Ils soulevèrent les cloches d'argent avec impatience. Les quatre heures de voiture leur avaient ouvert l'appétit.

— Des nouvelles de Dartmouth ? demanda Ryan entre deux bouchées.

Dartmouth. Merde. Mara secoua la tête. L'espace d'un instant, la magie se ternit. Cette histoire de liste d'attente était le seul obstacle qui empêchait encore sa vie d'être parfaite, absolument parfaite.

— Malheureusement non.

— Ils vont te prendre. Ils ne peuvent pas ne pas te prendre, affirma Ryan en attaquant son poulet.

Il croyait avec un optimisme indéfectible que tout allait s'arranger pour le mieux.

— J'espère bien, soupira-t-elle. De toute manière, je ne peux rien faire de plus.

— Tu sais, je pourrais toujours suggérer à mon père... dit Ryan en tendant la main pour prendre celle de Mara. Il connaît très bien le président de l'université.

Mara secoua la tête. C'était gentil de le proposer, mais l'idée de demander à son père de la pistonner la gênait. D'une part, elle trouvait cette pratique injuste, elle qui culpabilisait déjà d'avoir obtenu si facilement le job au magazine *Hamptons*. D'autre part, elle voulait mériter son admission par elle-même.

Ils poursuivirent leur repas et, après le dessert, Ryan sortit de sous la table une boîte qu'il poussa vers Mara. De couleur bleu pâle, elle était entourée d'un ruban blanc bien connu. Le cœur de Mara bondit dans sa poitrine, mais la boîte était trop grande pour contenir un bijou.

— Qu'est-ce que c'est ?

Ryan haussa les épaules, feignant l'innocence, mais ses yeux pétillaient.

Mara tira sur le ruban et ouvrit la boîte. Nichées dans le papier de soie, elle découvrit des cartes de visite. Au centre de chacune était gravé un minuscule voilier. En dessous, on pouvait lire : *Mara Waters, Sag Harbor*.

Sa nouvelle adresse. Sur du papier Tiffany, rien de moins.

— Ryan, il ne fallait pas... souffla-t-elle, les yeux brillants.

— Oh, c'est rien. Je me suis dit que ça te plairait pour ton nouveau boulot, tu sais ? Il me semble que les gens des magazines adorent ce genre de choses.

— Les gens des magazines, murmura Mara en caressant tendrement le bristol. Que veux-tu dire ?

— Tu sais, les filles de papier glacé...

Son visage s'illumina. Elle était une « fille de papier glacé ».

Ryan se leva et sortit la bouteille du seau à champagne, laissant tomber de grosses gouttes d'eau sur le pont. Il prit une serviette, l'enroula autour du goulot, et fit sauter le bouchon. De délicates vapeurs fraîches s'échappèrent en sifflant. Il remplit prestement deux flûtes de vin pétillant et lui en tendit une.

— À notre été, proposa-t-il.

— À nous, approuva Mara en faisant tinter son verre contre le sien.

Ils burent en silence à petites gorgées et longèrent le bastingage jusqu'au bout du navire. Mara s'aperçut qu'elle ne pouvait pas s'arrêter de sourire.

Lorsque le champagne fut terminé, il prit son verre et le posa sur la table à côté du sien. Et d'un geste fluide, il la souleva dans ses bras.

Elle enfouit la tête dans son cou. Ils n'avaient pas besoin de se parler ; tout ce qu'ils avaient à se dire, ils l'exprimaient par les battements de leurs cœurs tout proches. Elle se sentait si légère, si aérienne, féminine et aimée dans ses bras forts tandis qu'il descendait le long du bateau pour rejoindre la cabine principale...

— Oups ! lâcha-t-il en glissant sur des pétales de roses, mais il reprit son équilibre et lui fit passer le seuil dans ses bras.

Envoyez Coldplay, pensa Mara. *Ceci est la définition même du mot* romantique.

Ryan ouvrit la porte et déposa doucement Mara sur le vaste lit. Elle le regarda avec désir et l'aida à enlever son T-shirt tandis qu'il soulevait son chemisier.

Ils s'embrassaient de nouveau, la langue de Ryan profondément enfouie dans sa bouche, lorsque soudain ils entendirent une sonnerie stridente et lancinante.

— Qu'est-ce que c'est que ce truc ? s'inquiéta Ryan en jetant des regards dans tous les coins de la pièce.

— Aucune idée, dit Mara en se redressant sur les coudes. Elle n'avait plus que son string Cosabella, et Ryan, son caleçon.

Elle repéra une boîte en carton blanc, violet et orange qui vibrait dans un coin.

— Je crois que ça vient de là.

Ryan s'extirpa du lit pour aller prendre la boîte. Il la souleva. C'était un paquet FedEx. Il examina l'adresse sur l'étiquette.

— C'est pour toi, dit-il d'une voix neutre.

C'est bien ça
qu'on appelle le chic du ghetto ?

Le brouhaha du studio fut interrompu par un « chhhhut » craintif suivi des éclats de voix d'un homme en train de pester.

Sydney Minx était arrivé pour le dernier filage.

Le styliste, un bonhomme court sur pattes arborant une longue queue-de-cheval blanche, ne sortait jamais sans ses énormes lunettes d'un noir impénétrable. Il ressemblait à une version réduite et dodue de Karl Lagerfeld. D'ailleurs, l'imitation ne s'arrêtait pas là : il agitait furieusement un petit éventail japonais.

Tous les mannequins s'étaient alignés pour une ultime répétition avant le défilé du lendemain à la boutique des Hamptons.

— Qu'est-ce que c'est que ça ? *Qu'est-ce que c'est*[1] ? C'est horrible. *Horriiiible !* s'exclama-t-il en affectant un accent français ridicule, le doigt pointé

_____

1. En français dans le texte *(N.d.T.)*.

sur un mannequin vêtu d'une tunique bordée de plumes d'autruche et du pantalon de soie assorti. Cette tenue coûte trois mille dollars en boutique, et on dirait un chiffon de supermarché à vingt-neuf dollars quatre-vingt dix-neuf ! Et ça ! Quelqu'un peut me dire à quoi c'est censé ressembler ? brailla-t-il en donnant un coup d'éventail sur le derrière d'une fille. Elle portait un blouson de moto ultracourt en coton par-dessus une robe léopard. C'est du Donatella Versace en plein suicide ! Ce n'est pas du tout du Sydney Minx ! Ce n'est pas ma vision ! Paige ! Paige !

Eliza sourit. Pour une fois, la fureur de Sydney faisait plaisir à voir. En sa présence, Paige était réduite à une carpette larmoyante : on aurait dit cette mauviette de Simthers pleurnichant face à l'apocalyptique Mr Burns dans *Les Simpson*.

— C'est le look Aspen côte Est ? hasarda-t-elle faiblement en référence à la « vision » de Sydney pour sa collection, qui devait mêler la coquetterie sans façons des stations de ski et la hauteur aristocratique des estivants des Hamptons.

— Ce n'est certainement pas Aspen côte Est ! Ce serait plutôt ghetto côte Ouest !

Les mannequins se recroquevillèrent, les couturières froncèrent les sourcils, et l'une des assistantes se mit à retirer avec une rage fébrile la robe de la fille qui se trouvait à côté d'elle. Retour à la planche à dessin.

— Vous ! cria soudain Sydney, les yeux fixés sur Vidalia. Par ici.

Vidalia avança en hésitant vers le centre de la pièce, devant Sydney. Les nombreuses chaînes en or cliquetaient doucement sur sa peau.

— Tournez-vous ! ordonna-t-il.

Elle s'exécuta en quelques pas.

— Paige ! C'est vous qui avez fait ça ? Ce n'est pas comme ça que la robe devait être présentée !

Son éventail était en proie à une folle agitation. Paige secoua catégoriquement la tête.

— J'ai demandé à une stagiaire de l'habiller, pas de refaire le stylisme ! aboya-t-elle.

Eliza pâlit. Ça y était. Elle savait qu'elle avait totalement passé les bornes : son job consistait juste à aider les filles avec les fermetures Éclair, certainement pas à faire une chose aussi importante qu'accessoiriser les robes.

Sydney parcourut attentivement la salle des yeux.

— Qui est la responsable ?

Eliza avala sa salive avec difficulté et leva lentement la main.

— Votre nom, c'est quoi ? demanda-t-il en enlevant ses lunettes noires et en la toisant d'un œil critique.

— Eliza Thompson, monsieur.

Il plissa les lèvres.

— La fille de Billie Thompson. *N'est-ce pas*[1] ?

— Oui monsieur... je veux dire, Sydney.

Sydney renifla comme s'il avait senti une mauvaise odeur. Il ferma les yeux. Toute la pièce frémissait de tension. La moitié des personnes présentes plaignaient Eliza, les autres étaient soulagées de ne pas être sur la sellette.

---

1. En français dans le texte *(N.d.T.)*.

L'ombrageux styliste rouvrit enfin les yeux. Il regarda de nouveau Vidalia.

— Eh bien, Eliza, je dois dire que c'est tout simplement fabuleux !

Eliza, comme tout le monde dans la pièce, poussa un soupir de soulagement.

— Quant au reste, c'est du caca de chien.

Son éventail virevolta de nouveau.

— Euh, eh bien... merci, fit Eliza en inclinant la tête.

Elle coula un regard en avant et réprima un sourire. Paige était visiblement écœurée.

Sydney s'adressa à cette dernière en chuchotant derrière son éventail, puis il disparut. Paige frappa mollement dans ses mains pour attirer l'attention générale.

— Bon, tout le monde ! C'est clair que nous avons encore beaucoup de travail, alors allons-y ! dit-elle.

Le groupe se dispersa pour reprendre ses tâches.

Eliza retourna à sa pile de T-shirts, le visage rayonnant. Sydney avait aimé la tenue, il avait même considéré que c'était bon ! Non, il avait dit qu'elle était *tout simplement fabuleuse* ! C'était comme si un éclair avait déchiré les nuages. Elle avait adoré participer au stylisme de la robe. En travaillant sur le look, elle s'était, pour la première fois de sa vie, réellement investie dans son travail. C'était la première fois qu'elle se passionnait pour autre chose que le shopping.

Une ombre s'abattit soudain sur elle. Levant les yeux, elle vit Paige qui la dominait de sa hauteur. Elle allait la massacrer sur place.

— Sydney souhaite que tu jettes un œil sur le reste de sa collection. Je te remplace au pliage des T-shirts.

Chaque mot semblait lui écorcher la bouche en sortant.

Eliza redescendit sur Terre et lui tendit la planche à plier. Elle avait les pieds en compote et mal à toutes les articulations, mais un doux sentiment de satisfaction lui permettait d'oublier la douleur.

Tout d'un coup, le boulot n'était plus soûlant du tout.

Comme diraient les Stones,
« on n'a pas toujours ce qu'on veut »...

La limousine avança au pas sur la longueur de plusieurs pâtés de maisons, bloquée dans les embouteillages du centre-ville. Tout autour d'eux, les rues étaient encombrées de banlieusards soucieux, qui tentaient de s'échapper de la ville le plus tôt possible en ce vendredi après-midi : on se serait cru dans *New York 1997*. Parfois, il fallait plus de temps pour sortir de l'agglomération que pour gagner les Hamptons.

Jacqui étendit les jambes à l'arrière de la limousine pour somnoler pendant que les enfants zappaient sur le lecteur de DVD intégré, et qu'Anna passait des coups de fil. Son téléphone Sidekick se mit à vibrer et elle consulta l'écran. L'icône indiquant un e-mail clignotait. Elle cliqua dessus distraitement, mais retint son souffle en voyant l'adresse de l'expéditeur : admissions@nyu.edu. Cela ne pouvait signifier qu'une chose : l'université avait enfin rendu son verdict. Elle inspira profondément avant de dérouler le message.

À : jacarei_velasco@stgraceacademy.edu
De : admissions@nyu.edu

Chère Jacarei Velasco,

Nous sommes au regret de vous informer qu'il nous est impossible de vous proposer une place en première année pour la rentrée scolaire à venir. Malheureusement, l'examen des équivalences avec votre lycée de São Paulo révèle que vous avez suivi deux années seulement d'études secondaires en sciences et en mathématiques. L'université de New York exige de tous ses élèves un minimum de trois années d'études dans ces matières. Nous vous suggérons de poursuivre une année supplémentaire d'études secondaires afin de consolider votre candidature si vous choisissez de la renouveler l'année prochaine.

En vous remerciant de votre intérêt pour l'université de New York et en vous souhaitant bonne chance pour l'avenir,
Cordialement,
Le comité d'admission de l'université de New York.

Comment était-ce possible ? Elle avait attendu si longtemps, elle avait tellement travaillé ! Entre les cours et son activité de fille au pair, elle avait à peine eu le temps de sortir avec Eliza pendant les vacances, lorsque cette dernière rentrait de pension. Elle avait passé les évaluations nationales pas moins de sept fois, et elle avait même été reçue aux examens de niveau avancé en anglais : une vraie performance ! En outre, pour muscler sa candidature, elle avait consacré du temps à des tâches d'intérêt général, au centre de dialyse, ce qui n'avait pas été une mince affaire compte tenu de ses obligations auprès des Perry. Elle avait fait tout son possible ; elle avait récrit sa lettre de motivation tellement de fois qu'elle ne supportait plus le récit de sa vie ni le passage sur « la personne la plus influente dans sa vie » (sa grand-mère). Sur le papier, elle était la candidate idéale : équilibrée, bonne moyenne, bonne éducation, une photo d'enfer (toutes les universités en demandaient de nos jours). Alors, qu'est-ce qui n'allait pas ?

— Ça va ? interrogea Anna en haussant un sourcil.

Elle avait remarqué le regard de Jacqui, bizarrement fixe.

— Un e-mail de la NYU, dit Jacqui d'une voix creuse.

Elle cracha le morceau.

— Je suis désolée pour toi, répondit chaleureusement Anna. J'ai été élève là-bas. Je sais que c'est incroyablement dur d'y entrer aujourd'hui. Je suis sûre que tu réussiras très bien ailleurs.

Jacqui apprécia les paroles de consolation d'Anna ; elle savait que sa patronne ne lui voulait que du bien. Mais elle n'avait pas de solution de rechange. L'université du Michigan ? Elle n'aurait même pas su situer le Michigan sur une carte. Wellesley ? Une fac de filles ? Pas la peine d'y penser ! Donc, au lieu de la fac, il ne lui restait plus qu'à redoubler. Quelle humiliation !

Jacqui avait déjà entendu parler de cette solution honnie. Quelques élèves de dernière année à Sainte-Grâce avaient fait la même chose. En règle générale, c'étaient des idiotes de filles à papa avec un tout petit cerveau et des montagnes de fric. Jacqui n'arrivait pas à croire qu'elle en était au même point. Et d'abord, elle n'était pas riche. Qui allait lui payer encore une année de lycée ?

Bien sûr, elle pouvait continuer à travailler pour les Perry. Elle était certaine qu'Anna n'était pas pressée de chercher une nouvelle fille au pair. Mais Jacqui avait tellement parlé de la NYU ! Eliza et elle avaient déjà prévu de se retrouver en octobre pour Halloween, et elle avait fait promettre à Mara qu'elles passeraient Thanksgiving ensemble, quelle que soit la fac où serait cette dernière. Elle avait même décidé qui partagerait sa chambre : une amie de Sainte-Grâce qui savait déjà qu'elle était admise.

La circulation se débloqua enfin et la voiture les déposa devant le portail hérissé de barbelés de l'héliport de la 34e Rue. Anna et le reste de la famille s'extirpèrent de la limousine, laissant Jacqui seule à l'intérieur.

Pendant que personne ne la voyait, Jacqui essuya quelques larmes. Madison Perry, douze ans, encore plus maigre que l'année précédente, passa la tête dans la voiture.

— Jacqui ? Il faut qu'on y aille. (Elle remarqua l'expression de Jacqui.) Quelque chose ne va pas ? Tu te sens bien ?

Jacqui sourit courageusement et s'essuya le visage.

— Je viens de réaliser que je ne porte pas la bonne tenue pour l'hélicoptère. Ma jupe va me remonter dans la figure avec tout ce vent.

Madison eut un petit rire hésitant.

— Comme Marilyn Monroe, tu vois : vlouf ! plaisanta Jacqui.

Elle se glissa hors de la voiture. À présent, Madison se marrait franchement. Jacqui se força à rire elle aussi et plaqua sa jupe sur ses cuisses en courant dans le vent des rotors. Mais son sourire s'effaça à l'instant où Madison se détourna.

La fille du soleil de São Paulo avait le cœur aussi plombé que le ciel de New York.

Quand le devoir vous appelle...
le BlackBerry se met à sonner !

Ryan lança la boîte FedEx à Mara qui la déchira pour l'ouvrir.

— Mais qu'est-ce que... fit-elle en voyant tomber un BlackBerry agité de vibrations.

Elle essaya de répondre.

— Allô ? Allô ? Allô ? cria-t-elle dans l'appareil en tripotant les petits boutons sur le côté.

— Je ne crois pas qu'il sonne, précisa Ryan pour l'aider. Je pense plutôt que tu as un message.

— Ah bon, dit Mara en parcourant le menu jusqu'à trouver une enveloppe clignotante sur l'écran.

Elle cliqua pour l'ouvrir.

— Oh non !

— Quoi ? demanda Ryan en se remettant au lit et en envoyant balader le carton vide d'un coup de pied.

Il s'agenouilla au-dessus de Mara et se mit à lui faire des bisous dans le cou.

— Quoi que ce soit, ça ne peut pas être important, continua-t-il.

— Merde ! Ça y est, je suis morte ! s'étrangla-t-elle en voyant défiler le texte. (Elle regarda sa montre et se remit à jurer.) Il est onze heures et demie !

— Mais quoi ? Qu'est-ce qui se passe ?

— Ryan, s'il te plaît, tu pourrais... fit Mara en écartant sa main et en se détournant de ses baisers. C'est ma patronne ! gémit-elle. Elle est la seule à connaître l'adresse du bateau. Bref, il y a un grand gala de charité au club Cain ce soir, pour un centre de personnes âgées, et leur chroniqueuse mondaine est coincée à un mariage royal à Saint-Tropez. (Mara avala sa salive avec difficulté.) Elle veut que j'y sois... et que j'écrive un papier sur la soirée !

Ryan soupira bruyamment contre son épaule.

— Et alors ? s'étonna-t-il. Où est le problème ? Tu devais bien écrire pour eux, non ?

Mara souffla sur sa frange.

— Pas vraiment. Elle m'a dit que j'aurais peut-être une chance d'écrire un peu, mais surtout des légendes. Pas un vrai article. Tu ne comprends pas... Je n'ai jamais rien rédigé de tel ! Le plus gros événement que j'aie couvert, c'était le spectacle de *Mary Poppins* monté par mon lycée ! Et elle veut un papier, avec des citations de célébrités. Je ne sais même pas comment on s'y prend !

Mara était terrorisée à l'idée d'aller fourrer un dictaphone sous le nez d'une personne célèbre. Au fait, avait-elle un dictaphone ?

— Facile. Tu te pointes et tu poses une question, répondit Ryan. C'est rien du tout, je vois tout le temps des reporters le faire. En plus, tu es déjà allée à au moins un million de soirées dans les Hamptons. C'est la même chose tous les ans.

Mara se libéra de ses bras. Elle s'enveloppa dans un drap et courut à la recherche de ses bagages.

— Tu t'en vas ? demanda-t-il, incrédule. Mais on vient d'arriver !

— Bien obligée, argua-t-elle en regagnant la cabine avec une valise et une housse à vêtements. La soirée commençait à dix heures ! Je suis déjà hyper en retard ! Lucky devait m'y retrouver il y a une heure !

Elle ouvrit la housse et se mit à la recherche d'une tenue.

— Du calme. Il ne se passe jamais rien avant minuit.

Il garda le silence pendant qu'elle agrafait son soutien-gorge à balconnet et se glissait dans une robe Hollywood moulante au décolleté parsemé de perles de turquoise.

— Tu m'aides avec la fermeture Éclair ?

Ryan bougonna et se redressa sur les genoux. Mara lui tourna le dos et il remonta le zip avec précaution.

Elle se retourna pour lisser le devant de la jupe.

— Je suis bien ?

— Je préférais avant.

Il eut un petit sourire moqueur et alluma le téléviseur à écran plat de soixante pouces.

— Tu ne veux pas venir avec moi ? proposa Mara dont le visage s'illumina à cette idée.

Elle était navrée de l'abandonner en pleine nuit. Elle s'assit au bord du lit pour enfiler une paire de sandales à talon de cuir Pierre Hardy et lui jeta un regard en coin.

— On va bien s'amuser, fit-elle d'une voix câline.

— Naaan, dit Ryan en se laissant retomber sur les oreillers. Je suis claqué, j'ai fait la route depuis le New Hampshire d'abord, et ensuite jusqu'ici. Vas-y. Sérieux. Ça m'est égal.

— Allez, on va danser un peu, boire quelques margaritas... essaya-t-elle, aguicheuse, en fixant les lanières autour de ses chevilles.

— Des margaritas « hypnotic » ? demanda-t-il en arrondissant un sourcil.

— Ton cocktail préféré.

— Mmm...

Il sembla un instant sur le point de se lever pour s'habiller, mais à la dernière seconde, il retomba sur les oreillers.

— Je suis trop crevé. J'ai l'impression que je ne peux même pas bouger. J'ai vraiment besoin de m'écrouler ce soir.

— J'aurais bien aimé qu'on reste ensemble pour notre première nuit, fit Mara, boudeuse.

— Je sais, bébé. On pourrait, répondit Ryan en se redressant pour passer un bras autour de son cou et l'attirer sur le lit avec lui.

Il glissa une main sous sa robe et tira sur son string d'un geste taquin.

Pendant un instant, elle se détendit sous son emprise et ferma les yeux. Elle le sentait embrasser doucement sa nuque ; il aurait été si facile de s'abandonner, de céder, de rester avec lui... Mais elle posa une main sur la sienne et la chassa de sous sa jupe. À regret.

— Il faut vraiment que j'y aille. Ça m'embête, mais il le faut.

— Bon, soupira de nouveau Ryan. Je comprends.

Elle se tourna pour le regarder droit dans les yeux.

— Sûr ?

— Sûr.

Il opina du menton, mais ses yeux étaient vidés de leur étincelle habituelle.

Elle hésitait encore ; une partie d'elle-même ne souhaitait rien d'autre que de rester au lit avec lui pour toujours. Et l'autre partie s'inquiétait sérieusement pour son premier article de magazine. Une mission en bonne et due forme ! Tout ce qu'elle aurait à faire serait de surmonter sa timidité naturelle pour aller recueillir quelques citations auprès des célébrités présentes. Leur demander ce qu'elles portaient, avec qui elles sortaient... et... quoi d'autre ? Elle avait une colonne à remplir, soit huit cents mots ! Elle espérait qu'elle allait s'en sortir.

— Je suis désolée, répéta-t-elle.

— Ne t'inquiète pas, dit-il. On a tout l'été devant nous.

Mara sourit. Ce type était formidable. Qu'est-ce que c'était qu'une nuit manquée ? Il avait raison, ils avaient trois merveilleux mois devant eux pour tout faire ensemble.

Elle s'empara des clés de la Ferrari.

— Je peux la prendre pour y aller ?

Hélico, touché coulé !

— Comment ça, notre hélico n'est pas là ? aboya Anna en plantant son doigt dans la poitrine du contrôleur aérien, qui n'en menait pas large. Nous sommes toujours premiers sur la liste des départs.

— Navré, madame, mais vous allez devoir attendre qu'ils soient partis, expliqua nerveusement le technicien avec un geste du pouce par-dessus son épaule. Ensuite, votre pilote atterrira et vous pourrez vous embarquer.

Anna regarda dans la direction qu'il indiquait et s'étrangla.

— Mais qu'est-ce que c'est que ça ? Et qu'est-ce que ça fait à notre place ?

Sur l'emplacement habituellement réservé aux Perry, trônait un superbe hélicoptère Black Hawk de l'armée, redécoré avec détails personnalisés et finitions de luxe dignes d'un championnat de tuning, depuis les sièges baquet en cuir moelleux jusqu'au marchepied rétractable. Cet appareil, conçu pour affronter un tir nourri en Irak, servait tout simplement à transporter ses propriétaires de Manhattan aux Hamptons en moins d'une heure.

Un monstrueux 4 × 4 Hummer jaune vif, massif et carré, surgit sur le tarmac et vint s'immobiliser à côté du Black Hawk dans un crissement de pneus. La portière s'ouvrit pour laisser sortir trois ravissants garçons. Ils ressemblaient à un groupe de rock indépendant. Le premier était un grand blond doté d'un visage agréable et d'un sourire amical, en T-shirt Atari violet et jean baggy. Le deuxième avait les cheveux bruns, bien coupés, et des lunettes carrées à monture de plastique noir : un intello branché, mignon dans le genre cérébral. Le troisième était dégingandé et nonchalant, cheveux châtains en bataille avec de jolies pattes sur les joues ; il portait une chemise à col pelle à tarte très *seventies* en polyester jaune sur un pantalon à carreaux bariolé. On aurait dit trois étudiants débutants perdus sur leur premier campus.

Jacqui était à côté de la barrière avec les enfants Perry. Elle portait le sac à dos de Zoé et tenait Cody par la main, et c'est à peine si elle avait remarqué les trois types. Cody hurlait qu'il voulait faire pipi, et Jacqui lui expliquait qu'il devrait attendre d'être arrivé dans les Hamptons, car il n'y avait pas de toilettes sur l'héliport. Le pauvre gosse avait appris la propreté à l'âge de cinq ans, et il avait encore un accident de temps en temps. Jacqui priait pour que cela n'arrive pas maintenant... à moins de le laisser faire dans un coin ? Ce n'était qu'un enfant après tout, et il semblait bien cruel de le laisser souffrir ainsi.

Elle réfléchissait à cette délicate question, son esprit cherchant frénétiquement une réponse simple à ses problèmes ; mais le vacarme des rotors de l'hélicoptère, la stéréo du Hummer poussée à fond et les plaintes incessantes d'Anna l'empêchaient de se concentrer.

Le trio sorti du 4 × 4 se dirigea nonchalamment vers le Black Hawk.

— Désolés pour le retard, s'excusa le grand blond au contrôleur aérien avec un sourire malicieux. Ben avait un petit rendez-vous avec la veuve Poignet, ajouta-t-il, narquois, en levant la main.

— Duffy, vieux, tu sais bien que c'est ma meilleure cliente, intervint Ben, celui avec les lunettes.

Il haussa les épaules en riant.

— Regardez-moi ça, intervint le mignon avec les pattes. La classe !

Il siffla et se glissa auprès de l'hélico d'un pas souple et félin.

Sur la carlingue était peinte une main dont l'index et le majeur dressés formaient un V tordu. En dessous, on pouvait lire en lettres calligraphiées : *The Shocker !*

— Oh purée, Grant. (Duffy porta soudain un bras derrière sa nuque, l'air ennuyé.) J'ai complètement oublié que je devais aller chercher mes parents à Martha's Vineyard demain avec ce truc !

— Peut-être qu'ils ne vont rien remarquer, le rassura Ben en ôtant ses lunettes pour les essuyer sur un coin de sa chemise. Tu peux toujours leur dire que c'est un signe de paix.

— Ouais, c'est ça, jeta Duff d'un air sombre tandis que Grant lui cognait l'épaule en s'efforçant de ne pas rire trop fort.

Tous trois grimpèrent sur le marchepied et s'installèrent dans l'hélicoptère sans un regard pour le clan Perry.

C'est alors qu'ils remarquèrent Jacqui, un genou à terre, qui essayait de calmer Cody.

— Tu peux faire là, Cody. Personne ne te verra, disait-elle en aidant l'enfant à déboutonner son pantalon.

— À dix heures, fit Duffy pour indiquer à ses amis la direction de Jacqui. Chaud devant.

Ben reposa ses lunettes sur son nez pour mieux l'examiner.

— Sûr qu'on n'a pas de filles comme ça à Harvard, regretta-t-il.

Grant hocha la tête.

— Pas étonnant que les Miss Univers soient toujours des Sud-Américaines.

Ses camarades le regardèrent de travers.

— Tu t'y connais, pour ces conneries ! le taquinèrent-ils.

— Ça s'appelle avoir des sœurs, rétorqua Grant, vexé.

Il arrangea son large col de chemise et lissa ses cheveux châtains.

Jacqui n'avait même pas remarqué les trois garçons qui l'observaient avec une intensité à la limite de l'irrespect. Dans le soleil de l'après-midi, des reflets violets émaillaient sa chevelure sombre et son bronzage intense rayonnait. L'adorable découpe de sa robe soulignait son décolleté généreux, et la position accroupie à côté de Cody tendait les muscles de ses jambes fines et fermes.

— Voilà, très bien, dit-elle, soulagée que l'enfant ait réussi à uriner.

Elle chassa ses cheveux de ses yeux, soulevant et étirant sa poitrine plantureuse, ce qui arracha aux occupants du Black Hawk un chœur d'exclamations étranglées.

— Yo ! fit Duffy, adepte d'une approche directe.

— Excusez-moi ! cria Ben, optant pour la politesse.

Grant se contenta de se renverser dans son siège et d'observer Jacqui, pensif. En général, c'étaient les filles qui venaient à lui, et il ne voyait pas l'intérêt de se ridiculiser. D'autant que les appels frénétiques de ses camarades étaient étouffés par le vacarme des rotors passant à la vitesse supérieure.

— C'était qui, à votre avis ? s'interrogea tout haut Ben tandis que l'hélicoptère les enlevait dans les airs, hors de portée.

— Une déesse, décida Duffy.

— Du calme, les mecs, on va dans les Hamptons. Et là-bas, elles sont toutes comme ça, croyez-moi, assura Grant.

Mais ses amis lui jetèrent un regard sceptique. Jusqu'à preuve du contraire, il n'y avait qu'une seule Jacqui.

Règle n° 1 de la chronique mondaine : faire croire que tout le monde s'amuse !

Dans les Hamptons, même une soirée de collecte de fonds pour un centre de personnes âgées attirait les plus grands noms et une assistance brillante. La première personne que vit Mara en entrant n'était autre que Mitzi Goober, la redoutable attachée de presse. L'année précédente, celle-ci s'était improvisée meilleure amie de Mara et l'avait couverte de cadeaux, avant de la laisser tomber à cause d'un malentendu – une histoire de boucles d'oreilles à deux cent cinquante mille dollars que J.Lo devait porter à la soirée des MTV Music Awards. Mais qu'est-ce donc qu'une opération de relations publiques ratée lorsque l'on est amies ? À la grande surprise de Mara, Mitzi l'accueillit d'un *Hello !* strident et l'attira pour la serrer violemment dans ses bras. Mara eut l'impression d'embrasser un squelette.

Mitzi était plus bronzée et plus blonde que jamais. Mais si ses bras étaient toniques et musclés, son ventre ressemblait à un ballon de basket : elle était enceinte de six mois. Arborant un débardeur moulant, qui proclamait « Je vis le rêve américain », elle exhibait fièrement sa grossesse, le nec plus ultra des accessoires de mode cet été-là. Les « mamans appétissantes » étaient au top, la fertilité se portait bien. Bien sûr, les enfants à peine nés étaient prestement renvoyés en coulisses aux mains d'une équipe de nounous. Les fashionistas se pâmaient à l'idée d'une grossesse chic, mais battaient vite en retraite dès lors qu'il s'agissait d'élever un enfant pour de vrai.

— Ma Chêêêrie ! roucoula Mitzi en aspirant du Red Bull dans une canette bleu et argent à l'aide d'une fine paille rouge.

La caféine ? Pas un problème pour cette future mère.

— Salut, Mitzi, dit Mara, soulagée de voir quelqu'un qu'elle connaissait.

Où était Lucky ? Elle espérait bien le trouver afin de savoir au juste ce qu'elle était censée faire à cette soirée.

— Comment vas-tu ? Et qu'est-ce que tu racontes de nouveau ? babillait Mitzi de sa voix musicale. Il paraît que tu es engagée à *Hamptons* cet été ! C'est trop ! Il faut que tu rencontres nos clients, on a des choses fantastiques de prévues pour la saison. On s'occupe de la soirée inaugurale de Sydney, je verrais bien un reportage de six pages !

— Euh...

Mara ne savait pas quoi répondre. C'était absurde de penser qu'elle pouvait être décisionnaire pour une chose aussi importante qu'un article de plusieurs pages. Elle n'était qu'une simple stagiaire.

— Parlons-en, d'accord ? Je t'enverrai des échantillons. Bye ! se répandit Mitzi en lui posant une bise agressive sur chaque joue.

À l'instant où elle fut libérée, diverses personnes que Mara avait rencontrées les deux années précédentes se glissèrent à ses côtés. Tout le monde savait qu'elle travaillait pour le magazine *Hamptons*. Ceux-là mêmes qui l'avaient zappée à la fin de l'été dernier faisaient tout pour se retrouver dans ses petits papiers et lui rappeler comme ils se connaissaient bien. Mara était en partie écœurée par leur hypocrisie, mais d'un autre côté elle admirait leur ténacité. On pouvait trouver cette amitié intéressée, mais ainsi allait la vie dans les Hamptons. À leur manière, ces personnes lui rendaient hommage. Il était évident, à voir leurs marques d'attention, qu'à leurs yeux Mara jouait dans la cour des grands. Même Alan Whitman et Kartik, les copropriétaires du Septième Cercle – l'endroit où il fallait être, un an plus tôt –, vinrent lui présenter leurs respects.

Les anciens patrons d'Eliza apprirent à Mara qu'ils revenaient de Las Vegas, où ils avaient ouvert un Septième Cercle dans le désert. À la soirée de lancement, des danseuses topless avaient recréé la fameuse revue de *Showgirls*.

— Mais je peux te le dire, fit Alan en hochant la tête. Il faut que tu viennes voir notre nouvelle boîte. Le Volcan. On a une fontaine de vraie lave. C'est *intense*.

— Viens dîner, tu es invitée quand tu veux, ajouta Kartik en serrant Mara dans ses bras comme un vieux copain. Mitzi t'appellera. Passe nous voir !

Mara sourit sans s'engager. « Passe nous voir ! »

était le leitmotiv de la soirée : tout le monde – jet-setteurs prêts à tout et leurs attachés de presse, filles de vestiaire, serveurs – essayait de se placer auprès d'elle, d'obtenir une mention dans le magazine.

Dans un coin du club, elle reconnut Anna Perry. Cette dernière semblait terriblement décalée, trop habillée dans sa longue robe de soirée. Le dîner de charité avait rassemblé le gratin de la bonne société, alors que la fête dansante qui suivait était plutôt destinée aux jeunes. D'habitude, Anna partait tôt, avec les autres épouses ; mais ce soir elle était encore là, posée sur un divan capitonné, un verre en équilibre sur le genou.

Mara remarqua à ses côtés l'un des « accompagnateurs » les plus célèbres des Hamptons. Ces hommes gays avaient pour fonction d'escorter les femmes mariées qui ne parvenaient pas à entraîner leur mari dans le tourbillon de la vie mondaine. Où donc était Kevin ? Elle s'arrêta pour saluer Anna qui se montra chaleureuse.

— Tu as vu toutes les photos des enfants ? Ils sont mignons, non ? lui demanda son ancienne patronne avec mélancolie. Cody a tellement grandi ! Cela me manque de ne plus avoir de bébé à la maison.

— Te voilà !

Pour la première fois de la soirée, Mara se sentit authentiquement heureuse à la vue de quelqu'un. Lucky Yap, le photographe mondain à la langue bien pendue, se frayait un chemin jusqu'à elle.

— Excusez-moi, Anna, pria Mara en se tournant vers son ami.

Lucky portait une volumineuse redingote de velours sur un T-shirt marqué « Fashion Victim ! » (l'ironie était à la mode cet été, contrairement aux boubous africains de l'année précédente), son fidèle Nikon numérique autour du cou. Il observa attentivement l'assemblée en haussant le sourcil.

— Rien que des ex, des frères et sœurs et des beaux-enfants ce soir, constata-t-il avec regret.

Il voulait dire que l'assistance ne rassemblait que des inconnus ayant une relation plus ou moins ténue avec les vraies célébrités.

— Qu'est-ce que je dois faire ? l'interrogea Mara avec ardeur.

— Ce que nous faisons toujours : mentir, mentir et encore mentir ! Toutes ces soirées sont d'un ennui mortel, mais personne ne doit le savoir, sinon nous serions tous au chômage.

Mara s'esclaffa. Elle savait que Lucky plaisantait, ou du moins elle l'espérait. Elle lui fit le compte-rendu de ses observations. Elle pensait avoir repéré une jet-setteuse célèbre – une nièce de Bush –, mais sans certitude. Elle avait aussi aperçu près du vestiaire un joueur de polo marié qui embrassait une starlette de la télévision, également mariée de fraîche date.

— Tu crois que ça suffit pour mon article ?

— Bien sûr, ma biche ! Tu peux parler des tourtereaux adultères dans la rubrique « incognito ». Et je mettrai la photo de la starlette juste au-dessus, comme ça tout le monde comprendra de qui il s'agit, expliqua Lucky avec malice.

— Ah, tant mieux, dit Mara, soulagée.

— Mademoiselle Mara Waters, gronda derrière elle une voix familière et néanmoins sexy.

Elle se retourna.

— Monsieur Garrett Reynolds, gazouilla-t-elle à son tour en croisant les bras.

Garrett écarta de ses yeux une coquine mèche noire. Bronzé, il portait une chemise de lin blanc et un pantalon écru. Il l'embrassa sur la joue et se comporta en vieil ami, comme s'il ne s'était jamais rien passé entre eux – comme s'il ne l'avait pas laissée tomber comme une vieille chaussette lorsqu'elle avait été victime de médisances.

— Alors, on bosse ?

Elle haussa les épaules.

— Bonne chance, reprit-il en remuant son verre de whisky. C'est ma dernière soirée ici.

— Oh, tu ne restes pas dans les Hamptons cet été ?

Garrett éclata de rire, comme si c'était la chose la plus drôle qu'il eût jamais entendue.

— Bien sûr que non. Les Hamptons, c'est tellement dépassé ! Nous avons mis la maison en location. Je serai au Cap, en Afrique du Sud : tout se passe là-bas à présent. Mais amuse-toi bien, ajouta-t-il, narquois... Je sais que tu trouveras le moyen de t'attirer des ennuis.

Ni sa condescendance ni son dédain ne réussirent à atteindre Mara. Garrett était un âne, et elle était heureuse qu'il s'en aille. Elle se demandait ce qu'elle avait pu lui trouver.

Soudain, Ryan lui manqua. Il s'était sûrement écroulé devant *Aqua Teen Hunger Force*, l'hilarante série animée. Elle s'apprêtait à rentrer se glisser auprès de lui dans le lit lorsque Lucky Yap l'appela pour lui présenter Jill Klompenhower, la seule authentique célébrité présente. Selon la rumeur, cette actrice oscarisée venait d'annuler son mariage avec un rocker chrétien deux semaines après la noce. Soudain, Mara fut bien trop occupée à essayer de se rappeler tous les détails de la vie de Jill pour se languir de son amoureux endormi.

Comme dirait Heidi Klum :
Eliza est « in » et Paige est « out »

Eliza aida encore un mannequin à arranger sa tenue, inclina sa casquette de livreur de journaux pour lui donner un petit air canaille, lui fit mettre le caraco de dentelle par-dessus la robe et non en dessous. Puis elle passa à la fille suivante, et à la suivante encore, en apportant de petites améliorations : une paire de boucles d'oreilles par-ci, un collant résille par-là... En un rien de temps, elle avait complètement modifié le look et l'ambiance de la collection.

Voilà ! pensa-t-elle. *C'est mieux comme ça.* Tous les vêtements déclinaient un thème cohérent avec quelque chose de très sexy, très plage, très jet-set. Cela rappelait les anciennes collections Sydney Minx. Elle devait bien se l'avouer : elle était un génie !

— Qu'est-ce que tu fabriques ? siffla Paige.

Sortant du bureau de Sydney, elle venait juste de remarquer que presque tous les mannequins portaient leur tenue légèrement différemment.

— Oh, Paige ! Tu m'as fait peur.

Eliza grimaça.

— Sydney, regardez ce qu'elle a fait ! s'écria Paige, menaçante. Tout a changé !

Le styliste surgit de son bureau. Il fronça le sourcil et se prit le menton dans la main.

— Voyons voir.

Eliza se figea et retint sa respiration. Tout son courage l'abandonna momentanément. C'était facile d'être inspirée et sûre de soi devant les mannequins qui poussaient des « oh » et des « ah » au moindre changement, mais ce n'étaient que des mannequins... Qu'est-ce qu'elles y connaissaient ? La plupart d'entre elles ne savaient même pas épeler leur nom de scène.

— Bien, bien, fit Sydney. Continuez comme ça, dit-il à Eliza. Et Paige, donnez-lui un coup de main.

Ce fut pour Eliza un moment de triomphe, mais teinté d'amertume. Car tandis qu'elle prenait des décisions et s'affairait à peindre, déchiqueter et accessoiriser chaque tenue, Paige se tenait en retrait sans l'aider, morte d'ennui, bouillant d'une rage qu'elle ne se donnait même pas la peine de dissimuler.

— Tu peux me passer un pistolet à colle, s'il te plaît ? lui demanda Eliza tout en tirant sur une jupe et en pinçant le tissu pour former des ruchés.

— Tiens, grogna Paige en le jetant par terre.

Le fracas fit sursauter Eliza qui troua le tissu avec ses ciseaux.

— Mince alors ! piailla le mannequin.

— Oh, merde ! gémit Eliza en voyant le trou.

Elle regarda Paige qui avait l'air d'une parfaite petite sainte. Eliza savait qu'elle l'avait fait exprès, et elle n'y pouvait rien.

Elle eut une idée.

— Bouge pas, dit-elle au modèle.

Elle découpa un deuxième trou dans la jupe, puis un troisième, et un autre encore, créant ainsi un motif ajouré sexy.

Quelques minutes plus tard, c'est du fond de la salle que lui parvinrent des éclats de voix.

— C'est trop petit ! se lamentait un mannequin.

Sa robe de cuir couleur café était tellement courte qu'elle lui couvrait à peine les fesses.

— Qu'est-ce qui se passe, encore ? Je vous préviens, les filles, je ne peux *pas* me permettre une nouvelle crise ! Je n'ai déjà plus de Xanax ! cria Sydney, déboulant en trombe pour juger de la situation.

— Eliza m'a dit de la mettre au sèche-linge... et regardez ça ! dit Paige d'un ton suffisant. La tenue est bousillée. Elle ne sera jamais prête pour le défilé.

— Je voulais un effet de cuir vieilli, expliqua Eliza en examinant d'un œil critique le matériau détruit.

Elle avait demandé à Paige de régler la machine sur « délicat », mais de toute évidence l'assistante malveillante s'était fait un plaisir de la programmer sur « maximum ».

Le cuir, en lambeaux, avait bel et bien rétréci.

— Tiens, trancha Eliza en tendant au mannequin un jean coupé aux genoux.

Elle tira la jupe sur le buste de la fille.

— C'est un haut !

— Bien sûr ! approuva Sydney en agitant son éventail.

— Bien sûr, répéta Eliza en gratifiant Paige de son sourire à un million de dollars.

Paige aurait beau tout tenter pour saboter ses efforts, Eliza ne pouvait pas perdre.

Si seulement toutes les parties de foot se terminaient comme ça !

Jacqui arriva dans les Hamptons au coucher du soleil. La propriété des Perry, Creek Head Manor, était plus immaculée et plus impeccable que jamais, comme si elle attendait les photographes de *Metropolitan Home* pour un reportage. Laurie, la joviale assistante d'Anna, était venue une semaine à l'avance pour tout préparer dans les règles de l'art : tous les vases étaient garnis de lys blancs à longue tige, et tous les lits, de draps frais en lin d'Italie. Anna avait une fois de plus fait rénover la maison pendant l'hiver et fait installer un solarium, ainsi qu'un petit bar équipé de l'eau courante dans le placard de la chambre. La salle de bains des parents abritait également l'ancien bidet de Jackie Onassis (acheté une fortune en salle des ventes), assorti aux carrelages Marie-Antoinette.

Jacqui fit dîner les enfants et donna le bain aux petits. Après les avoir bordés dans leurs lits et rappelé à William et Madison de ne pas se coucher trop tard, elle fut enfin libre de vider ses valises et de s'installer. Elle grimpa les marches branlantes en traînant les pieds et ouvrit la porte, déchirant une toile d'araignée.

Après une année de faste citadin, le retour au cottage des filles au pair était un peu déprimant. La pièce, sombre et renfermée, sentait le moisi. Jacqui ouvrit la fenêtre en grand et eut immédiatement la nostalgie du confort climatisé de son appartement. Elle trouva des draps en percale froissés dans les tiroirs et les envoya sans enthousiasme sur le matelas taché et bosselé du lit à une place. Ce n'était plus pareil, sans Eliza pour se plaindre de la minuscule salle de bains ni Mara pour exhorter tout le monde à se préparer pour la prochaine journée de travail. Cafardeuse, elle s'assit au bord du lit et alluma une cigarette, jetant distraitement les cendres dans la jardinière qui contenait un ficus desséché.

Jacqui se gratta la joue et inhala une longue bouffée. Eliza était encore à New York, et Mara était sur le bateau avec Ryan : mieux valait les laisser tranquilles tous les deux pour la nuit de leur arrivée. Alors qu'elle déballait ses affaires, elle vit l'éclairage de la piscine qui illuminait l'allée du jardin. Quelle bonne idée ! Elle attrapa une serviette et sortit rapidement du cottage.

C'était exactement ce dont elle avait besoin pour se sentir mieux : un petit bain de minuit. Anna était à son gala de charité, il était tard, les enfants dormaient... il n'y avait personne d'autre à la maison... L'eau était bonne et vivifiante : les Perry avaient fait pomper et filtrer l'eau pure et fraîche d'un petit cours d'eau du nord de l'île. Elle fit quelques brasses nonchalantes, puis se laissa flotter un moment sur le dos.

Elle regagna ensuite le bord du bassin, où elle s'était préparé un verre bien glacé. Heureusement, elle savait où étaient cachées les clés du bar.

Après quelques minutes, elle en eut assez et retraversa la piscine pour gagner l'allée qui menait au cottage. Elle sortait de l'eau, ruisselante et nue, lorsque soudain les buissons qui délimitaient l'espace de la piscine explosèrent dans un grand fracas.

Jacqui hurla.

Trois garçons à la poursuite d'un ballon en mousse venaient de débouler à travers la haie qui séparait la propriété des Perry de celle des Reynolds.

— Droit devant, droit... devant ! s'étrangla Duffy, serrant encore la balle contre lui. C'est *elle* !

— Sainte mère de Dieu, s'exclama Ben en allongeant le cou. Je jure solennellement que je ne retournerai jamais à Harvard.

— *Señorita*, veuillez excuser mes imbéciles d'amis, dit Grant avec son accent traînant du Sud, qui aurait été charmant s'il n'avait pas été étalé par terre, le visage écrasé dans l'herbe.

Les yeux ronds, ils contemplaient Jacqui dans la splendeur de sa nudité, vêtue uniquement « à la brésilienne »... nous voulons parler, bien sûr, de son épilation brésilienne.

— *Merda !* jura-t-elle en s'enveloppant de la serviette et en courant vers le cottage, laissant dans son sillage trois garçons fous d'amour.

Mara a des doutes XXL
sur son nouveau statut

Peu après deux heures du matin, Mara remonta sans bruit à bord du Catalina. Elle tourna lentement sa clé dans la serrure et entra sur la pointe des pieds dans le cockpit sombre. La lune entrait à flots par le hublot, et Mara distingua la longue forme de Ryan blottie sous l'édredon blanc en duvet d'oie.

Elle se débarrassa de ses sandales à talon et se massa la plante des pieds. Jill les avait invités dans la maison qu'elle louait à Bridgehampton, et après quelques vodkas et une partie de « Célébrités » bien arrosée (la star avait gagné haut la main grâce à son imitation de Nicole Ritchie), chacun était rentré chez soi.

Mara tapa sur son BlackBerry le récit de l'annulation de mariage de Jill et le compte-rendu détaillé du gala de charité, espérant envers et contre tout que son texte parviendrait jusque dans le prochain numéro du magazine. Lucky lui avait assuré que l'article était très bien, mais elle n'en était pas si sûre. Et si sa chef n'appréciait pas ses blagues sur les « accompagnateurs » ? Ou ses équations sur la vie mondaine, postulant que deux assistants de stars équivalaient, de nos jours, à une star de troisième catégorie ? Par exemple CaCee Cobb (assistante personnelle et meilleure amie de Jessica Simpson) + Trace Ayala (assistante personnelle et meilleure amie de Justin Timberlake) = Brooke Burke.

Ses pieds s'enfoncèrent dans le tapis moelleux avec un bruit spongieux, et elle s'enferma dans la salle de bains pour se démaquiller, se doucher et se changer. Elle enfila un vieux T-shirt en coton de Ryan, dont elle aimait la douceur sur sa peau.

Elle se faufila sous les couvertures et se blottit en silence contre son torse, glissant les bras sous ses aisselles et se serrant contre lui, les jambes passées sous les siennes.

— Mmmmppf, murmura Ryan en lui tapotant distraitement le bras. Il soupira.

— Ry, tu m'entends ? Ryan ? chuchota-t-elle. Je crois qu'ils ont fait une grosse erreur en m'envoyant à la soirée. Je ne connais rien à l'art d'écrire une chronique mondaine. Je ne suis même pas dans les cercles mondains.

Énervée par la vodka, elle s'inquiétait pour son article. Si seulement il pouvait se réveiller pour qu'elle puisse en parler avec lui ! Elle aurait vraiment eu besoin de son soutien en ce moment.

— Mmmppff... hein ? dit Ryan d'une voix endormie. T'en fais pas, tout va bien se passer, marmonna-t-il.

Mara se tordait les mains. Et si sa chef détestait son texte ? Elle serait bonne pour passer son été à rédiger des légendes de photos. *L-R, héritier du ketchup ; Trophy Wife, chirurgien esthétique des stars...*

— Ryan chéri, tu m'écoutes ? Je suis tellement nerveuse...

Pour toute réponse, Ryan émit un ronflement sonore. Il lui tourna le dos et serra son oreiller contre lui, laissant Mara seule et abandonnée de son côté du large lit.

Bon, eh bien... c'était tout pour ce soir. De toute manière, rester perchée sur des talons pendant trois heures était une vraie torture, elle avait bien besoin de repos.

Elle posa un dernier baiser sur la joue de Ryan et pivota face au mur en remontant les couvertures sur sa poitrine.

Ils dormirent ainsi, dos à dos, pratiquement sans se toucher. Le lit se balançait doucement au rythme des vagues, et quand Mara ferma les yeux, elle rêva qu'elle flottait seule dans le vide.

Rien de tel qu'un boulot bien fait
pour vous gonfler le moral

Enfin le dernier ! Eliza maintint les bords du carton en place pendant que l'autre stagiaire les scotchait. Il était officiellement six heures du matin et l'équipe au complet avait travaillé toute la nuit. Eliza se sentait en proie à un léger délire, mais elle exultait. Ses derniers choix pour le défilé faisaient un effet bœuf : elle avait placé des bijoux extravagants sur tous les mannequins, joué avec les textures et les motifs, et réussi à créer un spectacle hyper glamour. Sydney était au comble de la joie. Et Paige, au comble de la contrariété.

Eliza était sur un petit nuage. Jamais de sa vie elle n'avait travaillé aussi dur, ni ne s'était sentie aussi bien ! La collection était incroyable : même Paige avait dû admettre à contrecœur que tout était sublime. Eliza était tellement fière ! C'était encore meilleur qu'une mention très bien aux examens.

Ils avaient emballé chaque tenue dans du papier de soie avant de les suspendre, avec leurs housses en plastique, dans une armoire portative. Celle-ci serait chargée dans le camion en partance pour les Hamptons. Les livreurs arrivaient dans une heure, et les vêtements seraient en magasin le lendemain matin, le jour du lancement.

Eliza prévoyait de dormir quelques heures, puis de gagner les Hamptons en voiture dans l'après-midi. Elle salua d'un signe de tête le reste de l'équipe et rentra chez elle prendre une douche bien méritée.

Dans un accès de générosité qui ne lui ressemblait guère, Sydney avait permis à tout le monde de rentrer en voiture avec chauffeur aux frais de la compagnie, et une flotte de Lincoln noires était garée devant l'immeuble. Eliza envoya la sienne sur Park Avenue.

Le portier toucha sa casquette et lui tint la porte ouverte. Elle ressentit un afflux de plaisir indescriptible en pénétrant dans le hall de marbre décoré de fresques rococo aux couleurs pastel pleines de nymphes et d'angelots. Elle emprunta l'ascenseur garni de miroirs et d'un épais tapis, qui la déposa au vingt et unième étage. L'appartement des Thompson était dans la famille de sa mère depuis le début du XXe siècle. C'était un « six pièces classique », mais on aurait pu l'appeler un « douze pièces luxe », car il faisait le double de la surface habituelle, avec une entrée qui s'élevait sur la hauteur de trois étages et un balcon dominant Central Park.

Ses parents étaient déjà dans les Hamptons, dans leur « cottage » d'Amagansett (seule une pub Ralph Lauren aurait pu décrire comme « rustique » leur maison de campagne de dix chambres). Quelle merveille d'être chez soi, vraiment chez soi. C'était étrange :

Eliza ne se serait jamais vue comme une bosseuse, mais une journée au studio de Sydney avait tout boulversé.

Toutes ses amies de Spence se contentaient d'aller chez le coiffeur, de faire du shopping et de parler garçons. Bien sûr, il y avait quelques filles brillantes qui partaient faire du théâtre à Williamsburg, d'autres qui effectuaient des stages d'été dans des magazines ou à la Maison-Blanche, mais Eliza n'avait jamais eu envie de leur ressembler.

Elle n'aurait jamais pensé qu'une dure nuit de travail puisse la remplir d'énergie, au lieu de la vider. Cette occasion qui lui avait été donnée d'exprimer sa créativité, d'exploiter ses talents innés pour produire quelque chose de beau, lui apportait une satisfaction qu'elle n'avait jamais ressentie. Eliza se sentait inspirée, elle était heureuse de faire ce stage chez Sydney. Elle avait hâte que le défilé commence.

Quelques heures plus tard, rafraîchie par une sieste et une bonne douche, Eliza boucla le dernier de ses sacs monogrammés Goyard et fit appeler un taxi. Elle rejoignit le garage familial de l'autre côté de la ville, où l'attendait son nouveau véhicule : une Land Rover LR3 sport flambant neuve – un net progrès par rapport à la berline de location de l'été précédent. Ses parents lui avaient offert la voiture pour la féliciter de son admission à Princeton, l'université où son père avait fait ses études. Le 4 × 4 était rutilant. Eliza balança ses affaires à l'arrière et sauta sur le siège conducteur.

Une voix synthétique à l'accent british l'accueillit dès qu'elle démarra le moteur.

— Bonjour, Eliza. Où voulez-vous aller aujourd'hui ?

— Bonjour, voiture ! pépia Eliza en retour.

Ça la faisait toujours marrer d'avoir une conversation avec sa caisse. Elle saisit leur adresse à Amagansett dans le GPS automatique.

La voiture se mit à lui donner des instructions. Eliza sortit du parking et se mêla à la circulation. « Téléphone », l'informa la voiture tandis qu'un voyant se mettait à clignoter sur le tableau de bord.

— Décroche, dit Eliza.

— Vous êtes en ligne.

Eliza entendit un bruit de vagues, et Jeremy qui se débattait avec son téléphone portable.

— Allô ? Allô ? fit-il. Eliza, tu es là ?

— Salut, bébé.

— Salut...

Sa voix grave et profonde la faisait fondre. Eliza eut un pincement de pitié pour toutes les filles dont le copain n'avait pas une voix aussi sexy que Jeremy. Elle se rappela que Charlie Borshok, son précédent amoureux, avait une voix haut perchée et ricanait comme une hyène.

— Je viens de quitter le parking, je vais entrer dans un tunnel. Je serai là dans quelques heures. (Elle se mit à roucouler comme une collégienne.) Je t'ai manqué ?

— Pas du tout, plaisanta-t-il.

Elle s'engagea dans le profond tunnel qui traversait la ville et le signal faiblit.

— Jer, je ne capte plus. Je te rappelle quand je suis sur la 27, OK ? Je t'aime.

Pas de réponse. Elle avait perdu le contact. Elle eut un frisson en pensant à la parure de lingerie sur mesure, spécialement préparée, qui l'attendait dans ses bagages. De la soie rose très pâle, avec des rubans en satin. Jeremy l'ignorait encore, mais ce soir, c'était le grand soir. Elle espérait bien que le monde n'allait pas s'écrouler d'ici là, car elle n'avait aucune intention de mourir vierge.

Le diable se chausse en Louboutin

Premier indice que ce boulot n'allait pas être banal : les escarpins de sa chef posés sur son bureau. Mara les admira du coin de l'œil. C'était des Louboutin de cuir rose bonbon, avec leurs semelles rouges comme un camion de pompiers – le fameux détail qui, partout dans le monde, prouvait aux folles de chaussures que c'étaient bien des articles de luxe à cinq cents dollars.

Pendant dix ans, Sam Davis avait régné sur les médias de New York. À elle seule, elle avait transformé plusieurs magazines léthargiques et déphasés en vaches à lait ultra-rentables. Elle avait commencé par *American Teen* et gravi les échelons du « ghetto rose » de la presse féminine, de *Sophisticated* à l'espagnol *Anna Claudia*, puis à *Glitter*, plus grand public, jusqu'à la plus célèbre de ses recréations, *Them* : un tabloïd *people* qui, chaque semaine, abreuvait son public de détails sur la vie privée des starlettes de la télé. C'était la faute de Sam Davis si la jeune chanteuse pop Chauncey Raven, récemment mariée à son ancien choriste Daryl Wolf et maman d'un petit Liam Spenser Raven Wolf de quatre mois, avait déjà ratatiné deux décapotables Mercedes, poursuivie à fond de train par des paparazzi en plein Malibu.

Sam Davis pliait le monde des médias à sa volonté et son ascension semblait sans limites. Pendant des années, il avait semblé que rien ne l'arrêterait. Convaincue qu'elle pouvait tout conquérir, elle s'était mis en tête de réinventer le marché de la presse culturelle. Elle avait alors proposé un magazine à mi-chemin entre *Harper's* et *InStyle*, qui devait « rendre sexy les gens intelligents ». Ce qu'elle fit en affublant des prix Nobel de tenues dénudées et en demandant à des acteurs de critiquer les dernières sorties littéraires. Les sommets furent atteints lorsqu'un présentateur de reality show résuma ainsi un ouvrage – couronné par le prix Pulitzer – sur la famine en Afrique : « Un livre succulent, à dévorer sans hésiter ». Le magazine cessa de paraître après trois numéros, le contrat mirobolant de Sam fut rompu, et aussi rapidement qu'elle était devenue la reine de la ville, elle en devint la risée.

D'où son exil dans les Hamptons. Elle jurait que c'était pour se rapprocher de sa famille (d'après ses employés, elle travaillait seize heures par jour alors que son fils de cinq ans était hospitalisé pour une tumeur au cerveau), pour profiter de la tranquillité qu'offrait le journalisme dans les Hamptons (expositions florales, concours hippiques, frime en tout genre). Mais New York connaissait la vérité : elle était finie.

Finie peut-être, mais pas morte. Sam Davis avait hâte d'imposer sa griffe sur *Hamptons* et de faire à nouveau parler d'elle.

Mara attendait avec impatience qu'elle ait terminé de harceler son assistante au téléphone au sujet de son café.

— Combien de fois faudra-t-il que je vous le dise ? Un cappuccino *dry* ne mousse pas !

Elle avait encore du mal à réaliser qu'elle ait pu décrocher un job aussi convoité. La rapidité de tout cela lui faisait encore tourner la tête. Toute sa vie, on lui avait inculqué que la réussite était le fruit du travail et de la discipline... mais comment y croire alors qu'un simple coup de fil – une relation – lui avait apporté le boulot de ses rêves ? Cela ne semblait pas juste. Que dire de toutes les candidates au poste, qui n'avaient pas la chance d'avoir bossé pour une ancienne camarade de fac de Sam Davis ?

D'après Eliza, c'était un raisonnement vaseux. Le monde ne fonctionnait qu'au carnet d'adresses. Tout ce qui comptait, c'était qui on connaissait. Plus les gens étaient importants, mieux c'était. Mara s'étonnait de constater qu'à dix-sept ans, elle avait rencontré déjà beaucoup de ces gens.

— Oui ? demanda Sam en prenant enfin acte de la présence de Mara.

C'était une solide femme de trente-six ans au visage dur et ridé. Ses cheveux d'un noir de jais étaient censés faire punk, tout comme son collier de chien. Pourtant, boudinée dans un pull Vivienne Westwood trop petit et un jean Shagg qui lui moulait les cuisses, Sam Davis trouvait le moyen de ressembler à n'importe quelle mère de famille banlieusarde s'accrochant désespérément – mais en vain – à sa jeunesse rebelle.

— Je suis Mara Waters. Votre nouvelle stagiaire. J'ai rédigé l'article sur le gala de charité d'hier soir au club Cain.

— Le quoi ? interrogea Sam. (Elle fit disparaître ses pieds sous le bureau dans un éclair de couleur.) Ah oui. J'ai eu votre papier. On l'a coupé.

— Oh, fit Mara, déçue et peinée.

Tout ce travail, devoir laisser Ryan en plan... et l'article n'était même pas passé ! De plus, ses pires craintes se confirmaient : elle ne savait pas écrire. Elle n'était même pas capable de divertir avec une chronique mondaine. C'était sérieusement déprimant.

Ce matin-là, Mara s'était réveillée seule dans le lit. Ryan avait laissé un mot pour dire qu'il était parti surfer. C'était son habitude de se lever à l'aube pour aller attraper les vagues. Mara s'en était un peu attristée : la veille au soir, ils avaient eu trop sommeil pour se retrouver, et voilà qu'ils n'arrivaient pas à passer la matinée ensemble. Elle avait prévu de leur préparer un petit déjeuner romantique dans la cuisine du bord, mais dut se rabattre sur un petit pain froid, toute seule devant la télé.

— J'ai bien pensé le publier la semaine prochaine, mais ce ne seraient plus des nouvelles fraîches. Et nous ne donnons que des nouvelles fraîches dans *Hamptons*, déclara Sam Davis avec emphase.

— Bien sûr, acquiesça Mara en s'apprêtant à remettre son carnet de notes dans son sac.

Manifestement, elle allait être reléguée à la gestion des fournitures de bureau. Ses épaules s'affaissèrent.

Cependant, à sa grande surprise, Sam lui fit signe de s'asseoir en face d'elle ; Mara obéit, une fois le siège débarrassé des piles de manuscrits, de magazines, d'enveloppes et de boîtes FedEx qui l'encombraient.

— C'est peu de chose, vous savez. Ça arrive tout le temps, lui expliqua Sam en levant les yeux au ciel. C'était un peu lourd sur les jeux de mots, mais pas déplaisant. Un rien verbeux. Vous avez gâché la chute en parlant du joueur de polo et de la starlette dès le quatrième paragraphe. Mais vous apprendrez.

Mara se ragaillardit.

— C'est vrai ?

Sam farfouilla sur son bureau et trouva une sortie papier de l'article de Mara. Elle le relut en diagonale.

— Il y a de bonnes choses là-dedans : les « équations mondaines », c'est amusant. J'aime bien. Il nous faut plus de cela.

Mara rayonnait. Elle était contente de sa trouvaille.

— Vous savez quoi ? La secrétaire de rédaction a engagé une nouvelle stagiaire, pour faire plaisir à la belle-sœur de l'éditrice ou je ne sais quoi. Si bien que nous n'avons plus besoin de vous en stage, expliqua Sam.

Avant que Mara ait eu le temps de se renfrogner, elle poursuivit :

— En revanche, j'ai besoin de quelqu'un pour rédiger l'Agenda mondain régulièrement. Courtney von Wilding a appelé. Elle passe l'été en Méditerranée sur le yacht de je ne sais quel prince grec, elle ne rentrera pas à New York avant l'automne. (Sam soupira.) Voilà ce qui arrive quand on embauche de jeunes jet-setteuses pour écrire l'Agenda mondain. Impossible de les installer devant un clavier : ça abîme la manucure.

Elle dénicha quelques vieux numéros du magazine qu'elle fit glisser vers Mara à travers le bureau.

— Vous couvrirez les défilés de mode, le polo, les galas de charité, les dîners, qui est *in*, qui est *out*, ce qui se porte, qui couche avec qui, qui se fait snober aux feux d'artifice cette année. On va secouer un peu tout ce monde ! Leur donner quelque chose à lire entre les pages de pub pour Cartier.

Mara opina en prenant des notes à toute vitesse. *Qui in/out, lire entre pubs Cartier.*

— Sydney Minx inaugure sa nouvelle boutique demain. Je veux que vous y soyez. Et surtout, interviewez-le bien. Nous allons réaliser un portrait complet. Je veux que vous donniez encore plus souvent votre point de vue d'étrangère récemment intégrée. On fera peut-être la couverture avec ça. Voyons ce que le vieux renard a dans sa manche. Je veux trois mille mots pour lundi.

Trois mille mots ! Pratiquement un roman ! Et Sam Davis avait-elle bien dit « couverture » ? C'était sa grande chance !

— Ah, avant d'oublier, une chose qu'il me faut absolument, lança Sam Davis. Des chaussettes.

— Des chaussettes ?

Sam désigna ses pieds.

— Des chaussettes. Pour mon match de tennis. Il m'en faut. Arrangez-vous pour que Sydney m'en envoie. Dites-lui qu'on va les photographier pour une page de mode.

— Pardon... faire venir des chaussettes ?

— Vous êtes sourde ? Voilà le numéro, insista-t-elle en passant une carte à Mara. Je suis en retard pour mon déjeuner chez Nick and Toni's.

Sur ces mots, Sam Davis s'en alla.

Mara regardait fixement le morceau de papier devant elle. Sa patronne voulait vraiment qu'elle demande à un styliste d'envoyer une paire de chaussettes par coursier ? Pourquoi pas simplement descendre en acheter une paire dans un magasin ? Ou passer en prendre chez elle ?

Elle composa le numéro.

— Goober Relations publiques, chanta une voix soyeuse à laquelle Mara reconnut l'assistante de Mitzi.

Mara raccrocha immédiatement. Elle ne pouvait pas se résoudre à demander à quelqu'un d'envoyer des chaussettes, et encore moins à Mitzi. Même avec l'excuse débile d'en avoir besoin pour une séance de photos. Ce n'étaient que des chaussettes blanches, en vente dans n'importe quel supermarché pour 1,99 dollar. Peut-être ferait-elle mieux de courir en acheter, tout simplement. Mais si Sam remarquait que ce n'étaient pas des Sydney Minx ? Les chaussettes Sydney Minx avaient-elles quelque chose de particulier ?

Par chance, elle eut une autre idée. Elle composa rapidement le numéro de portable d'Eliza.

— Liza ?

— Mar ! *Holla !*

À Cabo, elles avaient écouté l'album de Gwen Stefani en boucle, à s'en écorcher les oreilles, sur l'iPod de Mara.

— *Hollaback, girl !* T'es où ? demanda Mara que la voix rauque d'Eliza submergea de plaisir.

Cet été, toutes les trois seraient de nouveau réunies... Qui savait quelles bêtises elles allaient encore inventer ?

— Coincée dans les embouteillages sur la 27, comme toujours. Mais je devrais être arrivée dans une heure.

— Écoute, il me faut des chaussettes. Pour ma chef. Sam Davis. Tu crois que vous pourriez en envoyer ?

— Des chaussettes ?

Mara s'expliqua rapidement.

— Ah oui. Ne t'inquiète pas. Il paraît qu'elle fait ça tout le temps, elle commande des trucs à tout bout de champ. Personne ne lui prête plus de vêtements parce qu'elle ment toujours en disant que c'est pour un reportage photo, et ensuite on les voit sur elle à une avant-première. Par contre, elle et Sydney, c'est une longue histoire, paraît-il. Je vais charger une des filles du magasin d'en envoyer une paire. Quelle taille ?

Mara poussa subrepticement du pied la boîte à chaussures Louboutin qui traînait sous le bureau de manière à voir l'étiquette.

— Du quarante-quatre. C'est Berthe au grand pied, dit-elle avec un petit rire.

Eliza la mit en attente, puis reprit la ligne.

— Tu les auras à midi.

— Tu viens de me sauver la tête.

— Ou plutôt les pieds, gloussa Eliza.

— Tu sais quoi ? Je dois écrire un article de fond sur Sydney Minx ! pépia Mara, surexcitée, tout en gribouillant sur son bloc-notes : *Par Mara Waters*, puis : *L'Agenda mondain, par Mara Waters*, et en essayant d'imaginer ses quelques lignes de biographie : *Mara Waters vit à Sag Harboor avec son fiancé. Ceci est son premier article pour le journal.*

97

— Arrête ! s'étrangla Eliza.

— C'est vrai ! On m'a confié la rédaction de l'agenda mondain. C'est pas dingue, ça ?

— Complètement dingue, s'enthousiasma Eliza. Oh mon Dieu, tu vas être, genre, hyper importante !

— Tais-toi ! rigola Mara.

Eliza avait tendance à exagérer, mais c'était tout de même agréable à entendre. Elle posa ses pieds sur le bureau comme Sam Davis. De toute manière, il n'y avait personne pour la voir dans les environs.

— Tu me citeras dans ton article ? J'ai accessoirisé toute la collection.

— Je verrai ce que je peux faire, répondit Mara d'un ton froidement professionnel.

— Oh, fit Eliza, déçue.

— Andouille, je plaisantais. Bien sûr que je parlerai de toi, promit Mara.

— Ouf ! Pendant un instant, j'ai cru que j'allais devoir t'apporter ma super-machine-à-dégonfler-les-grosses-têtes, la taquina Eliza.

— On se voit chez les Perry ?

— Un peu, mon neveu ! conclut Eliza.

Marat sourit en raccrochant. Elle était folle d'impatience de revoir ses amies.

Jacqui brouille les ondes
de Radio-instance-de-divorce

Les enfants avaient beau s'efforcer de faire comme s'ils n'entendaient rien, la maison résonnait de sarcasmes et de propos acides. Kevin et Anna se disputaient par interphone interposé. Une fois de plus.

Jacqui contempla le boîtier blanc fixé à côté du grille-pain en regrettant de ne pas pouvoir couper le son. L'interphone de cette maison était différent de celui de New York. Là-bas, lorsqu'on appelait une pièce, la conversation s'établissait discrètement entre les deux postes. Dans les Hamptons, où le système était plus ancien, lorsqu'on appuyait sur le bouton votre voix sortait par quinze haut-parleurs à la fois.

— Bon sang, où sont encore passés mes clubs de golf ? Comment se fait-il que je ne retrouve jamais rien dans cette maison ? beuglait Kevin.

— Pas ma faute. Ce n'est pas moi qui les ai donnés à revernir, grinça Anna.

— Ça c'est sûr, tu ne fais jamais rien dans cette

maison. À part claquer du fric ! Et au fait, ton petit exploit avec mon oreille, c'est grave. Le médecin dit que c'est infecté.

— Et alors ? Je m'en fous. J'en ai marre de la manière dont tu me traites. Je ne suis plus ton assistante, je suis ta femme ! hurla Anna.

— Ouais, j'avais remarqué. Mon assistante s'active plus que toi ! rétorqua Kevin.

— Va te faire foutre. Je veux divorcer !

— Parfait ! C'est d'accord ! répliqua Kevin. Il te faut sans doute quelqu'un de plus jeune, puisque tu ne veux jamais faire la même chose que moi.

— Allô, la Terre parle à Kevin ! Tes amis sont *chiants* !

— Eh bien comme ça tu n'auras plus à les supporter, hein ?

— C'est sérieux, cette fois ! menaça Anna. Je veux divorcer !

— Vas-y ! Appelle ton avocat !

— Il est dans mes numéros abrégés ! Regarde-moi faire !

— Ils ne disent pas ça sérieusement, dit Jacqui en versant dans les bols des enfants des flocons d'avoine irlandaise biologique complète. Ils n'en pensent pas un mot.

La menace du divorce était si souvent brandie qu'elle en avait perdu son efficacité.

Madison leva les yeux au ciel. Elle affectait l'indifférence face aux querelles entre son père et sa belle-mère, mais comme Anna était la seule mère qu'il lui restât – leur vraie mère, Brigitte, s'était enfuie dans un ashram au Sri Lanka sans un regard pour eux depuis des années –, il était évident que les disputes

100

la terrifiaient. Lorsqu'un long cri d'Anna déchira l'interphone, Madison renversa accidentellement son verre de jus d'orange.

— Ne t'inquiète pas, la rassura Jacqui en l'aidant à essuyer la table avec du papier absorbant.

William, onze ans, ne leva pas les yeux du roman d'aventures qu'il était en train de lire. Le petit garçon hyperactif s'était calmé, curieusement sans l'aide d'aucun médicament, et une transformation radicale s'était produite. Alors qu'avant le problème était de le faire taire, à présent il était délicat de lui arracher un mot. Il avait grandi, maigri, et sa ressemblance avec Ryan s'accentuait de jour en jour. Si les deux aînés s'efforçaient de masquer leur anxiété, le vacarme perturbait très clairement Zoé et le bébé – comme ils appelaient encore tous Cody.

La lèvre inférieure de Zoé tremblait, et la petite fille semblait sur le point de se mettre à pleurer ; quant à Cody, le seul enfant biologique d'Anna, il hurlait, les mains plaquées sur les oreilles.

À bout de patience, Jacqui traversa la cuisine pour aller débrancher le boîtier qui cessa immédiatement de glapir. On entendait encore la dispute des Perry résonner dans les profondeurs de la maison, mais le son était lointain et étouffé.

— Allez, mangez vos fruits, les amadoua-t-elle en faisant passer à la ronde un bol de pruneaux et de raisins secs.

— Y'a quelqu'un ? claironna une voix joyeuse à la porte.

Jacqui leva les yeux. Mara entra, les bras chargés d'un grand panier rempli de muffins tout chauds, sortant du four, de chez la Comtesse aux Pieds nus.

Leur parfum de cannelle et de muscade envahit la cuisine. Et pour la première fois depuis qu'elle avait reçu les mauvaises nouvelles de la NYU, Jacqui eut réellement envie de sourire.

— Salut tout le monde ! dit Mara.

— *Holla !*

Mara s'approcha pour embrasser Jacqui.

— Tu es superbe !

Jacqui exécuta une pirouette. Elle portait un débardeur ajouré et bloussant Derek Lam avec un étroit bermuda à carreaux gris.

— Toi aussi. C'est une tunique Tory ? *J'adore !*

Mara acquiesça en s'asseyant au comptoir de la cuisine ; les enfants avaient immédiatement abandonné leurs flocons d'avoine pour dévaliser le panier de muffins.

— Mon Dieu, William, tu as poussé comme du chiendent ! s'exclama Mara. Et Madison, tu es trop mignonne avec cette chemise !

— On dit Bill, maintenant. Il ne veut plus qu'on l'appelle William, précisa affectueusement Jacqui. Et nous avons trouvé cette chemise en solde chez Jeffrey la semaine dernière, n'est-ce pas, Mad ?

William adressa à Mara un sourire timide et retourna s'asseoir. Mara leva les sourcils en regardant Jacqui qui se contenta de hausser les épaules. Deux étés de suite, le petit garçon les avait terrorisées avec ses crises de nerfs ; il était difficile de concevoir que le sale gosse qui les poursuivait de son pistolet à eau soit devenu cet enfant sage plongé dans un livre.

Mara ébouriffa les cheveux de Cody et embrassa Zoé.

— Alors, comment s'est passée la première nuit de

102

« la Croisière s'amuse » ? la taquina Jacqui en traçant des guillemets imaginaires avec ses doigts avant de débarrasser les bols intacts.

Mara rougit et jeta un regard significatif vers les petits frères et sœurs de Ryan.

Jacqui hocha la tête et lui expliqua à mi-voix que dès que leurs grands-parents arriveraient, elles pourraient discuter tranquilles. Les parents de Kevin emmenaient les enfants dans leur propriété de l'autre côté de l'île, où ils allaient passer la journée à pêcher dans l'étang et à faire du cheval. Les grands-parents Perry, des gens pleins de bon sens, étaient contre les nounous, si bien que Jacqui se retrouvait avec une journée de congé.

Quand les enfants furent partis, Mara décrivit à Jacqui le dîner incroyablement romantique que Ryan lui avait préparé, et la manière dont tout avait été interrompu par une mission professionnelle.

— J'ai été obligée de le laisser... Je n'avais pas vraiment le choix, se défendit Mara.

— C'est dur, admit Jacqui.

— Oui, mais bon, ça va. On a trois mois à passer ensemble.

Puis elle lui raconta tout sur son nouveau boulot et sa dingue de patronne.

— C'est génial, Mar ! Tu es, genre, une vraie journaliste, s'émerveilla Jacqui. Je suis hyper fière de toi, *chica*.

Mara rayonnait. Jacqui savait toujours exactement quoi dire.

Elles comparèrent ensuite leurs cérémonies de remise de diplôme, et la conversation tomba bientôt sur leur future université.

— Je suis encore sur liste d'attente pour Dartmouth, tu te rends compte ? gémit Mara. Quelle poisse. Et toi ? Des nouvelles de la NYU ?

En un instant, l'estomac de Jacqui se contracta. Elle ne savait pas quoi répondre. Elle se refusait à admettre son échec, surtout après avoir laissé entendre à Mara que tout roulait pour elle. Et puis, c'était trop douloureux à avouer à haute voix. Jamais elle n'avait été aussi gênée avec son amie.

Mais Jacqui fut sauvée par le gong lorsque deux longs coups de Klaxon résonnèrent dans l'allée.

— OÙ SONT MES HARAJUKU GIRLS[1] ? brailla Eliza depuis la porte d'entrée.

---

1. *Harajuku girls* est une chanson de Gwen Stefani qui fait allusion aux collégiennes habillées de manière délirante du quartier de Harajuku à Tokyo (*N.d.T.*).

Pour fêter leurs retrouvailles, les trois mousquetaires font une pause cigarette

Eliza sortit de sa voiture. Elle portait une longue robe bustier blanche à taille Empire, en jersey de coton à smocks, qui mettait en valeur ses épaules bronzées. Son petit nez était surmonté d'une gigantesque paire de lunettes Dita : c'était la dernière obsession mode des célébrités, et elle avait dû les pister jusque dans une boutique de West Hollywood. Elles étaient tellement grandes qu'elles lui mangeaient la moitié de la figure, mais il les lui fallait. (Tout le monde pouvait porter des Chanel et des Gucci ordinaires, mais quand on était au parfum, c'était des Dita qu'il fallait !) Ses cheveux étaient noués en une longue tresse. Elle avait les joues roses et les dents brillantes. Elle était l'image même de l'été, et ses vieilles bottes de cow-boy apportaient une touche branchée qui complétait parfaitement l'ensemble.

Mara et Jacqui admirèrent la robe d'Eliza et décidèrent immédiatement qu'elles voulaient la même. C'était l'effet habituel des vêtements d'Eliza sur la gent féminine : on convoitait toujours ce qu'elle portait. Heureusement, Eliza était de celles qui partagent volontiers leurs secrets de shopping.

— Trop mignonne, non ? Planet Blue à Malibu. Je suis allée en Californie avec mon père la semaine dernière. Pas de panique, j'ai le numéro ! dit-elle avec animation en embrassant chaleureusement ses amies sur les deux joues – une nouvelle habitude, prise après une journée de travail en studio de mode.

— Jacqui, personne ne porte le bermuda comme toi. Il vient d'où ? Old Navy ? Tu plaisantes ? On dirait une pièce de créateur ! Mar, tes cheveux sont trop bien ! Tu as fait quelque chose à tes sourcils, aussi ? Mais avant qu'on se raconte tout, quelqu'un pourrait m'apporter une bouteille d'eau ? Je crève de soif !

Mara alla en riant chercher à la cuisine une bouteille de Glaceau Smartwater givrée qu'elle lui tendit. La première fois qu'elle avait vu Eliza, elle l'avait cataloguée comme une insupportable petite princesse, mais depuis, son amie lui avait largement prouvé son erreur. Même si elle faisait le maximum pour vivre dans un monde où tout ce qui est plus froid que zéro contient du champagne et du caviar, elle savait aussi ce que c'était que de manger des restes dans un vieux frigo à Buffalo.

— Regardez-moi ça ! dit Eliza en leur montrant la LR3 noire garée dans l'allée, une fois qu'elle eut dévissé la bouteille et pris une longue goulée.

Mara hocha la tête, impressionnée. Eliza leur avait

bien dit que sa famille avait retrouvé toute sa fortune ; la voiture le prouvait sans équivoque.

— Elle est nickel, approuva-t-elle.

— Où sont les mioches ? demanda Eliza.

— Chez leur mamie, expliqua Jacqui. *Agradeça a Deus.* Dieu soit loué.

— Il n'y a personne, alors ? Super, on peut fumer, dit Eliza en tirant un paquet de son sac à main Chloé Silverado. Vous aimez ? Je sais, je n'ai pas été sage, avoua-t-elle en parlant du prix à cinq chiffres du sac.

Toutes les trois s'installèrent confortablement sur les marches devant la maison pour papoter en fumant des cigarettes. Elles avaient conscience que c'était peut-être leur dernier été ensemble – qui pouvait pronostiquer où elles en seraient l'an prochain ? –, et cette pensée les rapprochait encore plus. Sans que ce soit dit, toutes trois étaient heureuses d'avoir encore une saison baignée de soleil à passer dans les Hamptons pour faire du shopping, s'amuser et faire une fiesta d'enfer avant d'entrer en fac.

Leur papotage fut interrompu par le bruit d'un taxi brinquebalant, qui s'arrêta dans l'allée. Une fille minuscule apparut à la porte arrière. Cette créature toute menue était une Coréenne extrêmement jolie. Ses cheveux courts ébouriffés encadraient des lunettes œil-de-chat à monture d'écaille. Le chauffeur l'aida à sortir ses bagages – des valises assorties vert olive ornées du logo Fendi –, et elle tira de son sac Gucci, pour le pourboire, quelques billets de un dollar froissés.

Elle consulta le papier qu'elle tenait à la main avant de lever les yeux sur les filles.

— Excusez-moi. Creek Head Manor, c'est bien ici ?

— M-mm, acquiesça Mara.

— On peut vous aider ? demanda Jacqui.

La fille les observa toutes les trois avec attention, comme si elle venait juste de les remarquer.

— Oh mon Dieu ! dit-elle. Vous êtes *elles* !

— Qui, elles ? répéta Mara en se tournant vers ses amies d'un air perplexe.

— Vous êtes *célèbres* ! piailla la fille d'une voix suraiguë. Vous êtes les filles les plus classe des Hamptons, je sais tout sur vous, je l'ai lu dans *Teen Vogue* !

L'été précédent, pour faire plaisir à Mitzi Goober, toutes les trois s'étaient prêtées à un portrait des « filles de l'été » dans le magazine. Mara y était photographiée au bras de Garrett Reynolds, sortant d'une Bentley. Eliza, elle, était présentée dans sa minirobe à paillettes Sass & Bide, une planchette écritoire à la main, devant une boîte de nuit. Quant à Jacqui, elle occupait la double page centrale dans la tenue finale du défilé de mode.

— Tu es Mara, n'est-ce pas ? dit la fille en lui tendant brusquement la main. Je t'ai vue dans le reality show de Sugar Perry !

— Oh, euh... eh bien merci, bredouilla Mara, encore un peu désarçonnée.

La fille hocha vigoureusement la tête.

— Toi, tu dois être Eliza, la folle de mode, dit-elle en se tournant vers Eliza. Et donc, toi, tu es Jacqui... ma préférée ! couina-t-elle en se jetant à son cou.

Mara et Eliza échangèrent des coups de coude pendant que Jacqui esquivait poliment les embrassades de la fille. « Préférée ? » Pour qui les prenait-elle, des personnages de série télé ?

La nouvelle venue semblait sur le point de tourner de l'œil.

— C'est trop cool, quand je pense que je vais travailler avec vous cet été !

— Travailler avec nous ? demanda Eliza les yeux plissés en écrasant sa cigarette contre la semelle de sa chaussure.

— Je m'appelle Shannon Shin. La nouvelle fille au pair ! Et je suis prête pour le meilleur été de ma vie !

Les malentendus font bon ménage
avec l'abus de margaritas

Tout en sirotant leurs margaritas « hypnotic » bleu lagon à la terrasse de l'hôtel Sunset, les filles analysaient les derniers événements survenus chez les Perry. Eliza les avait conduites à Shelter Island pour boire un petit verre pendant l'*happy hour* avant d'aller chercher Jeremy à son travail. Il venait de monter son entreprise de paysagisme, et n'avait eu aucun mal à recruter comme clients tous ses anciens employeurs. Eliza et lui avaient rendez-vous à son appartement dans quelques heures, et elle voulait prendre des forces pour le grand événement. Elle avait décidé de perdre enfin sa virginité, pas son sang-froid.

— Tu savais que tu allais avoir du renfort ? demanda-t-elle en allumant une cigarette et en posant les pieds sur le muret qui les séparait de la plage.

Elles étaient installées dans les fauteuils en osier du bar, alignés face à l'océan. Jacqui secoua la tête.

— Anna a dû oublier de m'en parler. Grosse surprise.

Mara opina du chef.

— La nouvelle a l'air très... enthousiaste.

Elle n'en revenait toujours pas de la manière dont Shannon les avait traitées. Comme des célébrités.

— Je trouve ça super, approuva Eliza. Ça te fait quelqu'un à qui donner des ordres !

Toutes les trois avaient pris un coup de vieux. Déjà deux ans qu'elles se connaissaient, vraiment ? Le frais visage de Shannon, quinze ans, leur avait rappelé combien elles étaient jeunes et naïves lors de leur première embauche comme filles au pair. Shannon n'avait fait aucune difficulté pour rester seule à la maison, à attendre le retour des enfants, pendant que Jacqui sortait boire un verre en vitesse avec ses copines. Anna avait recruté la nouvelle de la même manière qu'elles-mêmes : par une annonce sur Internet. Shannon leur avait raconté qu'elle avait envoyé un portfolio de qualité professionnelle comprenant un dossier de dix pages sur ses compétences, avec les émouvants témoignages d'enfants qu'elle avait gardés. Elle avait été engagée sur-le-champ.

Jacqui culpabilisait bien un peu de l'avoir laissée toute seule pour son premier jour, mais d'un autre côté Eliza avait raison. C'était elle qui commandait, et ce serait bien d'avoir quelqu'un pour l'aider.

— Bon alors, il faut qu'on passe un été fantastique avant de rentrer à la fac cet automne, dit Eliza. On sera au polo tous les samedis après-midi. Sans exception. Il paraît que ça va exploser cette année. Des gens de toute première importance sous les tentes VIP.

— J'ai une carte de presse, intervint Mara. Je couvre le polo.

Elle n'en revenait toujours pas de l'avoir méritée... mais Sam Davis la lui avait remise cet après-midi même. C'était une pièce d'identité plastifiée qui portait la mention « PRESSE » en majuscules rouges au-dessus de son nom. Rien qu'à la regarder, elle en avait des frissons.

— Cool. Je suis sur la liste. Je t'y ferai inscrire aussi, Jac, promit Eliza. (À présent que sa famille faisait de nouveau partie du gratin, elle naviguait avec assurance dans les courants de la vie mondaine.) Il y a aussi le gala de charité L'Art pour la Vie, et le banquet hawaïen pour la recherche contre le sida. Et puis, peut-être qu'un de ces week-ends on pourrait pousser jusqu'aux vignobles du nord pour une petite dégustation de vin ?

— *Perfeito*, approuva Jacqui.

— Que dirais-tu d'une fête sur le bateau, Mar ? lança Eliza.

— Bien sûr. Pour le 4 Juillet, peut-être ? suggéra Mara en imaginant comme ce serait joli de lancer un feu d'artifice depuis le pont.

Ils pourraient avoir une glacière remplie de bières, et quelques feux de Bengale et chandelles romaines pour les garçons. Jeremy les renseignerait sûrement si jamais Ryan ne savait pas où en trouver en ville.

— Je m'occupe des grillades, proposa Jacqui. Vous avez un barbecue sur le bateau, oui ?

— Je demanderai à Ryan, mais je crois bien en avoir vu un, dit Mara.

— Comment va-t-il, au fait ? demanda Eliza d'une voix légère en soufflant un rond de fumée.

Elle jouait avec sa bague de Claddagh, une alliance irlandaise que Jeremy lui avait offerte pour son anniversaire. Eliza la portait avec le cœur tourné vers le bas, en signe que son propre cœur était pris.

— Ce mec surfe vingt-quatre heures sur vingt-quatre, sept jours sur sept. Il doit avoir de l'eau de mer dans le cerveau, je vous jure, plaisanta Mara.

— Dites, on m'a déjà proposé d'adhérer à un club de gastronomie à Princeton, annonça Eliza.

— Tu vas accepter ? Il paraît qu'ils sont hyper snob, objecta Mara.

— Mais il le faut ; c'est le seul moyen de s'alimenter, rétorqua Eliza. Personne ne mange à la cafétéria, au secours !

Eliza ne trouvait pas cela snob, simplement pratique. Les clubs de gastronomie offraient de meilleurs cuisiniers et des aliments bio. L'un d'eux proposait même un régime végétarien-macrobiotique. Elle n'avait aucune intention de prendre les cinq kilos habituels en arrivant à la fac. Elle leur expliqua comment elle avait planifié les quatre années à venir grâce à un guide des cours les plus faciles et des profs les plus indulgents. Elle allait passer ses examens obligatoires tranquille les deux premières années, ensuite partir un an à Paris, et présenter le diplôme l'année suivante. Rien de trop crevant, puisqu'elle était assurée de reprendre un jour la boîte de son père. C'était ce que tout le monde attendait d'elle, et surtout ses parents.

— Eh bien, tu as déjà tout programmé, admira Jacqui.

Elle eut un pincement de tristesse, car pour une fois dans sa vie elle aussi avait fait des projets, mais ils n'avaient pas marché comme prévu.

— En effet, j'aime bien être organisée, admit Eliza, modeste. Et toi, Mar ? Des nouvelles ?

— Pas encore, râla Mara en fronçant les sourcils. C'est de la torture. Ils ne devraient pas avoir le droit de nous infliger ça ! C'est injuste !

— Je sais, c'est nul, mais Columbia, ça pourrait être génial aussi. C'est en pleine ville.

Mara hocha la tête.

— Mais Ryan n'y sera pas, dit-elle d'une toute petite voix.

Elle écrasa sa cigarette dans le cendrier en plastique et regarda un groupe de jeunes replier un filet de beachvolley. Eliza haussa les épaules.

— C'est pas loin du New Hampshire.

— Sans doute, soupira Mara.

— Et toi, Jac, comment ça s'est passé avec la NYU ? poursuivit Eliza.

— Oui, raconte-nous. Au moins, si je me retrouve à Columbia, je saurai que tu es en ville avec moi, avança Mara.

Jacqui posa son verre et s'éclaircit la gorge. Elle se sentit piquer un fard en formant les mots.

— Eh bien oui...

— Eh bien oui ? la coupa Mara en écho.

— Tu as été prise ? enchaîna Eliza d'une voix perçante.

— Félicitations ! s'exclamèrent-elles toutes les deux.

Mara et Eliza couvrirent Jacqui de gros baisers et de grandes embrassades. Elles savaient combien elle voulait entrer à la NYU, et comme elle avait bûché pour y arriver.

Jacqui sourit. Le sourire resta longtemps figé sur son visage. Il y était toujours lorsque la conversation retomba sur l'heure du rendez-vous pour la soirée d'inauguration de Sydney Minx le lendemain. Ce n'était qu'un malentendu ; elle n'avait pas eu envie de le dissiper, voilà tout. Où était le mal, en somme ? Elle n'avait pas encore envie que ce soit réel, tout simplement. À ce moment précis, tout ce qu'elle voulait, c'était boire encore un verre avec ses amies.

Le diable s'habille en bikini bleu pétard

Un vol d'oiseaux de mer traversait le ciel lorsque Mara arriva au port. Eliza la déposa et lui fit au revoir de la main. Elles avaient passé toutes les trois l'essentiel de la journée à Sunset Beach et, après avoir attendu qu'Eliza ait dessoûlé, elles étaient rentrées en chantant à tue-tête sur l'album de Gwen Stefani, les vitres baissées à fond pour sentir le vent de l'océan leur souffler dans les cheveux.

— Sois sage ! lui cria Eliza.

— Ne fais rien que je ne ferais pas ! la taquina Jacqui depuis le siège passager.

— Ça, ça laisse... beaucoup de marge ! répondit Mara en riant et en agitant la main.

Elle entendit la voix de Ryan sur le pont. Il devait discuter avec des potes de surf passés le voir. Leurs premiers invités ! Mara se demanda s'il y avait de quoi leur préparer un petit quelque chose à manger dans le frigo. Elle sentait venir son heure de gloire en tant que maîtresse de maison. Ce serait amusant de déployer ses talents de parfaite hôtesse.

Mara se dépêcha de rejoindre le bout du quai et prit pied sur le pont arrière. Elle posa son sac dans le salon et se dirigea vers la proue, où elle le trouva. Ryan était à genoux, en caleçon à fines rayures, occupé à cirer le pont. Il était en nage, et Mara le trouva plus sexy que jamais. Il n'y avait qu'un problème.

Ce n'était pas à un pote de surf qu'il parlait.

Une donzelle en bikini turquoise grattait le bateau d'à côté. Elle se pencha par-dessus le bastingage et éclaboussa Ryan de mousse avec son éponge. Il riposta en lui envoyant son chiffon.

Soudain, Mara ne se sentit plus du tout accueillante. Le fantasme de servir des canapés et des cocktails fut évacué aussi sec.

Toute l'année, elle s'était demandé comment elle supporterait de savoir que Ryan était du genre à avoir beaucoup d'ex-petites amies, et des amies filles, et des filles qui voulaient être plus que des amies. Le problème, c'était qu'il adorait tout simplement la compagnie des femmes. Il avait une relation naturelle avec elles, ayant beaucoup de sœurs, et il se fichait complètement que Mara n'apprécie pas son intérêt prononcé pour les membres du sexe opposé. Surtout en minuscule bikini string turquoise.

— Ce ne sont que des copines, l'assurait Ryan. Tu sais bien que tu es la seule qui compte pour moi.

Mais il était naturellement séducteur – c'est ce qui faisait son charme – et, même si Mara ne voulait pas le changer, le voir badiner si facilement avec une autre n'améliorait pas sa confiance en elle ni son assurance.

Elle avait déjà eu assez de mal à surmonter l'affaire Eliza.

— Eh, ça fait longtemps que tu es là ? fit-il.

— Pas vraiment, répondit-elle froidement.

— Tinker, voici ma copine, Mara, dit-il en prenant cette dernière dans ses bras.

— Ah, salut ! dit Tinker. J'ai beaucoup entendu parler de toi, ajouta-t-elle amicalement.

— Tinker est dans ma confrérie d'étudiants, expliqua Ryan.

Mara lui adressa un signe de tête. Elle savait que Ryan faisait partie d'une confrérie mixte à Dartmouth. Bizarrement, elle s'était toujours figuré que les filles qui avaient envie d'intégrer ce genre de groupes devaient être des espèces de garçons manqués... mais Tinker était féminine jusqu'au bout des ongles.

— Comme je le disais à Ryan, mes sœurs et moi on va passer l'été sur le bateau de nos parents, dit Tinker.

Mara sourit en s'efforçant d'avoir l'air ravie de cette nouvelle, puis elle se tourna vers Ryan.

— Tu sens mauvais.

— Ah oui ? répondit-il en jouant à faire semblant de l'étouffer sous ses aisselles.

— Arrête, gloussa Mara.

— Allez, quoi, dit Ryan. On va prendre une douche ? On pourrait se laver..., lui chuchota-t-il. Et tu pourrais, tu sais... te faire pardonner de m'avoir abandonné hier soir...

Comme Mara sentait ses genoux flageoler, il lui serra la main avec force. Elle allait lui montrer combien elle était désolée de l'avoir laissé seul la veille.

Combien elle était vraiment, sincèrement, complètement désolée. Elle lui envoya un sourire malicieux.

— Tu es vraiment un sale mec, dit-elle.

Pour toute réponse, il lui souffla doucement dans l'oreille.

— Contente de te connaître, euh... Tinker ! s'écriat-elle, envahie par un frisson d'impatience tandis que Ryan l'entraînait vers la grande chambre, où ils allaient profiter au maximum de la douche tropicale, du Jacuzzi, de l'immense lit...

Trop serrées pour être à l'aise

De retour au cottage, Jacqui constata avec stupéfaction que la plupart de ses affaires avaient été fourrées en vrac dans deux petits tiroirs, et qu'un oreiller inconnu était posé sur le seul vrai lit.

Shannon sortit de la salle de bains en peignoir, la tête enturbannée dans une serviette.

— Oh, salut Jacqui ! J'ai dû déplacer une partie de tes affaires, elles prenaient toute la place dans le placard. Tu n'étais pas prévenue que j'allais arriver, n'est-ce pas ? J'ai bien remarqué qu'Anna était un peu fofolle.

Jacqui s'apprêta à dire quelque chose, mais la fille continua.

— Et j'espère que ça ne t'embête pas, mais mon médecin dit que j'ai un problème de dos, alors je ne peux vraiment pas dormir sur le lit superposé. Ça te convient ?

Cette fille minuscule battit des paupières, et Jacqui en resta momentanément sidérée. Elle était censée être la supérieure, et pourtant, en un clin d'œil, Shannon s'était approprié tout ce qu'il y avait de mieux dans la chambre.

Jacqui ne se sentait pas en état de répondre ; elle était encore pompette à cause des margaritas, et énervée par le malentendu qu'elle avait omis de dissiper. À la place, elle se mit à ouvrir les tiroirs pour replier soigneusement ses vêtements en réfléchissant à un plan.

Une heure plus tard, pendant qu'elles préparaient le dîner des enfants, Jacqui expliqua à Shannon combien cet été serait important pour elles. Il le serait en tout cas pour Jacqui, car comme elle devait redoubler sa dernière année de lycée, elle avait besoin qu'Anna l'emploie encore un an.

— Je dois juste t'avertir que la première année où j'ai travaillé ici, on a appris qu'Anna avait viré les filles au pair d'origine avant notre arrivée, dit-elle. Donc, on ne peut pas vraiment se relâcher. Ce n'est pas la fête sur toute la ligne, OK ? Et les enfants Perry ne sont pas toujours faciles, surtout Madison. Il faut les surveiller comme le lait sur le four en permanence. Jacqui voulait dire « comme le lait sur le feu », mais elle se mélangeait encore un peu dans les expressions quand elle était énervée.

Shannon opina en éminçant les carottes.

— Oh, bien sûr, dit-elle avec effusion. Mais je ne suis pas inquiète du tout. Les enfants m'adorent.

Jacqui garda le silence en mettant l'eau à chauffer pour les pâtes, un petit sourire aux lèvres. Avec les enfants Perry, Shannon n'avait aucune idée de ce qui l'attendait...

Au dîner, elle présenta Shannon aux enfants.

— Écoutez-moi, tout le monde, voici Shannon Shin. Elle va m'aider à m'occuper de vous cet été.

Shannon s'agenouilla pour se mettre à la hauteur de Zoé. D'une petite voix haut perchée, elle lui demanda :

— Bouzour, Zoé. Comment ça va auzourd'hui ?

Zoé la dévisagea d'un œil torve.

— Très bien, merci, répondit-elle d'une voix posée.

Cody hurla et refusa de se séparer de Jacqui lorsque Shannon tenta de le prendre dans ses bras.

— Je te déteste ! Je te déteste ! répétait-il en secouant la tête.

Complètement décontenancée, Shannon tenta de sympathiser avec les aînés.

— Salut, je m'appelle Shannon. Jacqui m'a dit que tu t'appelles... Bill ? demanda-t-elle en tendant la main à William.

Il était resté pratiquement muet, et son visage vira au rouge tomate lorsque Shannon s'adressa à lui. Il garda les yeux fixés sur son assiette et enfourna immédiatement une cuillerée de fettucini.

Jacqui se mordit les lèvres pour ne pas rire. Exactement comme elle s'y attendait, les enfants n'étaient pas décidés à se laisser amadouer facilement. Elle était même assez fière d'eux. Elle avait travaillé dur et s'était dévouée pour gagner leur confiance et leur affection ; Shannon aussi devrait en passer par là.

Mais il y avait encore un enfant à table. Madison Perry était assise devant une assiette de feuilles de laitue ramollies, qu'elle chipotait avec sa fourchette.

Jacqui lui donna un coup de coude pour l'encourager à manger, mais au lieu de s'exécuter, Madison dévisagea Shannon d'un œil furibond.

— C'est qui, celle-là ? Qu'est-ce qu'elle fait là ? demanda-t-elle à Jacqui.

— C'est la nouvelle fille au pair. Sois gentille avec elle.

Shannon vint s'asseoir à côté de Madison.

— Ooooh, tu as une Technomarine ! s'exclamat-elle en désignant la montre rose de Madison incrustée de diamants.

— M-mm, concéda Madison en levant le poignet pour que Shannon puisse l'examiner de plus près. Mon père l'a achetée dans une vente de charité. Elle a appartenu à Paris Hilton. Elle a cinq bracelets différents. Mon préféré, c'est celui en croco rose.

— Trop bien. J'ai toujours voulu en avoir une. Je m'appelle Shannon. Toi, c'est Madison, pas vrai ? J'adore tes cheveux. Tu les fais défriser ?

Le visage de Madison s'illumina. Elles penchèrent la tête ensemble pour admirer la montre de Madison.

— Tu as douze ans ? Tu fais plus, tu as l'air tellement mûre. Moi, je viens d'avoir quinze ans, continua Shannon. On est pratiquement comme des sœurs !

Une flatterie après l'autre, Shannon se retrouva vite en train de bavarder avec Madison comme une vieille copine. En aidant Cody à couper ses carottes, Jacqui ne put réprimer un léger sentiment de trahison.

Eliza envoie un message
à toutes les patrouilles
pour retrouver une robe

Le téléphone sonnait : *Now I ain't sayin' she a gold-digger but she ain't messin' wit' no broke...* Eliza ouvrit un œil. Jeremy poussa un grognement. Elle se pencha par-dessus son torse et farfouilla dans le tiroir de sa table de nuit à la recherche de son téléphone.

— Allô ? fit-elle d'une voix ensommeillée tandis que Jeremy enfouissait la tête sous son oreiller.

— Hmpprff, se plaignit Jeremy.

— Chut, souffla-t-elle en pressant l'oreiller contre son visage, taquine mais à moitié morte de trouille que l'on puisse l'entendre.

Elle l'avait fait entrer en douce, la veille au soir, lorsqu'il était sorti du travail et qu'elle était revenue de boire un verre avec les filles. Pourtant, l'opération « date d'expiration » ne s'était pas déroulée comme prévu. Jeremy avait passé toute la journée à planter des érables japonais, et il était si fatigué qu'il avait eu du mal à garder les yeux ouverts. Ils en étaient encore aux préliminaires lorsqu'il s'était mis à ronfler.

Elisa se disait qu'ils pourraient réessayer ce matin. Elle comptait sur son père pour partir tôt jouer au golf, et sur sa mère pour se rendre à une réunion de charité. Ensuite, Jeremy et elle auraient toute la maison pour eux. Elle avait prévu de sortir discrètement du lit, de se brosser les dents, d'enfiler sa parure de lingerie et de revenir se glisser entre les draps pour être parfaite lorsqu'il se réveillerait. Mais c'était compter sans cet appel matinal de la personne qu'elle détestait le plus au monde.

— Eliza, s'écria une voix frénétique.

— Paige ? Qu'est-ce qui se passe ? demanda-t-elle en se redressant.

— Une urgence !

— Qu'est-ce qui ne va pas ? s'enquit Eliza, le cœur battant à tout rompre.

Un certain nombre de scénarios catastrophe lui traversèrent l'esprit : Sydney avait changé d'avis, il détestait toutes les tenues qu'elle avait conçues. Ou alors, les vêtements étaient arrivés et tous les tissus peints à la bombe avaient déteint sur les autres. Ou encore, la peinture avait pris une vilaine couleur en séchant.

— Il manque une tenue, dit Paige d'une voix paniquée. Celle que Vidalia doit porter pour le final. Je suis à la boutique sur Main Street avec Sydney, on a tout déballé, mais on ne la trouve pas. Elle n'est pas là.

— Mais je l'ai emballée moi-même, se défendit Eliza. Elle est forcément là.

— Eh ben non, et Sydney est en train de faire une crise cardiaque. Tu sais que c'est la tenue la plus importante du défilé. Tout est foutu sans cette robe.

— Je sais, je sais.

— Il faut absolument que tu arranges ça. C'est toi qui as fait ce paquet, insista Paige. Ce sera ta faute si elle n'est pas au défilé ce soir...

— C'est bon, t'inquiète pas. Je m'en occupe, promit Eliza en faisant son possible pour ne pas paniquer elle-même.

Elle raccrocha et resta assise au bord du lit, pensive. Toutes ses idées de séduction matinale s'étaient envolées.

Réfléchis, Eliza, réfléchis, s'exhorta-t-elle en essayant de se rappeler tous les détails de la veille... la chronologie des événements... et en s'efforçant de comprendre ce qui s'était passé. Elle avait demandé à Vidalia d'enlever la robe et de l'accrocher au portant pour emballage, mais dans la frénésie du moment elle avait oublié de vérifier si le mannequin l'avait bien fait. Elle revoyait Vidalia disant qu'elle avait un dîner habillé ce soir-là et qu'il lui fallait quelque chose de fabuleux à porter : elle voulait être prise au sérieux par les responsables cosmétiques d'Estée Lauder pour qu'ils lui proposent un contrat exclusif.

Eliza s'étrangla. Ce satané mannequin avait sorti la tenue en douce ! Elle l'avait portée au dîner Lauder ! Eliza en était sûre.

— C'était quoi ? Tout va bien ? demanda Jeremy.

— Tout va s'arranger, dit Eliza juste au moment où un hélicoptère Black Hawk passait au-dessus de leurs têtes dans un fracas de tonnerre.

Elle le regarda par la fenêtre en se demandant ce que voulait dire le logo à deux doigts peint sur le côté. Il disparut parmi les nuages en émettant du hip-hop à pleins tubes.

Eliza ramassa son sac à côté du lit et caressa sa carte American Express Titanium...

Plus fort que la crise des quarante ans :
la crise des dix ans ?

Shannon était déjà dans la salle de projection lorsque Jacqui arriva ce matin-là. La nouvelle, installée au bout de la table de jeu, bavardait gaiement avec Anna Perry.

— Ah, Jacqui, te voilà. Tu sais que nous essayons de commencer à l'heure, ma chère, dit Anna en lui faisant signe de venir s'asseoir près d'elle.

Jacqui eut un regard furibond.

— Euh... il n'y avait plus d'eau chaude au cottage, se justifia-t-elle.

— J'aurais dû te prévenir, intervint Shannon avec son air sainte-nitouche. Je suis obligée de rester très longtemps sous la douche à cause de mon problème de dos...

Jacqui opina sèchement. Au réveil, elle avait trouvé la porte de la salle de bains verrouillée pendant une bonne heure. Elle avait dû renoncer aux bienfaits d'une bonne douche pour aller préparer le petit déjeuner des enfants, et à son retour au cottage, il ne restait plus dans les tuyaux que de l'eau froide, glacée même.

— Je suis contente que vous ayez fait connaissance. Shannon a beaucoup d'expérience et d'excellentes références, lui expliqua Anna.

Jacqui regarda la jeune recrue de travers. La veille au soir, Shannon lui avait avoué que, quoi qu'en dise son impressionnant CV, les seuls enfants qu'elle eût jamais gardés étaient ses petits frères et sœurs. Et pourtant, elle semblait innocente comme l'agneau.

Anna joignit les mains.

— Bien, nous y voilà, en route pour un nouvel été dans les Hamptons ! dit-elle avec un enjouement forcé alors que Jacqui l'avait entendue, pas plus tard que la veille au soir, se disputer avec Kevin au sujet des relevés de cartes de crédit.

Anna en était déjà à sa troisième tasse de café. Visiblement, la tension de son mariage en miettes lui portait sur les nerfs.

Jacqui ouvrit son calepin, stylo en main, prête à noter la liste des activités éducatives, spirituelles et sportives exigées par Anna pour les trois mois à venir.

— Cette année, rien de prévu pour les enfants, annonça-t-elle.

Jacqui faillit en tomber de sa chaise. Chaque été, Anna élaborait un emploi du temps serré, strictement réglé heure par heure, et dressait toute une liste de buts impossibles à atteindre. Elle attendait des enfants qu'ils s'y tiennent, et des filles au pair qu'elles les y aident. L'année précédente, il y avait même eu une heure de présentation PowerPoint.

— Rien ? reprit Jacqui bouche bée.

— J'ai lu beaucoup de choses, ces derniers temps, sur les « minicrises existentielles » ; sur les enfants tellement stimulés qu'ils s'angoissent à l'excès et développent un syndrome de stress juvénile. Vous savez, comme les petits Japonais qui se jettent par la fenêtre au moment des examens, dit-elle avec un regard significatif en direction de Shannon.

— On les appelle les *karoshi*, précisa joyeusement Shannon. Suicide pour cause de surmenage. C'est un phénomène en hausse, surtout à l'école primaire.

— C'est ça, dit Anna avec une pointe de nervosité. En tout cas, je ne veux pas de cela pour mes enfants. Par conséquent, cet été, ils ne feront que jouer. Je veux qu'ils se détendent, qu'ils s'amusent. Qu'ils soient libres...

— ... de faire tout ce qu'ils veulent, termina Shannon.

— Exactement. Je crois que c'est tout à fait ça.

— C'est tout ? demanda Jacqui, encore incrédule.

— C'est tout, confirma Anna.

Jacqui n'en croyait toujours pas ses oreilles. Pas de reprises d'équitation, pas de stage de surf, pas de camp de la Cabale, de krav-maga, de cours de conversation en français, italien, cantonais ? Les enfants, libres de faire ce qui leur chantait ? Jouer à des jeux vidéo, regarder des films, aller au centre commercial, se baigner, traîner avec leurs copains... rien, absolument rien d'éducatif ni de stimulant ?

En sortant de la salle de projection, Jacqui ne put se retenir de confier à Shannon à quel point cet été s'annonçait différent des précédents.

Shannon eut un sourire rusé.

— À ton avis, qui lui a envoyé l'article du *Time* sur les écoliers stressés ? Je les connais, ces mères modèles. Hé, ho, je suis venue dans les Hamptons pour m'amuser, moi ! Au fait, pas la peine de me remercier.

Jacqui dut s'incliner respectueusement devant sa nouvelle collègue. Shannon Shin était peut-être une petite manipulatrice, mais en une journée chez les Perry elle avait compris comment prendre Anna... Tout compte fait, elle pourrait bien se révéler utile.

— Tu as une invitation pour l'ouverture de Sydney Minx ? lui demanda Jacqui. C'est ce soir, et il paraît que ce sera la meilleure soirée de l'été.

— Non, dit Shannon en s'assombrissant. Je ne connais personne ici, à part toi.

— T'inquiète.

— C'est une invitation ?

— Je crois que c'est une trêve, murmura Jacqui pour elle-même.

— Pardon ?

— Rien. Bon, voyons un peu ce que tu vas mettre ce soir...

Sous ses dehors parfaits,
Ryan est un gros porc dans l'âme

Ryan avait eu beau assurer à Mara qu'en quelques jours elle ne remarquerait même plus le balancement du bateau, elle se réveilla de sa sieste de mauvaise humeur, avec l'impression de n'avoir pas dormi du tout.

Elle avait passé la matinée dans les bureaux de *Hamptons*, à réunir des informations pour l'article sur Sydney Minx et à faire venir des sacs-cadeaux pour Sam. La rédactrice en chef en exigeait un pour chaque événement chroniqué dans le magazine, même si elle n'y assistait pas en personne. Parfois, elle en faisait livrer d'Europe si elle avait entendu dire que leur contenu était particulièrement intéressant.

Après le travail, Mara avait regagné le Catalina pour faire une petite sieste avant les festivités de la soirée. À son réveil, elle constata qu'il ne lui restait qu'une demi-heure pour se préparer pour le défilé.

Au salon, elle trouva tout l'équipement de Ryan semé au hasard dans la pièce. Ses malles étaient arrivées de la fac par camion UPS le matin même, si bien que l'endroit ressemblait à une antenne du ministère des Sports. Il y avait un wakeboard, plusieurs snowboards, des raquettes de tennis et de badminton, des crosses de hockey sur glace et sur gazon, des ballons de basket, des balles de golf, des ballons de football américain. Ryan lui avait déclaré un jour que c'était insultant de l'appeler un « sportif ». Le terme approprié, lui avait-il expliqué, était *athlète*, car *sportif* évoquait une brutalité et une étroitesse d'esprit auxquelles il ne souscrivait absolument pas. Fort bien, songea Mara en contemplant tout son équipement. Donc, ce n'était pas un sportif... mais il était, sans aucun doute, *athlétique*.

L'une des malles étant ouverte, Mara put constater qu'elle contenait vraiment toutes sortes de vêtements : T-shirt propres, chaussettes et serviettes sales, vestes de costume sur leur cintre, encore enveloppées dans la housse en plastique du pressing. Apparemment, Ryan avait simplement jeté tout et n'importe quoi dans la première malle venue sans prendre la peine de trier quoi que ce soit. Nichés dans le tas de vêtements, Mara distingua des étuis à CD, des boîtes à cigarettes, un cendrier (sale), une chope à bière (propre), et même une corbeille à papier qui contenait encore les brouillons froissés de son mémoire de fin d'année. Mara secoua la tête... elle n'avait pas réalisé que Ryan était bordélique à ce point. Il lui avait promis de mettre de l'ordre dans ses affaires, mais de toute évidence il avait abandonné ce projet pour aller taquiner les vagues. Comme d'hab'.

Il entra d'un pas nonchalant au moment où elle

essayait de dégager sa seconde valise, coincée sous l'une des nombreuses planches de surf.

— Attends, je vais t'aider, dit-il en soulevant la planche comme une plume pour lui permettre d'attraper son sac.

— Mon cœur, tu crois qu'on pourrait, euh... ranger un peu, en quelque sorte ? se plaignit Mara.

— Mais oui, mais oui, temporisa-t-il en s'approchant pour l'embrasser.

Il était mouillé, couvert de sable, et il sentait la mer. Ses cheveux bruns lui collaient au front. En temps normal, Mara aurait fondu en le voyant moulé dans sa combinaison Néoprène noire ; mais là, ce qui l'intéressait, c'était de trouver son carton d'invitation et la liste des personnes qu'elle devait interviewer pour son article.

— Je ne retrouve rien dans ce bazar ! râla-t-elle.

Des canettes vides s'éparpillaient partout dans la pièce depuis un soir où des copains à lui étaient passés. Ses fantasmes de parfaite maîtresse de maison avaient vite volé en éclats lorsqu'elle avait compris qu'ils préféraient se taper de la pizza froide et de la bière ordinaire.

— Pourquoi tu stresses autant sur ce défilé ? demanda Ryan.

Mara commençait à avoir l'impression qu'il ne faisait aucun cas de son travail, d'autant que plusieurs des filles qu'il fréquentait avaient rédigé la chronique avant elle. Elle était contrariée qu'il ne comprenne pas combien cela comptait pour elle.

Ryan s'affala sur le canapé. Même si le meuble ne lui appartenait pas, Mara fut agacée de voir sa combinaison tremper le cuir italien, qui garderait une tache indélébile. Cela l'énervait que Ryan n'ait même pas conscience de ce genre de choses : le canapé valait sans doute des milliers de dollars, mais que signifiait une si petite somme pour un garçon qui avait déjà tout ?

— Je peux te retrouver là-bas ? demanda-t-il en lançant une main derrière son dos pour descendre la fermeture Éclair de sa combinaison. Il faut que je me douche et que je me change.

— Je dois pouvoir trouver quelqu'un pour m'emmener, concéda Mara.

Elle composa rapidement le numéro de Lucky, qui heureusement n'était pas loin de Sag Harbor et pouvait passer la prendre.

— Cool, fit Ryan en lui plantant un baiser sur le front avant de se diriger en sifflant vers la douche.

Mara haussa les épaules en ouvrant sa valise. Il était l'amour de sa vie, mais parfois sa négligence la rendait dingue... Elle commençait à découvrir que le chemin de l'amour n'était pas toujours pavé de pétales de roses.

Parfois, il était jonché de vieilles canettes de bière.

Alors, on bosse ou on bulle ?

Ah, ça c'était ce qu'on appelle passer un bon été !

Le décret d'Anna instaurant la liberté totale n'était pas tombé dans l'oreille d'une sourde, si bien que Jacqui avait décidé, en accord avec Shannon, de passer la journée à traîner au bord de la piscine. William était plongé dans un livre, Madison bronzait sur un matelas gonflable qui dérivait mollement au milieu du bassin, et Zoé et Cody s'entraînaient à faire l'équilibre dans le petit bain.

Shannon rêvassait sous le parasol dans son minuscule une-pièce noir tandis que Jacqui, à côté d'elle, étrennait son bikini rouge tout neuf. Le matin même, elle avait acheté ce nouveau maillot à l'un des camions ambulants J. Crew qui sillonnaient les Hamptons pour parer aux urgences de ce genre. Jacqui aimait la manière dont le minishort pouvait être roulé d'un simple geste pour se transformer en slip sexy échancré sur les hanches.

Jacqui ferma les yeux et savoura le soleil qui chauffait son visage et décrispait ses muscles tendus. Au bout de quelques minutes, elle se redressa sur son transat pour feuilleter le dernier numéro de *W*. C'était la belle vie : les enfants occupés, sa collègue devenue une amie, un pichet de limonade glacée à portée de main. Elle s'installa en vue d'une lecture croustillante sur les derniers scandales mondains.

C'est alors que, de l'autre côté de la piscine, derrière la haute haie, elle entendit ce drôle de bruit : *poum, poum, poum.* Silence. Puis encore *poum, poum, poum.* Le son la distrayait, l'empêchait de se concentrer sur son magazine. Elle finit par se lever pour aller voir.

Elle franchit les buissons épais qui délimitaient la hideuse propriété des Reynolds, une monstruosité de trente mille mètres carrés bâtie par les voisins boursouflés des Perry. Un gigantesque château gonflable dépassait au-dessus de la haie ; la structure renfermait trois types qui culbutaient, rebondissaient et riaient comme des fous. Des types qu'elle avait déjà vus quelque part...

— Excusez-moi, cria Jacqui.

Les cabrioles stoppèrent net et les trois garçons tournèrent la tête vers elle avec un sourire idiot. Elle ne put s'empêcher de leur rendre leur sourire. À la lumière du jour, ces garçons étaient carrément mignons. Cette fois, la NYU était vraiment oubliée. Pourquoi s'inquiéter pour la fac alors qu'il y avait des bombes sexuelles dans le coin ?

— Toutes nos sincères salutations, dit Grant Kotack en faisant un bond spectaculaire pour venir atterrir juste devant elle. Sauf erreur de ma part, nous

nous sommes déjà rencontrés, il me semble, continua-t-il avec son soyeux accent du Sud.

— Une bien brève rencontre, malheureusement, précisa Duffy en traversant à pas de géant le plastique ondulant pour finir dans l'herbe après une galipette.

— Qui a failli nous briser le cœur, approuva Ben en surgissant du château vacillant à la suite de ses acolytes.

Ce qui s'était passé pendant son bain de minuit ne gênait absolument pas Jacqui : elle était fière de son corps et n'y voyait rien de honteux.

— Jacqui Velasco. Je travaille chez les Perry, dit-elle en tendant la main au garçon le plus proche, celui qui avait les cheveux en bataille et les pattes.

— Grant Kotack, sourit Grant, tout content qu'elle se soit adressée à lui en premier. Enchanté.

Il lui fit un baisemain avec une grâce raffinée d'un autre âge, particulièrement plaisante à voir chez un garçon en pantalon de chantier et T-shirt trop grand orné du logo d'une marque de beurre de cacahuète.

— John Duffy, dit le grand maigre aux cheveux fins, interrompant leurs salutations.

Il était mignon comme une star de Hollywood : mâchoire carrée, mèches blond cendré lui tombant dans les yeux, et le genre de sourire qui naissait lentement sur les lèvres pour illuminer tout le visage. Appelle-moi Duffy ou Duff, comme tout le monde.

— Ben Defever.

Le troisième lui adressa un signe de tête. Avec ses grosses lunettes noires, il n'était pas sans ressemblance avec Rivers Cuomo, des Weezers, l'un des groupes préférés de Jacqui.

— On peut faire quelque chose ? ajouta-t-il.

— Vous travaillez pour les Reynolds ? demanda-t-elle.

— Les qui ? fit Duffy dans un grand sourire.

— Les crétins coincés à qui appartient cette taule, dit Grant avec un clin d'œil pour Jacqui.

— On l'a louée pour l'été. C'est un truc de ouf. Tu sais qu'il y a une piscine d'eau de mer bourrée de poissons tropicaux là-bas derrière ? Avec une grotte ? demanda Ben. Il faut que tu viennes voir ça avec nous un de ces jours, ajouta-t-il timidement.

— Et pourquoi pas maintenant ? proposa Duffy. C'est un bon moment, maintenant, non ? Je vais chercher les masques et les tubas !

— Ne te sens pas obligée, précisa Ben avec un accent de sincérité.

— Peut-être plus tard, dit Jacqui sans cesser de sourire. Mara lui avait décrit la grotte en détail l'été précédent.

Elle rougit ; Duffy était trop mignon avec son air gamin, Grant était l'image même d'un dieu de la guitare rock, et Ben était tout simplement adorable avec ses lunettes. Et voilà : elle le sentait bien nettement, ce picotement dans l'échine, ce sentiment qui lui avait manqué toute l'année.

— Tu veux sauter ? proposa Grant en agitant le pouce en direction du château gonflable.

— Volontiers, mais j'ai quelques gamins avec moi... ils peuvent venir ? demanda Jacqui.

— Ils sont à toi ? fit Duffy d'un air perplexe.

— Non, je suis la fille au pair, s'esclaffa Jacqui.

— Ah bon, tant mieux, parce que pendant un instant tu nous as vraiment fait peur, la taquina Grant.

Elle comprit que Duffy venait de se payer sa tête.

— « Plus on est de fous, plus on rit ! » conclut Ben. Amène-les !

Jacqui les remercia d'un sourire et courut porter la bonne nouvelle aux enfants. Elle les ramena en compagnie de Shannon dont les yeux s'agrandirent à la vue de ces trois jolis garçons.

— Qu'est-ce qui se passe, par ici ? Salut, moi c'est Shannon ! dit-elle en souriant largement aux trois mâles, les mains sur ses hanches minces. Cool, le château !

Mais quand Jacqui était dans les parages, Grant, Ben et Duffy, comme tous les garçons, avaient du mal à voir – et encore plus à entendre – qui que ce soit d'autre.

Personne n'a jamais dit
que l'humour potache était raffiné

La boutique de Sydney Minx, au centre de l'avenue principale d'East Hampton, était flanquée de deux énormes projecteurs qui dessinaient les initiales de Sydney dans le ciel. À la porte se pressait la foule habituelle de ceux qui essayaient d'entrer, agitant en vain leurs invitations rose et or au nez de la brigade de cerbères impitoyables qui ne laissaient passer que les journalistes et les VIP.

Mara montra sa carte de presse et fut immédiatement admise à l'intérieur. Elle repéra Jacqui au bar, occupée à tenter d'attirer l'attention du serveur.

— Où est Eliza ? demanda-t-elle en criant pour se faire entendre par-dessus la techno hurlante.

Elle regarda autour d'elle. Pour la soirée de la saison, c'était étonnamment banal. À moins que Mara soit blasée, à force d'avoir assisté à ce genre de réceptions les étés précédents : quelques jet-setters par-ci, quelques célébrités de deuxième ordre par-là, un sac surprise... bof. Tout compte fait, il n'y avait pas grande différence avec une inauguration de boutique standard. C'était même peut-être un poil ennuyeux. Mais le défilé de mode allait tout changer, du moins elle l'espérait. Au milieu de la boutique trônait un podium recouvert de plastique.

Jacqui haussa les épaules. Elle se tordit le cou, légèrement agacée, pour tenter de croiser le regard du barman. D'habitude, elle n'avait aucun mal à capter l'attention d'un homme, mais le bar était dévalisé, et c'est à peine si sa demande avait été remarquée.

— Champagne, madame ? offrit Duffy qui venait d'apparaître comme par magie avec une flûte qu'il lui mit dans la main.

— Oh, merci ! Et une aussi pour mon amie ? demanda-t-elle.

— Aucun problème, dit Ben en se matérialisant avec une seconde flûte.

Jacqui la passa à Mara. Elles trinquèrent rapidement et chacune prit une longue gorgée.

— Il y en a encore à la source, leur assura Grant en remplissant de nouveau les verres grâce à une bouteille de Veuve Clicquot qu'il cachait sous son bras.

— D'où ça vient, ça ? s'étonna Jacqui.

— Nous avons nos méthodes, dit Ben mystérieusement.

— Piquée dans les cuisines.

Duffy sourit largement en révélant deux autres bouteilles sous son manteau de toile.

— En graissant royalement la patte au barman, expliqua Grant. Au fait, les deux bouffons, vous me devez des sous.

Mara et Jacqui pouffèrent de rire. Les trois garçons formaient un arc de cercle protecteur autour d'elles.

— Les mecs, voici Mara. Mara, voilà les mecs, dit Jacqui en guise de présentations.

Mara sourit et les remercia pour les boissons.

— Où est Shannon ? demanda Mara.

Elle savait tout de ses machinations au sujet du lit et du placard, mais convenait avec Jacqui que son rôle dans le revirement d'Anna valait largement quelques petits inconforts.

— Elle est là-bas, dit Jacqui.

Mara regarda dans la direction de la fille aux cheveux noirs, qui inspectait furieusement les portants, méthodiquement, un par un. Shannon lui rappelait quelqu'un. Quelqu'un qui menait son shopping comme une campagne militaire. Elle était frappée de la ressemblance avec Eliza, du moins dans sa manière de faire les boutiques : comme si sa vie en dépendait.

— Il fait un peu chaud là-dedans, non ? dit Jacqui sans s'adresser à personne en particulier, en éventant le décolleté de sa robe vintage Oscar de la Renta.

— Je m'en occupe ! s'exclama Duffy en se jetant prestement dans l'action.

Il était tellement ravi d'avoir une mission qu'il faillit renverser un mannequin sur son passage.

— Hé, mon pote ! cria-t-il au serveur le plus proche. Monte la clim, yo ! ajouta-t-il en lui courant après.

— Laisse tomber, je sais où est le climatiseur ! intervint Ben en poussant Duffy sur le côté pour satisfaire lui-même le désir de Jacqui.

— Ne bouge pas d'ici, chuchota Grant en lui serrant le bras. Je connais l'organisateur de la soirée. Je vais lui dire de s'en occuper.

— Mais qui sont-ils ? demanda Mara lorsque les trois garçons eurent disparu dans la foule. Tes esclaves ?

Jacqui éclata de rire.

— Ils sont mignons, hein ?

— Pas mal.

— Ce sont les types qui ont monté DortoirEnFolie.com. Il y a eu un grand article sur eux dans le supplément Styles du dimanche, il y a quelques mois, tu te souviens ? Ils ont démarré le site web pendant leur première année à Harvard, et au printemps dernier ils ont ramassé quelque chose comme plusieurs centaines de millions de dollars.

Mara hocha la tête pour indiquer qu'elle voyait de quoi il s'agissait. Le site, un véritable panthéon de l'humour potache, vendait des T-shirts ornés de la citation tirée d'un célèbre sketch, « Vive les cloches », ou de blagues sur l'abstinence, comme « J'ai juré d'arrêter au troisième rendez-vous ». Il était célèbre pour son logo « The Shocker », un geste grossier différent du simple doigt d'honneur : deux doigts levés formant un « V » tordu. Ils en avaient fait des mains géantes en mousse comme celles qu'on achète normalement pour les matches de football. Ryan avait un jour expliqué à Mara ce que signifiait « The Shocker » : elle avait d'abord été dégoûtée toute une journée, puis étonnée de constater à quel point les garçons pouvaient avoir l'esprit mal tourné. Mais le plus surprenant était leur jeunesse et leur fortune. Aucun des trois n'avait plus de vingt et un ans.

— Bref, ils ont loué le château des Reynolds pour les vacances. C'est leur premier été dans les Hamptons, alors je leur ai dit que je ferais le guide, expliqua Jacqui.

Mara haussa les sourcils.

— À tous les trois ?

— Je m'amuse juste un peu sans faire de mal à personne, s'esclaffa Jacqui.

— Oh attends, voilà Sydney. Il faut que j'y aille, je dois l'interviewer, interrompit Mara en épiant le styliste qui se mêlait à la foule.

— Sydney, bonsoir ! Mara Waters, de *Hamptons* ; nous faisons un article sur vous... Puis-je vous poser quelques questions ? demanda-t-elle en lui fourrant son dictaphone iPod sous le nez – elle l'avait acheté aussitôt qu'on lui avait confié cette mission.

— Pas maintenant, dit Sydney en se cachant le visage derrière son éventail noir. Comme vous pouvez le voir, je suis extrêmement occupé.

— Je sais, navrée de vous déranger, monsieur Minx, mais si vous pouviez juste me dire quelques mots ? insista Mara, intimidée par son impatience.

— Paige ! Paige ! cria soudain Sydney sans prêter attention à Mara. Voyez avec mon assistante, Paige. Elle s'occupera de ce qu'il vous faut...

— Ah, bien, bien, dit Mara, vaincue, en éteignant l'appareil. Pensez-vous trouver un peu de temps pour bavarder après le défilé ?

— Regina, ma chérie ! Tu es merveilleuse ! Oui, merci. C'est la folie, n'est-ce pas ? Et Cecily ! Tu la portes ! Quel amour ! continuait Sydney sans un regard pour Mara, absorbé par la foule des personnalités mondaines qui le félicitaient pour sa soirée.

Mara se retira sur le côté en attendant patiemment la fin de sa conversation.

— Monsieur Minx, croyez-vous que...

— Vous pourriez vous pousser ? Vous me bloquez la lumière, ordonna Sydney sans la laisser finir sa phrase. Paige ! hurla-t-il. C'est pour quand, cette robe ?

— Eliza a dit qu'elle serait là d'une minute à l'autre, l'assura Paige d'un air soucieux.

— Elle a intérêt, menaça Sydney. Le défilé va commencer !

Mara était énervée et contrariée. Elle avait été balayée comme un laquais de bas étage, pas comme quelqu'un qui avait sa propre chronique dans le magazine le plus lu de la région. Eliza aurait peut-être pu l'aider à se remettre en selle... sauf qu'Eliza n'était nulle part.

Mara luttait contre la panique, mais si elle ne décrochait pas une interview de Sydney, comment allait-elle bien pouvoir écrire son article ?

Sur Main Street,
Eliza rejoue le Débarquement
façon haute couture

Mara se rongeait les ongles, inquiète pour le sort de son article, en se demandant où pouvait bien être Ryan. Elle avait essayé de l'appeler sur le bateau, mais il n'avait pas décroché. Il aurait largement dû être là, à l'heure qu'il était. Elle était sur le point de le rappeler lorsque les lumières se tamisèrent dans la boutique et que le podium s'illumina d'un halo rose. Les conversations se turent et les invités applaudirent sans énergie, leurs ongles manucurés cliquetant sur le cristal.

De la techno française pour défilés tonna dans les haut-parleurs accrochés au plafond, et le premier mannequin, vêtu d'un caftan à motif tigré peint à la bombe, sortit de l'arrière-boutique pour s'avancer sur la plate-forme. Les modèles se succédèrent, enchaînant les variations sur le thème de la jungle, et Mara remarqua que les vêtements étaient réellement intéressants à regarder. Avec leurs détails teints en tye-

and-dye ou repeints à la bombe, ils indiquaient un changement de direction radical et même légèrement avant-gardiste pour la collection de Sydney Minx.

Mara prit frénétiquement des notes pendant que Jacqui sifflait son champagne. Au bout d'un quart d'heure, le dernier mannequin, en tunique mandarine et minishort turquoise moucheté de peinture or, s'arrêta brusquement à mi-parcours. La musique fut soudain noyée dans un fracas assourdissant venu de l'extérieur. Le public se détourna du podium et s'attroupa derrière les vitrines pour découvrir la cause de cette interruption.

Un hélicoptère noir de l'armée tournoyait, menaçant, au-dessus du magasin.

— C'est notre Black Hawk ? demanda Duffy.

— Non non, pas de logo. Ils ont dû le louer.

Mara et Jacqui suivirent la foule à l'extérieur. Une échelle de corde était apparue sous l'hélicoptère, et une silhouette bien connue progressait vers le bitume.

— Oh mon Dieu ! s'étrangla Mara. C'est Eliza !

C'était bien elle. Eliza faisait sa descente en robe audacieuse de mousseline déchiquetée et cuissardes en crocodile. De grosses chaînes en or s'entrelaçaient autour de son cou. Alors que le vent des rotors faisait tourbillonner la jupe, elle passa tranquillement de l'échelle au trottoir, entra dans la boutique et parcourut le podium du même pas assuré.

Les photographes l'inondèrent d'un torrent de flashes et la foule, un instant frappée de stupeur, explosa en acclamations enthousiastes, sifflets et youyous. Ils en avaient pourtant vu dans les Hamptons, mais un final de défilé en hélicoptère, c'était une grande première.

Eliza posa pour les photographes avec un large sourire, baignée dans la lumière des projecteurs. Ça avait marché ! Elle y était arrivée ! Elle avait réussi à traquer Vidalia jusque dans son cinquième sans ascenseur de l'East Village. Au départ, elle avait l'intention de lui laisser l'honneur, mais le mannequin avait une telle gueule de bois après son dîner de la veille, qu'il n'y avait pas moyen de la rendre présentable pour le défilé. Eliza avait donc enfilé la robe en remerciant le ciel de lui avoir donné les mensurations adéquates. Puis, grâce à sa nouvelle carte Marquis Jet (merci American Express !), elle avait loué un hélicoptère qui l'avait enlevée en un éclair depuis New York. Ces chouettes petits Black Hawks, c'était bien pratique !

Elle regarda l'endroit où Paige et Sydney se tenaient dans un coin. Elle n'y voyait pas très bien, éblouie par les flashes, mais elle était certaine qu'ils allaient la féliciter d'avoir si bien fait son boulot. Elle s'en était sortie toute seule, et à coup sûr c'était un spectacle dont on parlerait tout l'été dans les Hamptons.

Mayday ! Mayday !

— On y est arrivés ! triompha Eliza en descendant du podium et en tendant les bras pour serrer Paige et Sydney sur son cœur. C'est incroyable, pas vrai ? s'écria-t-elle tandis que les photographes continuaient de la mitrailler.

C'est seulement lorsque les flashes s'éteignirent qu'Eliza prit conscience que Sydney et Paige ne partageaient pas son enthousiasme, mais alors pas du tout. Bien sûr, elle s'attendait à un peu de jalousie de la part de Paige, mais n'était-ce pas elle qui avait exigé d'Eliza qu'elle règle le problème ? Elle ne pouvait pas avoir l'air un peu contente de la voir se débrouiller ? Au lieu de cela, Paige semblait sur le point de vomir, et Sydney avait un regard meurtrier. Mais quoi, elle avait raté quelque chose ?

Le sourire s'évanouit de son visage.

— Qu'est-ce qu'il y a ? Vous n'avez pas aimé l'hélicoptère ? Ne vous en faites pas, je couvre les frais.

J'ai une carte Marquis Jet. Je ne vous facturerai rien, c'est moi qui offre.

— Paige, tu sais ce qu'il te reste à faire, dit Sydney d'un ton lugubre avant de se détourner sans même un regard pour Eliza.

— Eliza, je peux te dire un mot ? demanda froidement Paige.

Quoi, encore ? Elle avait réussi à sauver la soirée, et ils se comportaient comme si elle avait fait quelque chose d'épouvantable. Comme si elle avait échoué à livrer la marchandise au lieu d'y parvenir avec panache. C'était tout le contraire de ce à quoi elle s'attendait. Elle suivit Paige dans l'arrière-boutique.

— Qu'est-ce qui se passe ? demanda-t-elle, le visage encore luisant de la chaleur des projecteurs.

— Tu es virée, dit Paige, impassible.

Eliza nota toutefois qu'elle ne pouvait pas dissimuler une note de jubilation dans sa voix. C'était ce qu'elle voulait depuis le début. Cette petite lèche-bottes, qui n'aurait pas été fichue d'accessoiriser une tenue même si on lui avait braqué une agrafeuse à strass sur la tempe, n'avait fait qu'attendre un faux pas. Eliza voyait mal comment elle avait pu tout gâcher à ce point. Quelque chose ne collait pas.

— Mais je ne comprends pas...

— C'était une soirée pour *Sydney*. Sydney Minx. Et tu sais ce qui est en train de se passer ? De quoi tout le monde parle ?

— Quoi ? répéta Eliza, encore déconcertée.

— Toi. C'est de toi qu'on parle. Qui était la fille dans l'hélicoptère ? Qui est ce mannequin descendu des cieux ? C'était qui, la fille dans la robe ? Qui est *cette fille* ? Il n'y a que toi sur toutes les lèvres. J'ai

151

dû épeler ton nom à plusieurs reporters du *New York Post* !

Eliza faillit répondre : « Ils savent exactement comment s'écrit mon nom au *Post* ! », mais elle choisit sagement de la boucler.

— Allez, Paige, sois sympa, implora-t-elle. Va parler à Sydney, il t'écoute. C'est vrai, quoi, je l'ai rapportée, la robe, non ?

— Tu as *rapporté* la robe, mais tu as *volé* toute l'attention de la presse, répliqua Paige.

Comme par un fait exprès, un important reporter *people* de l'*East Hampton Star* frappa à la porte.

— Hé, Miss Hélico ! Vous pourriez me dire quelques mots ?

Paige leva les yeux au ciel.

— Bien sûr, j'arrive dans une minute, sourit Eliza. Lorsque le journaliste fut parti, elle attrapa Paige par le bras :

— Tu n'es pas sérieuse ? Vous ne pouvez pas me faire ça ! C'est mon stage d'été, mes parents vont péter un plomb s'ils l'apprennent.

Eliza était effondrée. Elle venait juste de découvrir sa passion, de comprendre qu'il y avait des choses plus intéressantes dans la vie qu'une Mastercard. Elle avait vraiment hâte d'en apprendre plus sur l'industrie de la mode. Comment pouvait-on lui enlever cela maintenant ?

— Tu es virée, Eliza. Merci de rendre cette robe et de vider les lieux immédiatement.

Et c'est ainsi que Miss Hélico fut descendue en flammes.

Dans le journalisme *people*, le refus de coopérer n'est jamais un problème

La fête était finie, Jacqui et les trois types du site web rentraient continuer la nouba au château des Reynolds. Mara monta en voiture avec eux et leur demanda de la déposer chez Starbucks, à quelques pâtés de maisons du port. Elle passerait y prendre un double crème pour se redonner de l'énergie, puis rentrerait chez elle à pied.

Elle était complètement coincée. Elle n'avait rien à raconter. Sydney Minx l'avait royalement ignorée toute la soirée. Il avait refusé de lui accorder une interview. Elle qui avait quatre pages à remplir ! Des dizaines de centimètres de texte en colonne ! Le reportage était déjà mis en pages par les maquettistes, ils n'attendaient plus que le texte.

Que faire ? Cette fois c'était sûr, elle allait se faire virer. Sam Davis lui avait confié une mission en or, et

Mara se retrouvait en pleine déconfiture. Ce n'était pas comme si elle avait dû décrocher une interview du Président, bon sang ! Sydney Minx était un styliste de mode ! Les stylistes ne vivaient que pour la presse ! Et pourtant, elle avait encore trouvé le moyen de tout rater.

À ce compte-là, Mara se dit qu'elle ferait mieux d'oublier ses ambitions dans le journalisme sérieux : elle n'avait même pas été capable de mener à bien un article *people*.

Quelques personnes traînaient devant le café. Lorsqu'elle eut retiré son double crème sans matière grasse au comptoir, elle s'assit près de la fenêtre et saisit son BlackBerry d'une main moite. Le plus tôt serait le mieux.

— Bonsoir... Sam ? C'est Mara.

— Ah, bonsoir.

On entendait les hurlements d'un bébé en bruit de fond.

— Désolée d'appeler si tard...

— Pas de problème. Qu'est-ce qui se passe ? demanda Sam d'une voix aimable et professionnelle.

— C'est juste que... à propos du reportage sur Sydney Minx...

Mara tournait autour du pot.

— M-mm ? Heathcliff, pose le bébé, pose Bébé Kathy tout de suite ! Maman a dit ! ordonna Sam.

— Je n'ai pas eu...

— J'ai dit : on écoute Maman ! Vilain Heathcliff ! Vilain garçon ! cria Sam d'une voix stridente.

— Je n'ai...

— Qu'est-ce que vous dites ? demanda Sam, un peu essoufflée. Désolée, c'est un asile de fous ici. Trois enfants de moins de cinq ans, et la nounou qui a pris sa journée.

Mara soupira avec compréhension.

— Sydney m'a refusé l'interview... je n'ai rien pour l'article. Je suis vraiment désolée, avoua Mara en serrant son gobelet de café.

— Le vieux cabotin m'en veut encore pour cet article dans *Them*, hein ? demanda Sam, une pointe d'amusement dans la voix.

Mara fut étonnée d'entendre sa chef rire comme si tout allait bien.

— Bon... ce n'est pas grave. On va contourner le problème.

— Comment ça ?

— Vous appelez des proches de Sydney pour leur demander quelques mots : ceux qui l'ont connu à l'époque, ceux qui le fréquentent maintenant, ceux qui savent comment il fonctionne et comment il se comporte dans le privé. Il nous en faut au moins deux à citer officiellement, tous les autres peuvent rester anonymes : « une source proche » ou « un intime ». Vous avez fait des recherches aujourd'hui, non ? Retournez dans la base de données LexisNexis, utilisez votre compte client... et on écrira l'article sans lui.

— On peut faire ça ?

— C'est ce qu'on fait tout le temps, l'assura Sam. La routine habituelle.

— Ah.

— Alors, trois mille mots pour demain matin ?

— OK, promit Mara, reconnaissante d'avoir été repêchée d'un avenir passé à disposer des petits-fours sur des plateaux.

Toute à sa joie de ne pas être renvoyée, elle ne réalisait pas encore qu'elle ne savait pas du tout par où commencer. Mais ça ne faisait rien. Elle venait de se rappeler qu'une de ses amies était *très* proche de son sujet.

Une espionne chez les stylistes

Virée.

Du balai.

Fichue à la porte.

Avec perte et fracas.

Comme un pauvre concurrent d'un reality show à qui le milliardaire au regard d'acier et au brushing impeccable, ou l'ancien top model, ou le gourou du développement personnel, ou l'aventurier en veste saharienne, dit « Au revoir ! » en lui montrant la sortie et le chemin du confessional.

Toute seule dans les toilettes exiguës de l'arrière-boutique, elle se retenait de pleurer. Au lieu de cela, elle retira les chaînes en or une à une et les accrocha à la poignée de la porte. Elle descendit la fermeture Éclair des bottes en croco et déboutonna la robe de mousseline, qu'elle pendit soigneusement à un cintre capitonné. Paige lui avait aboyé ses ordres sans se demander un instant comment elle s'habillerait une fois qu'elle aurait tout enlevé. Heureusement, Eliza avait réussi à mettre la main sur un sac-cadeau avant qu'ils soient tous partis. Elle enfila l'un des T-shirts Sydney Minx offerts. C'était une grande taille, si bien qu'il lui couvrait les cuisses comme une robe. Ça irait.

Elle sortit des toilettes pieds nus, vêtue uniquement du T-shirt. Dans son sac, son Palm Treo sonna. Quoi, encore ?

This-shit-is-bananas, B-A-N-A-N-A-S, chantait joyeusement le téléphone.

Mara.

— 'llô ? salua Eliza.

Elle écouta son amie raconter son histoire. Mara avait un problème avec son article, vu que Sydney lui avait refusé l'interview.

— Alors il me faut des noms, des gens qui voudront bien me parler de lui : comment c'est de travailler avec lui, où il trouve ses idées, ce genre de trucs, disait-elle. Et toute info croustillante exclusive est la bienvenue. Tu crois pouvoir m'aider ?

Même noyée dans le brouillard de l'humiliation, Eliza distingua clairement une occasion de se venger.

— Aucun problème, dit-elle. Il faut que tu parles avec son ancien associé, Richard Mendelsohn : c'est lui qui a financé les collections jusqu'à leur séparation l'an dernier. Et avec quelques-uns de ses graphistes ; il y en a qui ne bossent plus ici. Ses amis mondains. À une époque, il sortait beaucoup avec la mère de mon amie Taylor, Pringle. Oh, et Anna Perry, aussi. Sûr qu'elle le connaît depuis un bon bout de temps. Je suis certaine qu'ils auront des tas d'anecdotes scandaleuses.

Un sourire vindicatif naquit sur son visage.

— T'es la meilleure ! dit Mara, reconnaissante.

— Eh oui, c'est tout moi. La meilleure, soupira Eliza.

— Liza, ça ne va pas ? Tu as l'air bizarre.

— Non... rien. Je suis fatiguée, c'est tout, se déroba Eliza.

La vengeance était douce, mais elle n'offrait qu'une maigre consolation. Crucifier Sydney dans la presse ne lui rendrait pas son boulot. Elle regretta soudain ce coup de poignard dans le dos, mais se justifia de son mauvais geste en se disant qu'elle aidait une amie.

— Bon, d'accord, fit Mara, peu convaincue. Au fait, c'était dingue, ton entrée. Tout le monde ne parle que de ça.

C'est bien le problème, pensa Eliza, mais elle ne révéla rien à Mara. Elles se dirent au revoir et Eliza raccrocha. Elle sortit devant le magasin, à la recherche de Jeremy. Il l'avait prévenue par SMS qu'il serait un peu en retard à cause d'un rendez-vous avec un client, mais qu'il viendrait la chercher dès qu'il aurait terminé.

Elle le trouva debout devant sa camionnette, en pleine conversation avec Paige sur le tapis rouge à présent déserté. Hein ? Pardon ? Comment et pourquoi se connaissaient-ils ? Elle le vit embrasser Paige sur la joue. Eliza resta cachée dans l'ombre. Elle se sentait comme une intruse.

Lorsque Paige eut enfin disparu dans un taxi, Eliza s'approcha de lui en faisant attention où elle posait les pieds.

— Salut mon bébé ! Jeremy lui sourit largement et la serra brièvement contre lui. C'est ça que portent les *beautiful people* cet été ? Des T-shirts ? Où sont passées tes chaussures ?

— D'où tu la connais ? demanda Eliza en grimpant dans la camionnette sans relever la plaisanterie.

— Qui ça ? dit Jeremy en passant un bras par-dessus l'appui-tête d'Eliza pour faire sa marche arrière.

— La fille avec qui tu discutais. Paige McGinley.

— Oh, Paige ! On a grandi ensemble sur l'île. C'est une vieille copine. On peut dire qu'elle a gravi les échelons sans perdre de temps, hein ? Impressionnant. Tu travailles pour elle ?

Formidable, pensa Eliza. Tout à fait ce qu'elle avait besoin d'entendre. Jeremy fraternisait avec l'ennemi.

— C'est une longue histoire.

— Ah oui ? Qu'est-ce que j'ai raté ? demanda-t-il, car il était arrivé à la soirée trop tard pour assister à son entrée de star.

— Rien, rien, répondit-elle en secouant la tête. À ce moment précis, elle n'avait pas envie d'entrer dans les détails.

Mara a le sens de l'humour
à marée basse

Le café crème mousseux fut un remontant parfait et, armée des renseignements e-mailés par Eliza, Mara se sentait débordante d'énergie, prête à passer une nuit blanche sur son article. Elle rentra à pied du Starbucks jusqu'au port de Sag Harbor. Les bateaux se balançaient doucement, et Mara parcourut toute la longueur du quai avant de réaliser qu'elle avait dépassé leur emplacement... Où était passée *La Négligence* ? Elle arpenta la jetée de long en large et finit par comprendre : elle n'était plus là, tout simplement.

Le voilier – et, encore plus important, son ordinateur – avait disparu !

Volé ! Ce fut la première pensée qui lui vint à l'esprit... Vite, il fallait appeler les secours ! Ryan n'avait pas pu venir à la soirée, il était arrivé quelque chose de terrible ! Il fallait qu'elle aille signaler un détournement de bateau ! Son imagination s'emballa sur des images de dealers colombiens et de trafiquants d'armes arraisonnant le yacht pour mener à bien leurs sinistres intentions ! Pendant un moment, elle fut absolument persuadée que Ryan avait été kidnappé !

Une minute plus tard, elle se rendit compte qu'elle était complètement ridicule. Le bateau n'avait été ni piraté ni volé. De toute évidence, Ryan était parti faire une petite expédition nocturne. Quelque chose lui disait qu'il avait trouvé cela plus important que d'aller la retrouver à la soirée.

Elle composa frénétiquement son numéro sur son BlackBerry. Son ordinateur était à bord, et elle n'avait plus que quelques heures pour rendre son article. Mais il n'y avait pas de réseau dans la baie. Mara tomba sur une voix synthétique qui lui délivra ces informations : « Votre correspondant ne peut pas être joint pour le moment. Veuillez vérifier le numéro et réessayer ultérieurement. »

Eh merde.

Elle regarda désespérément autour d'elle et vit les jeunes du bateau d'en face quitter leur emplacement sur deux jet-skis.

— Vous sortez dans la baie ? leur demanda-t-elle.

— Ouais, quelqu'un fait une fête monstre sur un yacht.

Voilà qui ressemblait bien à Ryan.

— Vous pouvez m'emmener ?

— Monte.

Ils sillonnèrent les eaux jusqu'à repérer *La Négligence*. Les projecteurs étaient allumés et on distinguait une soirée de folie en plein boum. Les basses résonnaient à fond dans les enceintes du yacht. Plusieurs personnes en gilet de sauvetage s'amusaient à sauter du plongeoir à la poupe du navire. Quelqu'un esca-ladait le grand mât pour hisser un drapeau de pirates.

Le jet-ski se rangea à côté du bateau, et Mara grimpa sur le pont. Elle bouillait de rage. Elle jura que dès qu'elle mettrait la main sur lui, elle allait... elle allait...

— Mara !

Ryan la prit dans ses bras.

— Te voilà ! Je t'ai laissé plein de messages.

Il avait un énorme sourire aux lèvres et un bock de bière encore plus énorme à la main.

— Ça m'aurait embêté que tu rates la première grosse fête de l'été.

Il avait l'air absolument fou de joie de la voir, et lui planta un gros baiser sur la bouche.

Quels messages ? se demanda Mara. Elle n'avait pas reçu un seul appel de lui.

— Tu n'es pas venu au défilé, l'accusa-t-elle.

— Je me suis endormi, fit-il, penaud. À l'heure où je me suis réveillé, je savais que ce serait terminé. Et puis Tinker et ses sœurs sont passées, on a appelé d'autres gens... et puis on est allés chercher des bières... et...

Et vous avez décidé de faire la fête du siècle, pensa Mara. Ça avait l'air plutôt marrant en effet, mais elle n'avait pas le temps pour la rigolade. Elle était char-rette.

— Allez, viens te servir un verre, dit Ryan.

— Tu m'as *plantée*, dit Mara dont la colère ne s'apaisait pas si facilement.

— Mais de quoi tu parles ?

— Je suis arrivée sur le quai et il n'y avait plus rien... ce bateau, c'est *ma maison*, Ryan, tu ne comprends pas ? Pour l'été. C'est *chez moi*. Mon ordinateur est ici. Et j'ai du boulot. Je me suis pointée, et le bateau n'était plus là, et...

— Attends, attends... je t'ai laissé le numéro du bateau-taxi sur ta boîte vocale. Tu n'as pas eu mes messages ?

— Non.

— Mais je n'ai pas arrêté de t'appeler, insista-t-il, perplexe.

— Tu as appelé sur mon BlackBerry ou à mon ancien numéro ? demanda-t-elle. Je t'ai dit de ne m'appeler que sur mon téléphone professionnel. Je ne me sers plus du vieux.

— Oh, fit-il avec un sourire coupable. J'ai oublié.

Elle se détourna de lui. Lui arrivait-il de l'écouter ? Et quand allait-il arrêter de traîner avec des jolies filles pendant qu'elle était au boulot ? Avait-il au moins conscience du sale effet que cela lui faisait ?

Sans ajouter un mot, elle descendit dans le cockpit comme une furie, plantant là Ryan sur le pont, peiné et énervé.

— Mara, allez, ne le prends pas comme ça !

Un couple d'invités se pelotait sur le canapé du salon, mais c'est à peine si elle le remarqua. Elle fila droit dans la chambre, claqua la porte et s'assit à son bureau. Elle alluma l'ordinateur d'un geste vengeur.

Quand elle aurait fini son papier, elle allait le *tuer*. Mais d'abord, il fallait qu'elle passe quelques coups de fil.

Qui a tout... a beaucoup à perdre

— Allez, quoi, qu'est-ce qui ne va pas ? (Jeremy passa la main dans son épaisse chevelure châtain bouclée et tendit la lèvre supérieure vers Eliza.) Qu'est-ce que j'ai fait pour mériter la soupe à la grimace ? demanda-t-il, déconcerté par son attitude. Je croyais que tu passerais la nuit chez moi, ajouta-t-il, légèrement blessé par le changement de programme.

Eliza garda le silence. *Paige McGinley. Juste une vieille copine. On a grandi ensemble sur l'île*, ruminait-elle. Génial. La femme qui venait de lui imposer l'humiliation de sa vie était « une vieille copine » de son amoureux. Rien n'aurait pu être pire pour le moral d'Eliza.

Elle avait prévu de rester chez Jeremy, dans son appartement de Montauk : elle avait déjà raconté à ses parents qu'elle dormait chez une amie, elle était couverte. Elle avait même déposé un petit sac d'affaires contenant sa parure de lingerie à l'arrière de la camionnette ce matin.

Elle s'était dit qu'après un coup d'éclat tellement triomphal au défilé, elle couronnerait la soirée en perdant sa virginité. Et elle en avait *vraiment* eu l'intention ; mais maintenant que son ego était piétiné, elle n'en avait plus envie pour ce soir. Tout ce qu'elle voulait, là, c'était engloutir un pot de glace Ben & Jerry's et s'endormir devant *Room Raiders*.

Jeremy laissa le moteur tourner dans l'allée devant chez elle, tous feux éteints.

— Tu es sûre que tu ne veux pas venir ?

Il posa une main sur son genou qu'il se mit à masser. Ses doigts forts descendirent le long de ses mollets en pétrissant doucement les muscles.

Eliza hésita. Elle en avait envie... mais elle voulait que leur première fois soit parfaite, et pour elle la soirée était déjà gâchée.

— J'aimerais bien, mais j'avais oublié : j'ai promis à mes parents d'aller observer les oiseaux avec eux demain, il faut que je me lève tôt, dit-elle à regret.

C'était un pur mensonge. Son père l'avait effectivement invitée à se joindre à eux, sauf qu'elle avait déjà décliné.

Il ôta la main de son genou et la passa autour de ses épaules, l'attirant pour la serrer contre son torse. Ses doigts lui caressèrent le bras avec légèreté, lui envoyant des décharges électriques le long de l'échine.

— Allez, reste avec moi. Je veux te montrer mon nouvel appartement. J'ai fait le ménage rien que pour toi, dit-il d'une voix rauque.

À ces mots, Eliza sentit qu'elle commençait à fondre. Elle ferait mieux de le suivre ; Paige n'avait qu'à aller se faire voir. Mais soudain, le souvenir de Jeremy embrassant l'ennemie gâta cet instant et raffermit sa volonté.

— Je ne peux pas. J'aimerais bien. La prochaine fois, d'accord ? conclut-elle en l'embrassant rapidement sur les lèvres. Je t'appelle.

Elle lui fit un signe de la main depuis les marches de l'entrée et regarda la camionnette disparaître derrière les haies du passage privé qui menait chez elle. En entrant, elle trouva ses parents qui l'attendaient dans la cuisine. Son père tenait une liasse de relevés de carte de crédit.

— Salut m'man, salut p'pa, dit-elle en leur posant une bise rapide sur la joue.

— Je croyais que tu dormais chez Taylor ? s'étonna sa mère.

— Changement de programme, fit gaiement Eliza. Qu'est-ce que vous faites debout à cette heure-ci ?

— Nous avons reçu un appel d'American Express aujourd'hui.

Eliza hocha la tête en ouvrant le tiroir en acier inox du frigo. Elle farfouilla à la recherche des pots de glace qu'elle était sûre d'y trouver. Elle dénicha un demi-litre de Phish Food et l'attaqua à la cuillère, à même la boîte.

— Tu as acheté une carte Marquis Jet ? demanda sa mère. Et je t'en prie, prends un bol. Tu as été élevée dans une étable ?

— M-mm, opina-t-elle en enfournant une cuillerée.

— L'étable ou la carte Jet ?

— Jet, dit Eliza d'une voix déformée par la glace.

— Et tu as affrété un hélicoptère de New York à East Hampton aujourd'hui ?

— M-mm, répéta-t-elle en léchant la cuillère.

— Depuis quand es-tu autorisée à être aussi extravagante ? Cette carte, c'est pour les *urgences*, poursuivit sa mère avec emphase.

Mais *c'était* une urgence... ou du moins, c'était son impression ce matin.

— Papa et toi, vous avez NetJets, alors je me suis dit... se défendit Eliza, rappelant à ses parents qu'ils étaient eux aussi abonnés à un service de jets privés.

— Eliza, nous t'avons déjà acheté une voiture pour cet été. Tu passes les bornes. Les jeunes filles de dix-huit ans ne louent pas d'hélicoptères privés. Nous avons résilié ton compte, lui dit sa mère d'une voix basse et glaciale. Papa et moi, nous nous sommes aussi aperçus que toutes tes autres cartes de crédit avaient déjà atteint leur plafond. Ces cartes, c'était ton argent de poche pour toutes les vacances.

Houlà.

— Il faut absolument que tu apprennes la valeur des choses. Tu ne peux pas jeter l'argent par les fenêtres. C'est exactement ce genre de comportement qui nous a attiré des ennuis. Tu vas devoir me rendre les cartes, dit sa mère d'un air sévère.

— Toutes ? demanda Eliza, catastrophée.

Elle lança à son père un regard malheureux. Il la laissait toujours faire tout ce qu'elle voulait, et l'argent n'était jamais un problème lorsqu'il s'agissait de sa petite fille. Mais cette fois, il se contenta de secouer la tête en l'évitant du regard. Ça craignait un max. D'habitude, c'était sa mère qui était stricte, mais alors là, si son père était fâché aussi, elle était carrément mal. Et surtout, elle était pauvre. Comment allait-elle pouvoir s'en sortir sans l'aide de ses amies Visa et Mastercard ?

— Toutes, insista sa mère en lui tendant la main, paume ouverte.

— Mais comment je vais faire pour avoir un peu de liquide ? s'inquiéta Eliza en tirant de son sac ses cartes chéries.

— Tu as ton indemnité de stage, lui rappela sa mère.

— Plus maintenant, avoua-t-elle, l'estomac révulsé de déception et de frustration.

Elle donna un violent coup de cuillère dans sa glace, projetant en l'air un gros morceau qui alla s'écraser sur le sol de mosaïque.

— Merde ! jura-t-elle.

— Que s'est-il passé ? demanda sa mère avec une inquiétude visiblement sincère. Je croyais que tout se passait à merveille, tu disais que tu adorais ce que tu faisais ?

— Je préfère ne pas en parler maintenant, répondit Eliza calmement. C'est compliqué.

Elle se remit à pelleter furieusement sa glace.

— Eh bien ma chérie, tu vas devoir te trouver un nouveau job si tu veux de l'argent cet été, lui dit sa mère.

Le ton de sa voix indiquait que le tribunal parental avait rendu sa décision, et que le jugement était sans appel.

Anna, l'épouse qui criait au loup !

Peu après seize heures trente le lendemain, Jacqui, Shannon et les enfants venaient de rentrer de la plage lorsque Laura pénétra dans la cuisine, visiblement nerveuse.

— Il y a quelqu'un à la porte, dit-elle.

Jacqui aidait Cody à retirer son masque de plongée et Shannon ramassait les serviettes mouillées. La voix de Laurie leur fit lever la tête. Les enfants s'égaillèrent dans leurs chambres en laissant des traces d'eau et de sable sur le parquet en zebrano.

— Qui est-ce ? demanda Jacqui.

— Un homme. Il veut parler à Anna.

Jacqui haussa les épaules.

— Tu lui as dit que quelqu'un voulait la voir ?

— Elle est en plein soin du visage, expliqua Laurie.

Anna avait récemment pris l'habitude coûteuse du spa à domicile. Une fois par semaine, une esthéticienne, une masseuse et une manucure venaient la pomponner chez elle.

— Je lui ai dit de revenir dans une heure, mais il ne veut pas bouger d'ici. Il affirme que c'est important.

Laurie tortillait nerveusement les bouts de sa chemise de coton unie.

— Tu veux que j'aille la prévenir ? demanda Jacqui, comprenant soudain ce que Laurie attendait d'elle.

Cette dernière opina d'un air soulagé.

— Tu veux bien ? Elle m'a avertie qu'elle ne voulait voir personne, et si je dis quoi que ce soit j'ai peur qu'elle...

Jacqui se leva et haussa les épaules.

— Ça m'est égal. Je ne vais pas me mettre la tête au court-bouillon.

— La rate, la corrigea Shannon en pouffant de rire. La rate au court-bouillon.

Jacqui toqua doucement à la porte de la chambre d'Anna. Des sons de ruisseau cascadant, de carillons à vent, de chants de baleines s'échappaient de la pièce.

— Anna, il y a quelqu'un à la porte qui demande à vous voir.

Pas de réponse.

— Anna ? Anna ?

Soudain, la porte s'ouvrit avec fracas et Anna apparut dans son peignoir en éponge blanc, la face couverte d'un masque grumeleux à base d'avocat.

— Qu'est-ce qu'il y a ? J'ai dit à Laurie que je ne voulais pas être dérangée, siffla-t-elle.

— Il y a un homme... à la porte... Il prétend qu'il doit absolument vous voir... On lui a dit de revenir plus tard, mais il refuse de s'en aller, expliqua Jacqui, soudain aussi nerveuse que Laurie.

171

— Il se prend pour qui ? murmura Anna d'un air mauvais en descendant bruyamment l'escalier qui menait dans le hall.

Elle ouvrit la porte. Un homme en costume sombre et lunettes noires attendait patiemment sur le seuil.

— Oui ?

— Anna Perry ? demanda-t-il.

— Elle-même, répondit-elle avec hauteur.

— Madame est servie, dit-il en lui tendant une épaisse enveloppe jaune. Bonne fin de journée.

Il la salua en portant la main à sa tempe et s'éloigna.

— Quoi ? s'exclama Anna en blêmissant autant que c'était possible sous son masque.

Elle déchira l'enveloppe et en sortit un document épais de plusieurs pages.

— QUEL CONNARD ! hurla-t-elle.

Elle jeta les papiers en l'air, traversa en coup de vent la pluie de feuilles qui retombaient comme des confettis, et monta reprendre ses soins de beauté.

— Je n'arrive pas à croire qu'il m'ait prise au pied de la lettre.

Jacqui grimaça.

Shannon, planquée dans le couloir de la cuisine, regarda Jacqui d'un œil interrogateur.

— Qu'est-ce qui s'est passé ?

— Je crois que Kevin vient de demander le divorce, dit Jacqui en ramassant les papiers éparpillés. Va surveiller les enfants dehors. Ne leur dis pas un mot de tout ça !

Elle lut une page en diagonale. *Contrat en vue de la division prédéterminée des avoirs, accords de pension alimentaire ou autres pensions et/ou allocation des frais d'avocat associés à la dissolution du mariage.*

Elle feuilleta la seconde liasse. C'est seulement en voyant les signatures au bas de la dernière page qu'elle commença lentement à comprendre ce qu'elle avait entre les mains. L'accord prénuptial d'Anna et Kevin Perry !

Elle le parcourut des yeux et tomba sur un paragraphe encerclé et marqué d'une flèche. Un avocat avait griffonné dans la marge : *Jusqu'au 26 août*.

La clause encerclée stipulait que si Kevin et Anna restaient mariés moins de cinq ans, Anna ne recevrait pas un centime à la suite du divorce. À New York, c'est ce qu'on appelait la « clause Trump », en référence à Donald Trump. Le milliardaire était célèbre pour avoir plaqué Marla Maples à un mois de leur cinquième anniversaire de mariage afin de ne rien lui devoir. Si Anna parvenait à s'accrocher au-delà de cinq ans, elle recevrait la moitié de tout. Dans le cas contraire, elle n'aurait rien.

Jacqui sentit son estomac se serrer. Anna était sur le point de se faire Trumper !

Kevin l'avait fait ! Elle lut le premier paragraphe. Dans les *causes de dissolution*, l'avocat avait coché *maltraitance physique* et citait l'*usage excessif de la force* (ouais, une oreille tirée) ayant entraîné un *traumatisme majeur* (c'est-à-dire un cartilage cassé) et une *mise en danger de l'intégrité physique* (mais ce n'était qu'une petite infection !)

Puis la réalité s'abattit sur elle : si les Perry divorçaient, Kevin prendrait les enfants (ils étaient presque tous à lui), et si Anna était ruinée, Jacqui se retrouverait au chômage. Elle ne pourrait pas redoubler le lycée et devrait rentrer au Brésil. Pas de New York, et certainement pas de NYU. L'été sans stress et sans soucis c'était fini. Un divorce, ça craignait totalement. Non seulement cela ferait de Jacqui une SDF à l'automne, mais les enfants ne s'en remettraient jamais : ils en avaient déjà trop vu quand Kevin avait divorcé de sa première femme.

Jacqui avait entendu dire que Zoé n'avait pas prononcé un mot pendant six mois. Madison s'était réfugiée dans la boulimie, et c'était à cette époque que William avait commencé à montrer des signes d'hyperactivité. Ils s'étaient enfin stabilisés avec Anna comme belle-mère... qu'allaient-ils devenir lorsque Kevin la chasserait de leurs vies ? Et ce pauvre Cody qui ne pourrait plus voir ses demi-frères et sœurs ! Jacqui sentit un trou se creuser dans son estomac. Elle ne savait pas qui, des enfants ou d'elle-même, était le plus à plaindre. Par la baie vitrée, elle voyait les enfants jouer gaiement dehors sans se douter de la destruction imminente qui menaçait leur cellule familiale.

Elle replaça les papiers dans leur enveloppe et se dirigea vers la piscine. Tout tourbillonnait dans sa tête. Son problème n'était plus seulement d'avoir échoué à entrer à la fac ; à présent, elle allait devoir simplement se battre pour ne pas sombrer. Jacqui inspira profondément. Heureusement, elle avait toujours été bonne nageuse.

Mara est verte de jalousie

Quelques semaines après le défilé de mode, Jacqui, Mara et Eliza sortirent dîner pour permettre à Jacqui de fêter son jour de paie. Mara se souvenait avec affection des grosses enveloppes remplies de billets, elle qui ne touchait plus que le virement anémique accordé aux reporters en herbe. Même si les à-côtés du métier compensaient son manque à gagner, une partie d'elle-même regrettait ces épaisses liasses de liquide net d'impôt qui tombaient toutes les trois semaines.

Les trois filles étaient installées sur les banquettes de chez Lunch. Elles avaient commandé les fameux feuilletés au homard du restaurant et un pichet de bière à se partager. C'était surtout Jacqui qui parlait ; Eliza était d'un calme inhabituel, beaucoup moins tapageuse que d'habitude, et Mara était préoccupée par ses relations avec Ryan.

Il y avait encore un peu d'animosité entre eux depuis l'autre matin, quand Mara, au réveil, avait constaté qu'ils dérivaient au large du port. Ryan avait oublié de vérifier les amarres qui les rattachaient au quai, et elles s'étaient détachées pendant la nuit. Il avait fallu appeler le yacht-club pour être remorqués vers la terre ferme ; Mara était arrivée en retard au boulot, et elle s'était fait attraper par sa patronne.

Une politesse empruntée s'était abattue sur leur relation, et tous deux marchaient sur des œufs en présence l'un de l'autre. Cette ambiance glaciale l'inquiétait. Être avec quelqu'un, c'était vraiment du travail. Ils étaient loin de la lune de miel dont elle avait rêvé et cette situation l'angoissait. Ryan était ce qui lui était arrivé de mieux dans la vie, mais elle était ennuyée qu'il ne comprenne pas sa contrariété.

Elle avait réussi à retrouver les bonnes grâces de Sam Davis en rédigeant un excellent article sur le tournoi de softball – une sorte de baseball amateur – entre les Écrivains et les Acteurs. Elle avait attribué aux célébrités des surnoms rigolos (pour le corpulent Alec Baldwin, elle avait trouvé Le Batteur d'Œufs). Mara s'y connaissait un peu en softball ; ses fines observations sur la manière dont ce jeu de jardin était devenu, simplement à cause des participants, un sport à gros sponsors retransmis sur le câble, étaient drôles et bien tournées.

Jacqui était en train de raconter comment les garçons du site web avaient loué un avion pour qu'il écrive son nom dans le ciel lorsque Mara remarqua une silhouette bien connue qui entrait nonchalamment dans le restaurant. Cette fois, sa voisine ne portait pas son fameux bikini bleu : Tinker était vêtue d'un débardeur ultramoulant et d'un minishort en jean effrangé.

Elle passa devant la table et salua Mara.

— Je peux me joindre à vous ? demanda-t-elle avec son sourire amical. Je crois que ma sœurette est en retard.

— Bien sûr, dit Mara sans conviction en enfournant une énorme bouchée de feuilleté de homard. (Elle essuya sur ses lèvres l'excès de mayonnaise avec sa serviette en vichy.) Les filles, je vous présente Tinker. Elle habite sur le bateau à côté du nôtre à Sag. Tinker, voici Jacqui et Eliza.

— Cool. D'où est-ce que vous vous connaissez ?

— On a été au pair ensemble il y a quelques années, répondit Eliza.

— Ah je vois, fit Tinker en se tournant vers Mara. Ryan m'a dit qu'il sortait avec la nounou de ses petits frères et sœurs.

Mara sentit le rouge lui monter aux joues. À la manière dont Tinker avait prononcé « nounou », on avait l'impression qu'elle avait pris ce job uniquement pour séduire le grand frère sexy des gosses de riches.

— Où as-tu rencontré Ryan ? demanda Jacqui, curieuse.

— On est dans la même confrérie mixte à Dartmouth, expliqua Tinker en piquant une poignée de frites à Mara. On se marre trop. C'est Ryan le président.

— Quelle confrérie ? voulut savoir Eliza.

Tinker le lui dit.

— Vous faites toujours la Nuit à Poil ? demanda Eliza qui avait quelques connaissances sur les pratiques culturelles des universités huppées.

— La Nuit à Poil ? répéta Mara en avalant sa bière de travers.

— Ouais, c'est une nuit dans l'année où tous les membres de la confrérie passent la soirée complètement à poil. Il paraît que c'est trop délire. Le grand frère de Lindsay est allé à Dartmouth, il nous en a parlé, précisa Eliza en ramassant les miettes de feuilleté de homard tombées sur son assiette en plastique.

— Oh mon Dieu, ça, c'est carrément la folie, s'esclaffa Tinker comme si elle pensait à un très vilain secret.

— Ah vraiment, fit Mara, glaciale. Raconte-nous donc.

— Alors d'abord, on traverse le campus en courant tout nus, et puis il y a un Jacuzzi dans le sous-sol du club et on se savonne tous dans les bulles. Les photos sont à mourir de rire. (Tinker gloussa.) On est tellement bourrés que ça fait peur. C'est un miracle que personne ne se soit jamais noyé dans le Jacuzzi.

— Je n'en doute pas, ironisa Mara. Et qu'est-ce que vous faites d'autre dans cette confrérie ?

— L'hiver, il y a une grande chasse au trésor dans les bois. Tous les trésors, c'est de l'alcool. À la fin, tout le monde est tellement torché qu'il y en a qui s'écrivent leur adresse sur le bras : *Si vous me trouvez, merci de me ramener au zoo.* Une fois, je me suis réveillée dans un pré. Aucune idée de comment j'étais arrivée là. En tout cas, cette année c'est moi qui l'organise avec Ryan. C'est triste, dit-elle en roulant des yeux, mais il n'y a pas grand-chose à faire dans le New Hampshire, alors il faut bien qu'on crée des distractions. Ce qui veut dire beaucoup de bière... On organise des voyages, aussi.

— Oh.

— L'hiver dernier, on est tous allés à Stowe. On est quelques-uns à faire partie de l'équipe de ski. On a fait du snowboard ensemble. Ryan est vraiment bon. Mais ça, tu le sais : Ryan est bon en tout.

Ben voyons, pensa Mara. Il l'avait invitée à ce voyage. Mais elle avait poliment décliné, car elle ne savait pas skier et n'avait eu aucune envie de se ridiculiser à la montagne.

Elle regarda Tinker. C'était une des plus jolies filles qu'elle eût jamais vues : grande, longiligne, des traits scandinaves, le front haut, les cheveux d'un blond doré, les yeux bleu pervenche. Une fille sexy dans la confrérie de Ryan, qui savait skier et pratiquait le snowboard, qui aimait organiser des chasses au trésor dans les bois. Belle... et *athlétique*. Apparemment, Tinker faisait beaucoup de choses que Ryan avait toujours voulu voir Mara faire. Mara ne pouvait partager aucune des activités sportives de Ryan, vu qu'elle avait l'aisance et l'agilité d'un homard.

Que s'était-il passé au juste dans le Vermont pendant ces vacances au ski ? Sans parler de la Nuit à Poil ? *Dans le Jacuzzi ?*

Elle se demanda si elle devait s'inquiéter. *Mais c'est toi qui passes l'été avec lui sur le bateau*, se remémora-t-elle. Pas Tinker. Et même si elle et Ryan étaient un peu en froid en ce moment, ils finiraient par se réconcilier. Comme toujours.

La sœur de Tinker finit par arriver, et cette dernière prit congé en agitant la main. Elle fit promettre à Mara de venir visiter son bateau avec Ryan pendant le week-end.

— Elle a l'air sympa, hasarda prudemment Jacqui.

Mara fit la grimace.

— Allons, la rassura Eliza. Tu est bien plus jolie qu'elle. Et je te parie que ses seins sont des faux. C'est Silicone City.

À certains moments, comme celui-ci, Mara était heureuse qu'Eliza ait la langue si bien pendue.

— Pas de quoi t'inquiéter, tu sais ? Ce n'est pas du tout le genre de Ryan, remarqua Jacqui.

— Ah bon, et pourquoi ? demanda Mara, sceptique.

— Eh bien pour commencer, elle ne te ressemble pas du tout, dit Jacqui avec sagesse.

L'addition arriva et Mara dégaina sa carte de crédit. Eliza farfouilla dans son sac, puis regarda ses amies, les mains vides, le rouge au front.

— Les filles, vous pouvez me l'avancer ?

— Bien sûr, acquiesça Mara. Pourquoi, tu as perdu ta carte de crédit ?

— Laisse, j'ai ce qu'il faut, dit Jacqui en rendant sa carte à Mara et en tirant de la grosse enveloppe un billet de cent dollars. *Chicas*, c'est ma tournée.

Quand la serveuse eut emporté le billet, Eliza leur conta sa triste histoire.

— Ils t'ont virée ? demanda Jacqui, atterrée.

— Mais tu as fait la couverture de *Dan's Papers* ! objecta Mara.

— Ils t'ont *virée* ? répéta Jacqui, encore sous le choc.

Eliza opina.

— Et quand mes parents ont appris pour la location de l'hélicoptère, ils m'ont confisqué les cartes. Je suis officiellement fauchée.

— Qu'est-ce que tu vas faire ?

Eliza brandit un formulaire d'embauche qu'elle avait pris à la réception en entrant dans le restaurant.

— Tu vas travailler *ici* ? Chez Lunch ? s'étrangla Mara.

Eliza Thompson, le cauchemar des serveuses avec ses exigences compliquées à chaque fois qu'elle commandait une salade, allait servir des clients elle-même ? Ou, plus invraisemblable encore, travailler dans une cuisine surchauffée ?

— Oui eh bien, ils embauchent... et quand on est à la rue, on ne choisit pas, dit-elle avec un rire lugubre. Au moins, je ne crèverai pas de faim.

Quand on cherche à se perdre...

Plus tard ce soir-là, Jacqui était invitée chez les trois nababs du web. Ils donnaient une soirée au château pour fêter leur dernier triomphe : suite à une augmentation de capital, leurs actions avaient doublé de valeur. Les garçons s'étaient surpassés : la maison était remplie de fêtards de premier ordre, il y avait trois bars à cocktails complets dans le patio avec d'énormes sculptures de glace en forme de « Shocker », et les Killers devaient donner un concert dans la salle de bal.

Jacqui sonna à la porte, mais en cet instant précis, même la perspective de toute une nuit de réjouissances n'aurait pu lui remonter le moral. Kevin avait tenu parole ; il avait rempli les papiers et envoyé un assistant dans les Hamptons prendre ses affaires pour les rapporter chez eux en ville. Il y avait deux semaines qu'il était parti.

Anna avait demandé à Jacqui de ne rien dire aux enfants. Elle ne voulait pas les perturber et il lui fallait un peu de temps pour réfléchir à ce qu'elle allait faire.

— Ne t'inquiète pas, je vais trouver une solution, lui avait-elle dit.

Mais dans l'ensemble, Anna ne semblait pas faire quoi que ce soit pour sauver son mariage. Au contraire, elle écumait les boutiques avec une rage vengeresse. Pas un jour ne se passait sans qu'elle rentre chez elle chargée de sacs de shopping. Quand les enfants demandaient à Jacqui pourquoi leur papa n'était jamais à la maison, elle était obligée de mentir en inventant un voyage d'affaires. L'ambiance à la maison était de plus en plus tendue, entre Anna qui s'enfermait dans sa chambre pendant des heures avant de ressortir en reniflant, les yeux rougis, et les enfants qui réclamaient leur père.

Heureusement pour Jacqui que les trois garçons étaient là : leurs joyeuses pitreries lui faisaient oublier tous ses problèmes. Visiblement, tous les trois étaient attirés par elle, et c'était un spectacle très distrayant que de les voir cravacher pour arriver en tête ; mais comme ils la suivaient comme son ombre en permanence, elle aurait été bien en peine de dire lequel faisait battre plus vite son cœur.

Elle sonna de nouveau, impatiente d'entrer prendre un verre pour noyer ses soucis.

La porte s'ouvrit sur Ben Defever. Sa bonne tête s'illumina d'un sourire lorsqu'il la vit, mais tout de suite son front se plissa d'inquiétude.

— Qu'est-ce qui ne va pas ? demanda-t-il en remarquant son agitation.

— C'est rien... oh, Ben ! dit-elle d'un ton misérable.

— Allez viens, dit-il. On va trouver un endroit tranquille pour parler.

Jacqui hocha la tête et ils fendirent la foule jusqu'à l'escalier de derrière. Ben posa une main légère dans son dos et l'entraîna au dernier étage de la maison. Sa chambre se trouvait du côté nord.

Elle s'assit au bord de son lit et se prit la tête entre les mains.

— Vas-y, dis-moi ce qui te chagrine, l'encouragea Ben en lui tendant un verre de sangria.

— J'en peux plus, dit-elle tristement en pensant au divorce imminent des Perry et à son problème de redoublement. Elle but une longue gorgée et regarda autour d'elle, comme si la réponse à tous ses problèmes était à portée de main. Pour une chambre de garçon, celle-ci était étonnamment bien rangée, spartiate et immaculée. Pas une chaussette sale ni une serviette mouillée en vue. Quelques guitares étaient empilées contre le mur.

— Des problèmes avec tes patrons ? demanda Ben.

Jacqui se tourna vers lui en souriant faiblement.

— Ouais, plus ou moins. C'est beaucoup de pression de bosser pour eux. Et on ne peut pas être partout, tu vois ? Mais ils veulent que je fasse tout. Parfois, j'ai l'impression d'être seule à tenir cette famille à bout de bras, et ce n'est même pas ma famille. *Merda*.

Ben opina avec compassion.

— Je sais. Ça craint. Je ressens la même chose, pas avec ma famille, mais avec la boîte. C'est moi qui ai eu l'idée du site et qui en rédige une grande partie, en plus de superviser le marketing, et je n'arrive pas à déléguer. Parfois, je suis complètement lessivé.

— Moi aussi.

184

— Mais ça s'arrangera. Il faut juste que tu prennes une seconde pour souffler. (Ben inspira profondément et expira.) Tu laisses entrer l'air, et tu pousses pour le faire sortir.

Jacqui suivit son exemple. Pendant quelques minutes, la chambre fut plongée dans le silence. On n'entendait que le son de leurs exercices de respiration.

— Tu as raison, c'est vrai que ça fait du bien.

— Si tu as besoin de parler, n'importe quand, tu peux venir me voir, tu sais, dit-il timidement.

— T'es trop gentil, murmura-t-elle en l'entourant de ses bras, comme ça, sur une impulsion.

Elle enfouit son visage dans le coton tiède de sa chemise et sentit battre son cœur à travers le tissu. C'était simplement agréable d'être tout contre quelqu'un. Ben était un garçon formidable, il comprenait vraiment ses sentiments. Il la serra un moment dans ses bras, puis s'éclaircit la gorge. Il la regarda, hésitant, comme s'il venait juste de réaliser qu'elle s'accrochait à lui.

— C'est agréable, chuchota-t-elle.

— Désolé, bredouilla Ben. Je...

Il voulait s'excuser de l'avoir enlacée si longtemps, mais bientôt les excuses ne furent plus nécessaires. Jacqui ayant approché son visage du sien, il se décida plutôt à l'embrasser, non sans avoir retiré ses lunettes.

Jacqui ferma les yeux, posa une main tiède sur sa joue brûlante et caressa sa barbe de trois jours. Ses lèvres étaient douces et chaudes, il sentait les fraises et la bruyère. *Fort et sensible... exactement ce qu'il me faut, docteur*, pensa Jacqui.

Ils se séparèrent d'un bond lorsqu'on frappa à la porte.

— Yo, Defever ! Jacqui est là ? Quelqu'un dit qu'il l'a vue monter, appela Duffy de sa voix grave. Tu nous la planques ?

Jacqui et Ben échangèrent un regard coupable.

— Ouais, elle est là, confirma Ben à regret.

Duffy surgit dans la pièce en frétillant des sourcils.

— Qu'est-ce que vous fabriquez là-dedans ? demanda-t-il, soupçonneux.

— Je montrais à Jacqui... euh... mon téléscope. Vénus se lève, mentit Ben en montrant du geste la lunette astronomique installée à côté de la fenêtre.

Jacqui acquiesca. Vénus ? Était-ce une allusion ? La déesse de l'Amour ? Ben lui fit un clin d'œil et elle le lui rendit, mais déjà Duffy la tirait par la main pour la faire lever du lit.

— Allez, c'est en bas, la fête, la pressa-t-il.

— D'accord, consentit Jacqui.

Maintenant qu'elle avait parlé avec Ben, elle se sentait mieux et elle était prête pour les déconnages délirants de Duffy. Ce dernier descendit l'escalier au galop, mais au lieu de l'entraîner dans le tohu-bohu de la fête, il lui fit traverser la salle de bal et le patio arrière jusqu'à une petite voiture de golf garée derrière la maison.

— Monte, l'invita-t-il en se glissant sur le siège conducteur.

— On va où ? demanda-t-elle, légèrement amusée.

— Tu vas voir.

Il eut un grand sourire en emballant le moteur.

— C'est ça, vas-y, continue, le taquina-t-elle.

Ils traversèrent le parc des Reynolds en un éclair, la petite voiture bondissant sur la pelouse.

Il se tourna vers elle et lui proposa une Thermos qu'il avait tirée de sa veste.

— À boire ?

Jacqui prit une gorgée au goulot. Du punch bien corsé en rhum. Elle se blottit avec bonheur contre lui. Il lui faisait penser à un chiot tout fou, et elle avait un faible pour les créatures amicales.

— Ça va à quelle vitesse, ce truc ?

Pour toute réponse, Duffy mit le pied au plancher et Jacqui poussa un cri strident alors qu'ils dépassaient à toute allure les courts de tennis et les bungalows d'invités pour rejoindre la plage privée de la propriété.

— Tu veux conduire ? demanda-t-il en élevant la voix pour couvrir le bruit des vagues qui s'écrasaient sur la grève.

— Quoi ? Non !

Trop tard. Duffy avait levé les mains du volant, et Jacqui hurla en essayant de diriger le véhicule.

— T'es dingue ! cria-t-elle, mais elle s'amusait trop pour être en colère, et ils continuèrent à zigzaguer jusqu'à ce que Duffy serre les freins.

Ils s'arrêtèrent tellement brutalement que Jacqui fut précipitée dans ses bras et qu'ils tombèrent de la voiture pour atterrir dans le sable, emmêlés l'un à l'autre. Ils riaient tous les deux en roulant sur la grève.

— Tu as failli nous tuer ! s'écria-t-elle en simulant la fureur.

— Oh, allez ! Tu as adoré ! la taquina-t-il.

La lune était pleine, la plage était déserte. Leur

seule compagnie était une troupe de mouettes volant bas au-dessus de l'eau ou arpentant la plage.

— Quel calme, ici, apprécia-t-elle, toujours allongée sur lui.

— Ouais... moi non plus, j'aime pas trop la foule.

Il sourit en la regardant. Le vent soufflait dans ses cheveux et le froid lui rougissait les joues.

— Quel menteur ! Vous n'arrêtez pas de faire des fêtes, lui rappela-t-elle, charmée quand même.

Elle lui donna un coup sur l'épaule.

— *Ouille !* glapit-il. Toi...

Et sans lui laisser une seconde, il se mit à la chatouiller. Elle rit si fort qu'elle attrapa le hoquet.

— Oups, fit-elle, gênée.

— Bouche-toi le nez. Bouge pas, je vais le faire, dit-il en lui pinçant le nez entre le pouce et l'index.

— Je beux blus rezpirer, articula-t-elle entre deux rires.

Elle repoussa sa main, mais il attrapa la sienne et la serra fort.

— Si tu le dis, répondit-il en se penchant pour l'embrasser.

Elle ouvrit la bouche pour accueillir ses lèvres, savourant le goût mêlé de sel et d'alcool sucré de son baiser. Tout en l'embrassant, il lui caressait les cheveux avec une infinie douceur.

Un klaxonnement tonitruant les interrompit et ils se décollèrent juste à temps pour voir une autre voiture de golf se garer à côté de la leur qui était toujours renversée. Grant, sur le siège avant, semblait authentiquement peiné de trouver son ami seul avec Jacqui.

— Jac, tu es en train de rater les Killers. Et toi mon

ami, tu as un appel, dit Grant à Duffy d'un ton plein de sous-entendus. Ta copine au téléphone.

— Parce que tu as une copine ? dit Jacqui à Duffy, les bras croisés.

Elle se leva pour aller s'asseoir à côté de Grant et se faire ramener à la fête.

— Une *ex*-copine. On a rompu il y a six mois ! se justifia Duffy.

Il avait l'air tellement accablé que Jacqui lui pardonna immédiatement. Ce qui n'empêcha pas la voiture de rejoindre la maison à toute vitesse.

Elle dansa avec Grant au milieu de la fosse en écorchant tout comme lui les paroles de *Mr Brightside*. Il veilla à ce qu'elle ne se fasse pas trop mal au milieu des danseurs déchaînés, mais un gros type fit un écart, les percuta de plein fouet, et Jacqui s'écroula au sol. Elle perdit Grant dans la foule qui se pressait et la poussait, et pendant un moment elle eut peur de se faire piétiner.

Mais une main ferme la hissa sur ses jambes, et à son grand soulagement elle vit une fois de plus la haute silhouette de Grant qui la protégeait. Il leur fraya un chemin à travers la piste de danse jusqu'à la cuisine.

— Viens par ici, je vais te trouver de la glace pour cette coupure. Désolé pour ce qui s'est passé. Je ferai fouetter ce manant derrière les écuries, dit-il avec son laconisme typique du Sud.

C'était Rhett Butler en T-shirt Death Cab pour Cutie.

— Ça va bien, je t'assure, temporisa Jacqui, touchée par sa sollicitude.

Grant sortit du frigo un paquet de glace médicale, le tordit pour déclencher la réaction chimique qui produisait le gel, et l'appuya délicatement contre le front de Jacqui. Un véritable ange gardien. Ils restèrent longtemps comme cela sans rien dire. Une partie de Jacqui aurait voulu ne jamais cesser de saigner. Grant retira sa main et étudia la coupure sur son front.

— Je crois que ça va aller.

Jacqui hocha la tête, incapable d'articuler un mot. Grant était tellement beau, avec ses sourcils superbes et ses yeux gris... Les pattes lui donnaient un petit côté rock qu'elle trouvait incroyablement séduisant. Sexy en diable, il dégageait un magnétisme animal auquel elle ne résistait pas. L'excitation de la danse avait accéléré son rythme cardiaque, et elle le regarda avec espoir.

Il ne lui en fallait pas plus : sans prévenir, il la poussa contre l'évier, la regarda au fond des yeux, et l'embrassa avec ferveur. Les quelques personnes qui traînaient dans la cuisine s'éclipsèrent en voyant ce qui se passait. Jacqui lui rendit furieusement son baiser en le serrant étroitement contre elle.

Elle l'attira encore plus près, et lorsque ses mains chaudes se glissèrent le long de son dos et de son jean, elle n'eut plus qu'un désir : sentir son corps contre le sien.

— Ils sont tous amoureux de toi, tu sais, l'avertit Mara lorsqu'elles se croisèrent dans la fête.

Jacqui était sortie toute seule de la cuisine en titubant, essayant de rassembler ses esprits. Elle et Grant s'étaient détachés d'un coup lorsque Duffy était entré en se plaignant à Grant qu'il n'y avait plus de boissons gazeuses aux bars.

— Ils s'amusent un peu, c'est tout, objecta Jacqui en remuant sa boisson.

— Et est-ce que tu t'amuses, toi ? lui demanda Mara d'un air entendu.

Elle couvrait la soirée pour sa chronique. Elle avait déjà posé son regard calme sur le trio, qu'elle décrivait ainsi pour la presse : *le genre de types qui, dans mon lycée, étaient toujours assis au fond de la classe à lancer des boulettes et à faire claquer leur gomme, mais qui ne récoltaient que des notes parfaites. Les garçons intelligents savent très bien faire les imbéciles.*

Jacqui rougit en pensant qu'elle avait embrassé Ben dans sa chambre, Duffy sur la plage et Grant dans la cuisine. À la vérité, avec chacun des trois elle avait complètement oublié non seulement le divorce des Perry, mais aussi le fait qu'elle venait juste d'embrasser l'un de ses meilleurs potes. Mais bon, elle ne faisait que prendre un peu de bon temps, n'est-ce pas ?

Plus tard, quand Jacqui retourna se mêler à la fête, elle reçut des sourires complices des trois garçons.

— Cette soirée est démente, dit Jacqui en regardant les membres des Killers se pousser dans la piscine.

— Et ce n'est qu'un début, mon amie. À l'automne, on fait une fiesta gigantesque au Rainbow Room pour lancer quelques nouveaux sites qu'on a développés. Il faut que tu y sois, dit Duffy en lui passant une pipe à marijuana. Tu seras bien à New York ?

— Qu'est-ce qu'il y a ? interrogea Ben en voyant sa mine s'allonger.

— Je ne suis pas sûre d'y être, avoua Jacqui en soufflant la fumée et en toussant.

— Mais pourquoi ? demanda Grant qui prit la pipe tout en tirant une énorme bouffée de la sienne.

— Mes patrons divorcent, lâcha-t-elle. (Elle n'avait pas réussi à le dire à Mara à cause de Ryan, mais elle sentait qu'elle pouvait en parler aux garçons sans risque. De toute manière, ils n'y pouvaient rien.) Et s'ils divorcent, je devrai quitter New York et rentrer à São Paulo en septembre.

Si on leur avait dit que leurs actions venaient de perdre trois cents points, les garçons n'auraient pas fait une autre tête.

Même avec tout un attelage,
on ne pourrait pas arracher Ryan
à ses chères vagues

— Tu t'en vas ? demanda Mara en s'efforçant de masquer sa déception.

Ryan haussa les épaules. Sourcils froncés, il parcourait des yeux la tente VIP bondée du club de polo de Bridgehampton. Il avait accepté de venir au polo pour l'accompagner, mais sans cela il n'y aurait pas mis les pieds.

La traditionnelle réception de l'après-midi était devenue un vrai cirque commercial. Ce n'était plus qu'un vaste support de publicité : une semaine c'était une compagnie de téléphones qui étalait ses logos sur toutes les tentes, la suivante une agence de tourisme tropical. Il se hérissa de dégoût à la vue d'une femme au visage pincé, qui traversait la foule, couverte de centaines de carats de diamants.

Mara était contente qu'il soit venu avec elle, mais elle avait commencé à paniquer lorsque, passé la première période de jeu, il avait clairement manifesté son ennui face à cette assemblée de poseurs. Il s'était retiré tout seul dans un coin pour siffler sa boisson avec impatience.

Elle savait que Ryan détestait par-dessus tout les mondanités. S'il aimait bien les boîtes de nuit, il ne voyait pas l'intérêt de passer son après-midi à regarder des vieux pleins de fric taper une balle sur un terrain de sport. Lors du premier été de Mara dans les Hamptons, il était venu au polo uniquement parce qu'il avait entendu dire qu'elle y serait. Par la suite, il lui avait confié que c'était, à son avis, le plus prétentieux des sports : comme c'était extrêmement coûteux, les gens n'y jouaient que pour la frime.

— Tu sais bien que c'est pas mon truc. En plus, tu es occupée, lui dit-il en essayant de faire en sorte que cela ne sonne pas comme un reproche. Tu n'es pas censée soutirer une déclaration à ce type ? questionnat-il en désignant du menton l'arrière de la tente.

Là, protégé par un cordon de velours et par plusieurs gardes du corps menaçants (sous la tente VIP ?), se tenait Boris Carter, l'arrogante star invitée que tout le monde regardait ouvertement bouche bée. Boris était la vedette de films comme *Pas de tripes, pas de gloire 1, 2* et *3*, une trilogie basée sur un jeu vidéo célèbre.

Jusque-là, l'acteur, réputé pour sa manière de plisser les yeux à la texane et son nez cassé, avait repoussé toutes les tentatives de Mara pour obtenir quelques mots. Apparemment, la star hollywoodienne mégalomane avait touché une jolie somme pour sa seule présence ; cela ne l'avait pas empêchée de faire dire à Mara, par l'intermédiaire de ses gardes du corps, que

194

son tarif n'incluait pas les interviews. Elle était en pleine discussion téléphonique avec son attaché de presse à Los Angeles lorsque Ryan lui tapa sur l'épaule.

— Je crois que je vais y aller. Tu as l'air très prise, comme toujours.

— Je ne suis pas *toujours* prise, répondit Mara. À t'entendre, on dirait que je ne fais que bosser.

— Parce que c'est faux, peut-être ? continua Ryan.

La chronique de Mara avait un succès fou ; elle était vite devenue une lecture incontournable dans les Hamptons. Son point de vue d'étrangère intégrée sur le tard faisait bien rire les fidèles lecteurs. Sa boîte aux lettres débordait d'invitations et sa présence était requise à une soirée fabuleuse tous les soirs de la semaine.

Déjà, son emploi du temps de ministre avait creusé un écart entre eux deux. Ryan poussait en permanence Mara à envoyer balader son boulot pour qu'ils puissent passer plus de temps ensemble.

— Ce n'est pas comme si tu écrivais dans *Newsweek*, avait-il craché entre ses dents un soir récent où il voulait qu'elle sorte avec lui et ses amis, alors que Mara préférait rester chez elle pour taper un papier. C'est du potin *people* superficiel, tu peux faire ça dans ton sommeil.

Mara fit de son mieux pour ne pas se sentir insultée. Pourquoi ne pouvait-il pas se calmer ? Encore une semaine auparavant, ils s'entendaient si bien... Ils avaient organisé une fête d'enfer sur le bateau pour le 4 Juillet. C'était la première fois qu'ils recevaient en couple, et la soirée s'était parfaitement déroulée. Eliza était venue avec Jeremy ; quant à Jacqui, elle avait amené non pas un, mais trois cavaliers. Tous les huit, ils s'étaient éclatés comme des fous.

— Attends-moi, je n'en ai que pour quelques minutes, promis juré, répondit-elle, son BlackBerry en main. J'ai enfin obtenu que l'attaché de presse de Boris vérifie dans son contrat s'il était tenu de donner des interviews. Il va le convaincre de me parler. N'est-ce pas, Lucky ? demanda-t-elle, comptant bien sur le soutien du photographe qui se tenait à ses côtés.

— Oh oui, penses-tu, opina Lucky.

— J'aimerais bien, mais on fait une sortie de groupe dans une demi-heure. Tu veux passer après ? proposa Ryan.

— D'accord, dit Mara, découragée.

Ryan lui avait déjà parlé de cette sortie de groupe. C'était un truc de surfeurs, quelque chose d'essentiel dans la communauté, lui avait-il expliqué. Les surfeurs aimaient à célébrer les événements importants en se réunissant pour pagayer tous ensemble vers le large sur leurs planches. Cette fois, c'était pour les vingt et un ans de Tinker. Mara n'arrivait pas à savoir ce qui la contrariait le plus : que Ryan quitte la réception, ou qu'il s'en aille à une sortie en l'honneur de Tinker.

— Super ! À plus !

En se dirigeant vers la sortie, Ryan souriait.

— Laisse-le, conseilla Lucky, compatissant. *If you love someone, set them free*, chantonna-t-il.

— Lucky ! le gronda Mara. Sting est complètement ringard !

Mais Lucky avait raison. Elle ne pouvait pas tenir Ryan en laisse. Il était lui-même, libre de faire ce qu'il voulait. Et si elle le laissait s'en aller, il lui reviendrait.

Mara est une fille cool,
mais un peu vieux jeu sur les bords

Mara cliqua sur « envoyer ». Elle venait de passer une heure à fignoler son texte sur la réception au club de polo. L'acteur avait finalement consenti à lui accorder une brève interview ; pour cela, il avait fallu que son attaché de presse persuade le sponsor de lui offrir, en supplément, un voyage à Saint-Thomas en jet privé. Ce que Mara n'avait pas caché à ses lecteurs : ils adoraient ce genre d'anecdotes. Et elle était parvenue à ridiculiser la star tout en la présentant comme une idole – ce qui n'avait pas été une mince affaire. Elle s'étira, bâilla et regarda sa montre. Vingt-trois heures trente.

Ryan n'était toujours pas rentré de la sortie de groupe. Il lui avait dit qu'ils seraient dans la crique. Elle ferait peut-être bien de le rejoindre. Il s'était fait emmener par ses amis, donc la voiture était libre.

Elle prit la Ferrari pour aller à la plage. Elle ne voyait pas grand-chose dans le noir, mais au détour d'une dune de sable elle tomba sur la vive lumière d'un feu de joie. Il y avait du monde assis autour ; elle entendait des rires et des notes de guitare. Une glacière remplie de Corona bien fraîches était posée sur le sol.

Mara retira ses chaussures et traversa pieds nus le sable froid et humide pour rejoindre la joyeuse assemblée.

Les surfeurs se tenaient devant le feu, leurs planches plantées verticalement derrière eux. Ryan était assis au milieu. Il avait passé un sweatshirt par-dessus sa combinaison, et grattait une guitare. Tinker était à côté de lui, dans le bikini le plus minuscule qu'on pût imaginer : noir, celui-là, il semblait tenir avec des lacets de chaussures tellement les bretelles étaient fines. Et ceci alors qu'il faisait un froid de canard et que tous les autres étaient en pull ou emmitouflés dans des couvertures. Mara elle-même frissonnait dans son caleçon de coton et son sweat en éponge.

En arrivant à la hauteur du groupe, elle se racla la gorge. Ryan leva les yeux. Son beau visage s'illumina d'un immense sourire qui la fit fondre.

— Mar ! Te voilà ! dit-il en posant sa guitare.

— J'ai fini mon papier, opina-t-elle.

— Eh, tout le monde ! Vous vous souvenez de Mara, ma copine ? dit Ryan.

— Pas de danger qu'on l'oublie.

Plusieurs garçons sourirent. Bien sûr qu'ils se souvenaient d'elle. C'était la fille qui avait pété un câble quand elle les avait tous trouvés sur le bateau alors qu'elle avait un article à écrire. Elle les avait quasiment jetés par-dessus bord. Mais ils lui sourirent amicalement quand même.

— Pousse-toi, mon frère, ordonna Ryan.

Le type à côté de lui se déplaça de trente centimètres, mais Mara choisit plutôt de se glisser entre son homme et l'apprentie-briseuse de ménage en bikini.

— Bon anniversaire, Tinker, lui dit-elle.

— Contente que tu aies pu venir, répliqua Tinker froidement.

Ryan reprit sa guitare.

La conversation roula sur l'expérience de la sortie de groupe, la sensation incroyable de ne faire qu'un avec l'océan au coucher du soleil.

— J'veux dire, j'me suis senti, genre... tellement minus, tu vois... comme un grain de sable, une goutte d'eau... c'est un truc de ouf, mon frère, disait le voisin de Ryan. *Respect.*

— Je ne m'étais jamais sentie autoréalisée à ce point, approuva Tinker.

Mara haussa un sourcil sceptique. Le truc le plus new age qu'elle eût jamais fait, c'était de brûler un bâton d'encens dans un cendrier. « Autoréalisée » ? Qu'est-ce que Tinker pouvait bien vouloir dire ? Tout cela lui semblait complètement bidon. Elle s'aperçut que, si elle appréciait la compagnie des surfeurs – ils étaient tous cool et sympas –, elle ne pouvait pas encaisser leur philosophie de plage à deux balles.

Mais c'était quand même agréable d'être là aux côtés de Ryan. Il jouait sa chanson préférée à la guitare, *Wonderful Tonight*. Elle savait que c'était un message codé pour lui signifier combien il était heureux qu'elle soit venue à la plage.

— On sort demain, y'a des vagues de folie à la pointe, on va entrer dans le salon du pape, s'enthousiasma un surfeur à dreadlocks. (Il voulait dire que les vagues seraient si énormes qu'ils pourraient surfer à l'intérieur des rouleaux.)

Mara sourit.

— Je viendrai peut-être avec vous.

— C'est vrai ? demanda Ryan, surpris. Tu es sûre ?

C'était la première fois de l'été que Mara proposait de l'accompagner.

— Ouais, confirma-t-elle en se penchant pour lui prendre la main.

— Cool, dit-il en refermant chaleureusement les doigts sur les siens.

Il se remit à la guitare, un petit sourire dansant sur ses lèvres, et elle sut que tout allait de nouveau bien. Ils n'étaient peut-être pas complètement raccord sur la manière dont ils envisageaient de passer l'été (Ryan semblait décidé à continuer la fiesta à fond comme à Dartmouth, tandis que Mara voulait démarrer sa carrière), mais ils étaient d'accord sur une chose : ils étaient raides dingues l'un de l'autre.

« Tu me fais tourner la tête...
mon manège à moi, c'est toi... »

Le lendemain matin, il y avait un bus scolaire jaune vif devant chez les Perry. Le chauffeur klaxonna plusieurs fois, si bien que Jacqui finit par sortir de la maison. Elle découvrit Grant et Ben penchés par les fenêtres du bus et Duffy sur le siège conducteur.

— *Bom dia*, Jacarei ! Monte ! On a loué le parc Grande Aventure pour la journée, dit-il en la saluant. En voiture tout le monde !

— Vous avez quoi ? demanda Jacqui.

— Tu avais l'air déprimée l'autre jour, alors on s'est dit qu'il fallait essayer de te remonter le moral. Et quoi de meilleur pour le moral qu'une journée dans un parc d'attractions ? expliqua Ben.

— Votre wagonnet, madame. Grant sourit tandis que Duffy ouvrait la porte.

Jacqui aida les enfants Perry à embarquer. Quand le bus sortit de l'allée, elle vit une Anna Perry défaite les regarder par la fenêtre de sa chambre.

Le parc, situé dans le New Jersey, était à plusieurs heures de route, mais les garçons occupèrent les enfants en blaguant et en leur racontant les dernières vidéos idiotes qu'ils avaient mises en ligne sur leur site.

— Il y en a une où on voit deux crétins chanter et faire une chorégraphie sur *Nsync. C'est à pleurer de rire.

Comme ils l'avaient dit, leur compagnie avait loué le parc d'attractions en entier pour une « journée en famille » réservée au personnel. Ils avaient tout l'endroit pour eux, si bien que le terrain de mille hectares, où erraient une centaine de visiteurs au lieu de plusieurs milliers, évoquait un peu une ville fantôme. Jacqui n'osait même pas imaginer ce qu'avait coûté cette expédition. Les garçons semblaient n'avoir aucun souci de ce côté-là. Pour eux, ce n'était que de l'argent de poche.

— Hé, Jac, on essaie le manège Batman ? la force centrifuge est démente. Ça te fait dresser les cheveux sur la tête, c'est trop marrant ! tenta de la persuader Ben.

— Pas question, il faut qu'on aille voir le tunnel hanté. Ne t'inquiète pas, je te protégerai, sourit Grant.

Il avait un goût prononcé pour les plaisirs kitsch, et Jacqui savait qu'il avait hâte de se pelotonner dans le petit bateau grinçant.

— Non, non ! Que des autos tamponneuses, les pressa Duffy en sautant sur place comme un gamin.

Les trois garçons lui faisaient face, rayonnants d'impatience, chacun convaincu d'être le seul à avoir embrassé Jacqui la veille au soir.

— Je... Je... balbutia-t-elle, troublée. Une minute, implora-t-elle.

Elle s'assit sur un banc et se prit la tête dans les mains.

— Tu t'en fais toujours à cause du divorce ? lui chuchota Ben en s'assurant que les enfants Perry n'écoutaient pas.

— Oui, je suis désolée, les mecs. On peut s'asseoir un petit moment ? demanda-t-elle, Cody et Zoé à ses côtés.

Shannon était partie courir après Madison et William, fermement décidés tous les deux à faire des loopings sur les montagnes russes jusqu'à rendre tripes et boyaux.

— Écoute, Jac, si tu es vraiment inquiète, il faut agir. Tu ne peux pas rester les bras croisés, déclara Duffy.

— Comment ça ? fit Jacqui en se demandant si elle devait se vexer.

Cody et Zoé s'éloignèrent pour jeter des pièces dans une fontaine.

— Eh bien tu sais, on a monté une affaire à plusieurs millions de dollars depuis nos dortoirs. On doit bien pouvoir t'aider à sauver un petit mariage de rien du tout.

— Pas faux, pas faux, approuva Grant.

Finalement, comme il leur fallait s'occuper de deux enfants en dessous de la limite d'âge des attractions, les trois garçons et Jacqui passèrent toute la journée sur les minuscules manèges de bébés, à la grande joie de Cody et Zoé. En tournant sans fin sur le petit train qui se traînait à deux à l'heure, leurs longues jambes recroquevillées, les genoux coincés contre le siège devant eux, les garçons regardaient avec convoitise les attractions vertigineuses et hautement technologiques qui tonitruaient dans tout le parc. Mais pour rien au monde aucun des trois n'aurait renoncé à la compagnie de Jacqui.

Voilà ce qui s'appelle
sauter de la marmite dans le feu

Eliza essuyait le comptoir d'un air abattu. C'était son premier jour de travail chez Lunch, et jusque-là le désastre était absolu. Elle portait le T-shirt d'uniforme Lunch avec le logo du restaurant sérigraphié sur la poitrine (en vente pour quinze dollars à la boutique du restaurant), un short blanc, et un charmant tablier rouge noué autour de la taille. Durant sa brève carrière de serveuse, elle avait renversé une carafe de thé glacé sur un client ainsi que sur elle-même (c'était quand même le client qui avait presque tout pris). Son T-shirt était éclaboussé de graisse de la cuisine, où elle avait été affectée encore plus brièvement. Elle avait vite été relevée de cette fonction après avoir renversé un baquet de velouté de palourdes alors qu'elle essayait de jeter un homard déchaîné dans une marmite d'eau bouillante. Elle avait perdu le contrôle du crustacé qui avait pris ses pinces à son cou et tenté une évasion par les portes battantes de la salle de restaurant, sous les applaudissements de tous les clients. Maintenant, le sol de la cuisine était humide et poisseux de velouté.

D'où sa présence à la caisse. Ses employeurs s'étaient dit qu'elle ne pourrait pas faire de dégâts à ce poste. Pour l'instant, c'était vrai. Mais Eliza repéra du coin de l'œil une menace sur cet équilibre fragile. Elle continua à essuyer d'un air aussi absorbé que possible, de manière à ce que la cliente choisisse d'être servie par l'autre caissière. Mais elle n'eut pas cette chance.

Paige se dirigeait droit sur elle.

L'assistante du styliste était chic et raffinée dans sa chemise Lacoste noire et son corsaire Sydney Minx multicolore. Elle tapota des ongles sur la table.

— Eliza, fit-elle de son air condescendant.

— Tiens, salut, Paige ! dit Eliza en faisant comme si manier la caisse du restau de homard était la chose la plus normale du monde. Ton déjeuner t'a plu ?

— Absolument. (Paige eut un sourire imperceptible en tendant à Eliza sa carte de crédit professionnelle.) Quoique... Je l'aurais encore mieux apprécié si Sydney ne m'avait pas appelée en plein milieu, en hurlant qu'aucun des T-shirts qui devaient être livrés dans les autres boutiques n'était arrivé.

— Comment ça ?

— Les huit cents T-shirts ont tous été envoyés à East Hampton. Je t'avais chargée d'en expédier la moitié aux boutiques de Miami, Chicago et Los Angeles.

— Oh, dit Eliza.

Dans la frénésie de cette soirée, elle avait complètement oublié que la moitié seulement des T-shirts devaient être envoyés à la nouvelle boutique. Zut ! Elle tendit à Paige sa carte et un stylo pour signer le reçu.

— Bon Dieu, Eliza. Non mais franchement, tu n'as même pas été fichue de remplir correctement un bon de livraison pour des T-shirts. (Paige prit son reçu de carte de crédit pour le vérifier. Ses yeux se rétrécirent.) Et pas fichue non plus de calculer correctement la taxe sur cette note.

— Oh là là, je suis désolée, s'excusa Eliza.

Ses doigts tremblaient en retapant les bons chiffres. L'appareil à carte émit un sifflement agressif.

— Je viens juste d'apprendre à faire marcher ce truc et...

Paige soupira bruyamment.

— Est-ce que quelqu'un d'autre pourrait m'aider ? Cette fille m'a tout l'air d'être une incapable.

L'autre caissière s'approcha, prit la carte de Paige et aida Eliza à annuler la transaction.

— Désolée, mademoiselle. C'est une nouvelle.

— Tu ferais peut-être mieux de laisser tomber. Tu es une petite gosse de riches gâtée, et c'est encore ce que tu sais faire de mieux, siffla Paige. Et au fait, la prochaine fois que tu es tentée de balancer aux médias des informations personnelles sur nos clients, réfléchis-y à deux fois. Parce que si ça se reproduit, on te colle un procès aux fesses.

Eliza eut un mouvement de recul, piquée au vif.

— De quoi tu parles ?

Paige poussa sous le nez d'Eliza le numéro de *Hamptons* incriminé.

— De ça, ricana-t-elle avant de sortir du restaurant à grandes enjambées.

Eliza feuilleta le magazine et tomba sur le portrait du styliste par Mara. Oups ! Elle avait complètement oublié cet article. Les « sources anonymes » qu'elle lui avait indiquées s'en étaient donné à cœur joie pour poignarder Sydney dans le dos. Ses « amis » le dénigraient l'air de rien, et le papier était un festival de perfidies. Ses anciennes assistantes révélaient que Sydney s'appropriait leurs modèles et copiait ses rivaux, son associé racontait qu'il avait triché sur leur accord financier, et ses clientes se plaignaient de doubles facturations pour certains articles.

Elle ne put s'empêcher de rire en lisant que, d'après les confidences de « quelqu'un », Sydney portait une moumoute. (Le « quelqu'un », c'était elle.) Paige pourrait râler tant qu'elle voudrait, le mal était fait et il n'y avait aucune preuve que c'était elle qui avait craché le morceau. Elle ferma le magazine et se remit à essuyer le comptoir en sifflotant joyeusement.

Celui qui a dit « c'est en forgeant qu'on devient forgeron » devrait essayer le surf, pour voir

Baisse la tête et tire sur les bras, hisse-toi sur la planche ! Vas-y, maintenant ! Tu peux y arriver, tu peux le faire ! Un ! Deux ! Trois, et... Mara retomba lourdement dans l'eau et se cramponna à la vie, agrippée au bord de son surf.

Ryan pagaya jusqu'à sa hauteur en grimaçant d'inquiétude.

— Tout va bien, mon bébé ?

Elle recracha l'eau de mer qu'elle avait avalée par le nez et réussit à sourire faiblement. Son maillot lui sciait douloureusement la peau. Elle aurait mieux fait de mettre une combinaison, comme le lui avait conseillé Ryan, mais l'image de Tinker dans son bikini minuscule l'avait poussée à privilégier le sexy sur le pratique. Hélas, en arrivant à la plage, elle avait trouvé Tinker moulée dans une combinaison intégrale, impeccable et athlétique. Quant à elle, la force des vagues avait failli plusieurs fois lui arracher son haut de maillot.

Un gros rouleau vint une fois de plus s'écraser sur eux. Ryan plongea dessous pour émerger à la crête, haute et gracieuse silhouette sur son surf. Tout autour de lui, ses amis étaient dans la même position, y compris Tinker (une vraie diablesse sur l'eau : elle s'élevait élégamment sur sa planche, comme tirée par des fils invisibles). Mara, elle, n'arrivait même pas à hisser son corps sur le surf, alors se mettre debout dessus, ce n'était même pas la peine d'y penser. À chaque vague, elle était ballottée dans l'écume et entraînée de plus en plus loin vers le rivage.

Non seulement elle s'était réveillée à l'aube pour faire cela ; non seulement elle avait mal aux yeux, aux articulations, et elle ne pouvait plus respirer (elle n'y voyait même plus depuis que l'une de ses lentilles de contact était partie à la dérive, et elle avait les bras rouges à force de râper sur le sable) ; mais en plus, pour ajouter l'injure à la douleur, Tinker avait eu l'audace de se moquer de sa planche.

— Oh, c'est trop mignon ! Tu as une mousse ! avait-elle roucoulé en voyant la planche de Mara lorsque celle-ci était arrivée à la plage avec Ryan.

— Tu aurais pu t'abstenir, avait gentiment dit Ryan. C'est la première fois pour Mara.

— C'est quoi, une mousse ? lui avait demandé Mara une fois Tinker hors de portée.

Elle avait pris l'une des vieilles planches de Ryan, qu'il avait choisie spécialement pour elle, donc elle ne voyait pas ce qu'il y avait de drôle.

— C'est une planche de débutant. La plupart des surfeurs ont des planches en fibre de verre, comme la mienne, dit-il en montrant sa Ferrari Challenge Stradale à cinq mille dollars aux lignes profilées, une série limitée estampillée du célèbre étalon.

— Eh, c'est qui le bébé avec la planche en mousse ? demanda un autre des potes de Ryan en se tordant de rire à la vue du surf jaune de Mara.

— La ferme, rétorqua Ryan. Ne fais pas attention à eux, ils se croient encore à la maternelle.

Ryan passa la plus grande partie de la matinée à essayer de lui inculquer les bases du surf. Soit il était très mauvais professeur, soit Mara était une élève catastrophique. La fois où elle avait été le plus près de sa planche, c'était quand une vague la lui avait précipitée sur la tête.

Elle avait dit à Ryan de la laisser s'entraîner toute seule. Ça ne l'embêtait pas, surtout qu'il avait visiblement envie d'aller affronter les grosses vagues qui se brisaient sur la plage.

— Tu es sûre ? lui demanda-t-il. Je peux rester. Je suis content que tu sois là, et c'est tout.

Il était assis sur son surf aussi naturellement que s'il s'était trouvé sur le canapé, alors que Mara s'accrochait au sien à grand-peine en pédalant frénétiquement sous l'eau.

Son fantasme de répéter le bisou Justin-Cameron – chacun sur une planche, lèvres jointes au-dessus des vagues – était à l'eau. Aucune chance que cela arrive.

Surtout si elle était à moitié noyée.

— Non, vas-y... je vais finir par attraper le coup. Je ne veux pas te retenir, le pressa-t-elle, se sentant vaguement coupable.

— OK, dit Ryan à regret. Vraiment, ça m'est égal. J'ai envie de rester.

Mais Mara se dit qu'il ne valait mieux pas qu'il la voie encore s'étaler à plat ventre pendant que la planche lui retombait sur le crâne, d'autant plus que cette chienne de Tinker, à l'aise sur son surf, imitait de son mieux Kate Bosworth dans *Blue Crush*.

— Non, vraiment, vas-y. Je préfère.

Il l'avait donc laissée, et Mara avait passé la fin de la matinée à barboter à côté de sa planche en évitant autant que possible de boire la tasse.

En s'éloignant des autres surfers, emportée par le courant, elle aperçut de nouveau Ryan sur son surf : mince silhouette éblouissante d'abord accroupie pour gagner un maximum de vitesse, puis s'élevant au-dessus des vagues. Elle l'aimait tant... Ah, si elle avait pu partager cela avec lui...

Au bout de quelques minutes, elle regagna le rivage à la nage. De la plage, elle fit à Ryan un signe de la main avant de s'éloigner. Il fallait qu'elle soit au boulot dans une heure.

Jacqui veut tourner un remake de
« À nous quatre »

Dans le film, Lindsay Lohan n'était pas encore une starlette anorexique réputée pour ses dérapages dans les boîtes de nuit d'Hollywood ; c'était encore une adorable fillette de neuf ans avec des taches de rousseur et un sourire éclatant. Jacqui attrapa une poignée de pop-corn en réfléchissant, les yeux rivés sur l'écran. Elle avait loué cette production Disney uniquement pour piquer quelques idées aux deux jumelles jouées par Lindsay, qui s'employaient à réconcilier leurs parents. Le fait que Cody et Zoé adorent ce film n'était que « la cerise sur le gâteau ».

Les garçons du site web avaient évoqué l'idée d'un conseiller conjugal, mais quelque chose d'aussi pragmatique qu'une thérapie n'avait aucune chance d'intéresser Anna. Et il n'était pas pensable que Jacqui appelle tout simplement Kevin pour lui soumettre l'idée : c'est à peine s'ils se parlaient. Leurs relations étaient tendues depuis que Kevin l'avait draguée, lors de son premier été dans la famille.

D'ailleurs, Anna se montrait de plus en plus fantasque : l'autre jour, en voyant Jacqui sortir pour rejoindre Mara et Eliza à la Taverne après le boulot, elle lui avait demandé si elle pouvait s'incruster. Jacqui avait essayé de l'en dissuader, mais Anna avait insisté. Eliza et Mara avaient échangé des regards paniqués en voyant Anna se pointer, mais Jacqui s'était contentée de hausser les épaules. Leur ancienne patronne avait rapidement descendu quatre Jägermeister avant de passer la soirée collée à un DJ de vingt-deux ans.

— Elle est bonne, ta mère ! avaient glissé à Jacqui plusieurs types.

— C'est pas ma mère. C'est, euh... laisse tomber.

Le matin suivant, Anna, encore titubante sous l'effet d'une monumentale gueule de bois, avait demandé à Jacqui quand elles remettraient ça.

Jamais, s'était dit Jacqui. En faisant la fête comme une adolescente, Anna ne se comportait pas du tout en femme prête à tout pour sauver son mariage.

Et si, au lieu de les faire *réfléchir* pour savoir s'ils s'aimaient toujours, elle pouvait leur faire *croire* qu'ils n'avaient jamais cessé de s'aimer ? Après tout, même s'ils se haïssaient en ce moment, comme Dennis Quaid et Natasha Richardson dans le film, Anna et Kevin étaient faits l'un pour l'autre. Anna était la seule femme à trouver drôles les jeux de mots juridiques de Kevin (il aimait à dire qu'il était « de bonne comparution »), et Kevin était le seul homme capable de trouver Anna sexy dans un boubou africain gonflé par le vent.

214

Jacqui savait qu'Anna était toujours amoureuse de son mari : la demande de divorce n'était qu'un moyen d'attirer son attention. Quant à Kevin, c'était peut-être un fou de boulot, mais il aimait sa femme ; simplement, il n'essayait jamais de le montrer. Que se passerait-il donc si elle, Jacqui, orchestrait une sorte de parade amoureuse ? Si elle avait des gestes gentils pour l'un et l'autre en secret, en laissant croire à chacun qu'ils venaient de l'autre ?

Par où commencer ? Tout d'abord, il fallait qu'elle recrute une auxiliaire. Elle ne pouvait pas mener à bien cette entreprise toute seule.

— Donc, tu veux que je t'aide à envoyer à Anna des cadeaux romantiques, mais en lui faisant croire qu'ils viennent de Kevin, alors que non, lui demanda Shannon lorsqu'elles se retrouvèrent toutes les deux dans la buanderie à trier le linge sale des enfants. Je veux dire, je sais que le divorce c'est triste et tout, mais je ne vois pas pourquoi tu voudrais t'impliquer à ce point.

Jacqui se mordit la lèvre. Pouvait-elle vraiment faire confiance à Shannon ? Elle n'avait pas le choix en fait. Elle prit une profonde inspiration et raconta toute l'histoire à la nouvelle recrue : l'appartement, le refus de la NYU, pourquoi elle avait besoin que les Perry restent ensemble si elle voulait terminer le lycée et rester à New York.

— Mais n'oublie pas, il ne faut rien dire à Madison, d'accord ? Anna ne veut pas que les enfants soient au courant, l'avertit Jacqui.

Elle savait combien Shannon et Madison étaient devenues proches. Ces deux-là étaient comme des siamoises, et cette amitié épanouissait Madison qui trouvait en Shannon la grande sœur qu'elle n'avait jamais eue.

— Bon, d'accord, promit Shannon à contrecœur.

Elle se sentait mal à l'idée de cacher quelque chose à une amie. Elle jeta un T-shirt plié dans le panier à linge.

— Je t'aiderai, mais...

— Mais ?

Shannon la gratifia d'un large sourire.

— Mais il faut que tu me promettes de m'inviter de temps en temps chez toi à New York, dans ton appartement. J'habite dans le New Jersey, c'est trooop mort. Mes parents ne me laisseraient jamais séjourner seule en ville, mais si je leur disais que j'ai une amie...

Jacqui soupesa la proposition de Shannon. Elle voyait tout à fait à quoi cela allait mener : Shannon transformant son charmant studio en pied-à-terre new-yorkais rien que pour elle, invitant des amis, apportant de la bière en douce, forçant Jacqui à accueillir toute une bande de sales gosses de quinze ans dans son domaine privé... En fin de compte, ce serait un petit prix à payer pour vivre à New York, surtout que Shannon n'allait quand même pas venir tous les week-ends, n'est-ce pas ?

— D'accord. Marché conclu.

Elle hocha la tête d'un air sombre.

— Cool. Et n'oublie pas que je dois dormir dans le lit. Pas de banquette d'appoint pour moi. Mon problème de dos, tu sais.

Le lendemain, Anna Perry découvrit qu'on lui avait envoyé un iPod contenant toutes ses chansons d'amour préférées du groupe Matchbox Twenty. (« Matchbox Twenty ? » avait demandé Shannon en plissant le nez de dégoût quand Jacqui lui avait dit quoi télécharger sur le lecteur MP3. « Allez, pas de discussion ! » avait ri Jacqui.)

Anna et Kevin n'avaient pas échangé un mot depuis qu'il lui avait fait porter les papiers. Kevin était toujours retranché à New York. Jacqui savait qu'Anna avait tenté de le joindre sur son portable au bureau, mais il ne rappelait jamais. Peut-être Anna verrait-elle dans l'iPod nano noir un signe qu'il avait des regrets. Bien sûr, à long terme les cadeaux ne suffiraient pas. Il serait alors nécessaire de passer à une approche plus personnelle... une invitation à dîner, par exemple.

Mais dans l'immédiat, Jacqui remarqua qu'Anna était de bonne humeur tout l'après-midi, fredonnant *Push* en s'affairant dans la maison. Un point de marqué pour le plan. Elle fit monter les enfants dans la Range Rover.

— On va où aujourd'hui ? s'écria Zoé d'une voie stridente.

Après l'excitation de la journée impromptue au parc Grande Aventure, les enfants s'attendaient à quelque chose d'aussi amusant tous les jours.

— Juste à la plage, désolée, sourit Jacqui. Zoé, il est à toi ce livre ? demanda-t-elle en ramassant un exemplaire de *Fleurs captives*, de Virginia Andrews. Tu es en train de lire ça ?

Zoé acquiesça.

C'était un livre qui se lisait à douze ans, et Zoé en avait huit. Deux étés plus tôt, l'enfant n'était pas capable de déchiffrer l'alphabet. Et voilà que c'était une lectrice émérite ! D'accord, ce livre n'était peut-être pas le plus indiqué pour elle (il y était tout de même question de jumelles blondes incestueuses !), mais au moins elle lisait. Le plan « été en liberté » semblait porter ses fruits. Kevin parti, les disputes quotidiennes avaient cessé, et pour une fois l'environnement était paisible. William s'était lancé dans la géologie en amateur, il ramassait pierres et coquillages pour faire des recherches sur leur provenance. Libéré d'un emploi du temps réglé comme du papier à musique, Cody n'avait plus d'« accidents » et était enfin propre. Madison avait même (en rechignant) recommencé à manger. Elle avait les joues rouges et l'air heureux.

Jacqui aussi bénéficiait de cette nouvelle approche détendue de l'été. Même si son plan ne marchait pas, au moins elle rentrerait au Brésil avec un bronzage d'enfer.

Le blues de l'employée

Quel spectacle de désolation ! Eliza dénoua son tablier et le fourra dans le panier à linge sous le comptoir, mais elle sourit en voyant entrer Jeremy. Dès l'instant où leurs yeux se croisèrent, son moral remonta en flèche. Il était adorable dans sa chemise de travail bleue marquée STONE CONTRACTING sur la poche de poitrine. Son jean était plein de poussière et de boue, mais Eliza le trouva plus mignon que jamais.

— Que puis-je faire pour vous ? commença-t-elle d'un ton mutin.

Jeremy fit semblant de parcourir le menu sous le comptoir en verre.

— Je ne sais pas trop. Je cherche une certaine Eliza Thompson... Vous la connaissez peut-être, elle est à peu près grande comme ça, dit-il en plaçant une main sous son menton. La plus jolie fille des Hamptons, avec plutôt des goûts de luxe... (Il se pencha par-dessus le comptoir.) Savez-vous à quelle heure elle termine ?

Eliza jeta les bras autour de son cou pour l'embrasser.

— Alors, tu veux manger sur place ? demanda-t-il.

— Tu plaisantes ? Plus vite je serai sortie d'ici, mieux je me porterai.

Ils se rendirent en voiture au restaurant de sushis le plus proche. Là, tout en dégustant des tempuras de crevettes, Eliza s'épancha et se lamenta sur son triste sort. Jeremy savait qu'elle avait perdu son travail au studio de Sydney, mais pas que c'était Paige qui l'avait virée. Elle lui avait tu ce détail pour éviter de faire remonter des souvenirs de sa vieille « copine ».

— Je ne peux plus marcher, j'ai mal au genou, et je crois que je suis en train de craquer à cause du stress ! énuméra-t-elle en trempant un sushi dans la sauce soja relevée au wasabi. En plus, j'ai failli me brûler les doigts en voulant sortir les épis de maïs du four !

Jeremy gardait le silence en picorant son poulet teriyaki. C'est Eliza qui avait eu l'idée d'aller au restaurant japonais, mais on voyait bien qu'il ne partageait pas son enthousiasme pour la gastronomie nippone.

Elle poursuivit sa tirade, se plaignant des clients qui ne laissaient pas de pourboire, des serveuses qui plaçaient les dîneurs à sa place, des cuistots qui se moquaient d'elle. Jeremy répondait pas des grognements, mais sans interrompre son monologue ni l'empêcher de s'apitoyer sur elle-même.

Enfin, il jeta sa serviette sur la table.

— Et alors ?

— Comment ça, et alors ? demanda Eliza, interloquée par la dureté dans sa voix.

Il haussa les épaules et but une lampée de Sapporo.

— Les gens *travaillent*, Eliza. Je sais que c'est difficile à imaginer, mais certaines personnes doivent bosser dur pour arriver là où elles sont ; elles ne se contentent pas d'hériter. J'ai travaillé dur toute ma vie... J'ai commencé comme jardinier, puis comme gardien, j'ai fait des petits boulots pendant tout le lycée et la fac, plus tous les étés. Et même maintenant, même en ayant ma boîte de paysagisme, ce n'est pas facile. Rien n'est facile. Il va bien falloir que tu t'y fasses.

Eliza commença à protester, mais il ne la laissa pas placer un mot.

— Il y a des gens qui pensent que l'argent leur est donné, tout simplement ; ils ne réalisent pas la somme de travail qu'il faut pour le gagner. Il faut mettre les mains dans le cambouis, tu sais ? La vie, ce n'est pas une croisière. Ça me rend malade de voir comme certains de mes clients ont l'impression que tout leur est dû, dit-il en reprenant furieusement une gorgée de sa bière. Ce que je veux dire, c'est que je sais que tu n'as pas l'habitude. Mais tu vois, mon amie Paige... elle et moi, on a tondu des pelouses ensemble, il fallait se salir, arracher des mauvaises herbes, et tout ça pour le salaire minimum en général. Mais elle était toujours là, elle ne se plaignait jamais.

— Ah oui ? En fait, tu voudrais que je ressemble plus à Paige, c'est bien ça ? lança-t-elle, hargneuse, en s'efforçant de lui cacher le mal que lui faisaient ces réflexions peu aimables.

Et ramener Paige dans l'histoire... alors ça, ça la piquait vraiment au vif.

— Bon, tout le monde ne peut pas être comme Paige...

— Bien sûr que non. Paige est parfaite, rétorqua Eliza avec aigreur.

Quand l'addition arriva, elle s'en saisit.

— Hé, laisse, c'est pour moi, protesta Jeremy.

— Non non, je ne prends pas ce qui est offert, le rembarra-t-elle. Je ne demande pas de partie gratuite, moi.

Elle avait décidé de manger au Mont-Fuji alors que l'addition équivalait à une journée de son salaire... ce qui voulait dire, en somme, qu'elle avait travaillé huit heures pour quelques sushis.

Ils rentrèrent chez Eliza en silence, et quand il la déposa devant sa maison, elle claqua la portière assez fort pour la faire trembler dans ses gonds.

Du rififi au Paradis

Les assiettes, sales et encroûtées, étaient restées bien tranquilles toute une semaine à tremper dans l'eau tiède de l'évier. En les rinçant pour commencer à les ranger dans le lave-vaisselle, Mara se demanda pourquoi Ryan ne prenait jamais la peine de mettre un peu d'ordre. Toutes ses malles étaient encore pleines dans le salon, et les douzaines de canettes de bière vides, de gobelets sales, de mégots et de vieilles bouteilles de gin et de vodka qui restaient des différentes soirées donnaient au bateau l'allure d'une décharge publique. Il lui avait pourtant promis de tout nettoyer après chaque visite de ses potes. Mara aurait bien fait le ménage elle-même, mais elle partait si tôt au travail et rentrait si tard le soir qu'elle ne trouvait jamais le temps de s'y mettre.

Il fallait regarder les choses en face : sans femme de chambre à domicile, Ryan était un vrai cochon.

Mara sortit l'aspirateur du placard et se mit à nettoyer, ramassant des bouts de papier et jetant les bouteilles vides dans un grand sac poubelle noir. Une petite voix lancinante dans sa tête se demandait s'ils n'étaient pas allés un peu trop vite. Bien sûr, ils avaient été ensemble toute l'année, mais c'est à peine s'ils étaient restés plus de quelques jours tous les deux dans la même ville. La transition d'une relation longue distance à la cohabitation était plutôt houleuse.

Ryan avait l'habitude que l'on ramasse tout derrière lui. Il y avait une bonne raison pour que chez lui sa chambre soit toujours impeccable et son lit toujours fait. Elle tenait en un mot : « domesticité ». Il n'était même pas conscient qu'ils vivaient dans un véritable dépotoir. L'autre jour, elle avait trouvé un paquet de chips à moitié entamé sous le lit, ainsi qu'une boîte à pizza vide et une pipe à eau.

Elle ne pouvait pas trop la ramener, n'étant pas elle-même la personne la plus soigneuse du monde ; mais au moins, elle essayait de ranger chaque chose à sa place. Et lui, que faisait-il toute la journée ? Il surfait en permanence : soit sur l'eau, soit sur le web. Il aurait quand même pu commencer à déballer ses affaires.

En outre, tous les récits de Tinker sur ce qu'elle faisait à Dartmouth avec Ryan commençaient vraiment à lui taper sur les nerfs. L'autre jour, elle était passée les voir. La moitié de ses phrases commençaient par : « Ryan et moi, on faisait ci, on faisait ça... » La litanie était sans fin : séjours au ski ; concours de poirier sur un fût de bière (tout en absorbant la bière dudit fût directement au robinet) ; semaine grecque ; fêtes d'initiation.

Pourtant, Dartmouth était l'endroit où elle voulait aller, justement parce que c'est là qu'était Ryan. Elle s'efforçait de mettre ses doutes de côté. Elle ne pouvait pas lui en vouloir d'être aussi bordélique. Ce n'était pas sa faute s'il avait l'habitude de vivre dans une maison avec neuf domestiques. C'est ainsi qu'il avait été élevé. Elle avait vu sa chambre à la fac et frissonné en essayant d'imaginer quel genre de moisissures pouvaient bien pousser dans les murs imprégnés de bière. Mais allez savoir pourquoi, elle avait supposé que quand ils vivraient ensemble il s'amenderait. Visiblement, elle avait mal supposé.

Elle ne pouvait même pas se fâcher contre lui, car à chaque fois qu'elle lui faisait remarquer l'état de saleté du bateau, il s'en excusait gaiement. Sans que cela l'incite le moins du monde à faire le ménage.

Mara appuya sur le bouton pour éteindre l'aspirateur. La pièce n'était pas vraiment plus nette. Elle soupira. C'était le mieux quelle pût faire pour l'instant, car dans une heure elle devait rejoindre Jacqui et Eliza à l'avant-première de la nouvelle comédie de Cameron Diaz.

Elle arriva quelques minutes en retard et trouva Eliza qui l'attendait toute seule devant le cinéma. Le tapis rouge était vide, car les stars n'étaient pas encore arrivées. Un petit groupe de photographes papotait dans un coin. Quelques-uns prirent négligemment des photos de Mara et d'Eliza pour tuer le temps. Rien ne vous ramenait plus vite au statut d'humble aspirante à la célébrité que la présence de vraies stars. Dès l'instant où Cameron arriva, tout ébouriffée, les photographes oublièrent complètement Mara et Eliza. Elles s'en fichaient. Elles s'étaient déjà toutes les deux assez fait rincer et essorer dans la grande lessiveuse des relations publiques pour en ressortir un peu plus endurcies.

— Où est Jeremy ? demanda Mara.

Eliza haussa les épaules et Mara n'insista pas. Ce n'était pas comme si Ryan avait été avec elle, non plus. Jacqui se révéla être la seule à venir accompagnée. Elle apparut main dans la main avec Duffy, le grand blond avec un sourire à la Heath Ledger.

— Résumé des épisodes précédents ? chuchota Eliza quand Duffy s'éclipsa pour aller chercher le pop-corn et les snacks offerts.

— Il est chouette, concéda Jacqui en souriant.

— Alors c'est lui ? la taquina Mara. Et les deux autres ?

Jacqui haussa les épaules. Elle avait proposé à Duffy de venir sur une impulsion, parce que c'était lui qu'elle avait vu en premier : elle l'avait croisé par hasard aux courts de tennis dans l'après-midi. Cela ne voulait pas dire qu'elle négligeait les deux autres : elle devait aller faire du parachute ascensionnel avec Grant le lendemain, et Ben lui avait proposé de l'accompagner à un festival de reggae à Quogue plus tard dans la semaine.

Si les trois garçons savaient qu'ils sortaient avec la même fille, ils n'y avaient jamais fait allusion devant elle, et pour l'instant, Jacqui ne laissait rien filtrer. Chacun avait déclaré qu'il valait mieux ne pas informer les deux autres de leur relation, et il y avait déjà eu pas mal d'alertes : elle et Duffy sortant en douce du Jacuzzi juste au moment où Grant se pointait dans le patio ; elle se cachant dans le placard de Ben quand Duffy avait surgi dans la chambre en demandant du feu ; elle et Grant coincés sur son voilier au milieu des rochers dans la baie un après-midi, priant pour que les gardes-côtes viennent les tirer de là avant que Ben et Duffy ne s'aperçoivent de leur disparition.

S'il y avait une chose que Jacqui voulait éviter, c'était que le beau temps tourne à l'orage. Elle s'était promis de s'amender le jour où elle déciderait avec lequel elle voulait vraiment être. Le problème, c'est que dès qu'elle était seule avec l'un des trois, elle était convaincue qu'il était l'élu. Duffy la faisait rire, Grant était de loin celui qui embrassait le mieux, et Ben, le plus romantique, lui composait des chansons d'amour à la guitare.

— Je ne fais que m'amuser, insista-t-elle. Ça ne fait de mal à personne.

Mara secoua la tête tandis que les lumières se tamisaient. Elle avait déjà assez de soucis avec un amoureux ; elle n'osait même pas s'imaginer jonglant entre l'affection de trois.

— J'espère que tu sais ce que tu fais, dit-elle à son amie.

Voilà qu'elle passe aux jeux à boire, maintenant !

Le château des Reynolds tremblait sur ses fondations, secoué par une ligne de basses assourdissante. La demeure était noire de monde, attiré là par ce qui était devenu la fête « DortoirEnFolie en folie » hebdomadaire. Jacqui se frayait un chemin dans la foule, à la recherche d'un des garçons, lorsqu'elle tomba par hasard sur la personne qu'elle se serait le moins attendue à trouver dans l'une de ces soirées.

Au milieu de la pièce où trônait une table de ping-pong couverte de gobelets vides, Anna se livrait avec ardeur à un tournoi de Beyrouth version « tous les coups sont permis ». Les garçons avaient expliqué à Jacqui les règles de ce jeu ; tout ce qu'elle en avait retenu, c'était qu'à chaque rebond de la balle, le participant devait boire.

— Anna ? dit Jacqui, stupéfaite, au moment où Anna frappait une balle de ping-pong sur la table et la regardait rebondir dans tous les sens avant d'atterrir dans un gobelet.

Jacqui n'aurait pourtant pas dû être étonnée : le week-end précédent, elle était déjà tombée nez à nez avec elle dans le carré VIP du Star Room.

Anna sursauta en la voyant.

— Oh ! Salut !

— Qu'est-ce que vous faites là ? demanda Jacqui. (Sous-entendu : *avec une bande d'adolescents ?*)

— Une seconde ! réclama Anna à la cantonade en s'éloignant de la table, sa pinte de bière à la main dans un verre en plastique.

Elles trouvèrent un coin plus calme à côté de l'un des précieux cadrans solaires aztèques de Chelsea Reynolds, que les garçons avaient recyclés en cibles de tir.

Jacqui remarqua quelque chose de changé chez sa patronne. D'abord, Anna s'était détaché les cheveux et les laissait flotter en cascade sur ses épaules, comme beaucoup de filles de nos jours, y compris Jacqui. Et ses vêtements ! Oubliés, les ensembles Michael Kors et Carolina Herrera sophistiqués, structurés, convenables ! Anna portait un polo moulant orné d'un crâne et de tibias, sur une minijupe en jean. Ça venait de la marque la plus à la mode dans les Hamptons cet été-là : une collection de basiques BCBG frappés d'un motif de drapeau de pirates. Anna Perry avait l'air d'une trentenaire allant sur ses seize ans... c'était un peu perturbant.

— Qu'est-ce qui se passe ?

Anna soupira bruyamment et prit une grosse gorgée de bière.

— Je suis déprimée. L'avocat me met la pression pour que je signe. Il m'a dit que Kevin voulait aussi la garde de Cody, puisqu'il prendra les autres enfants en partant. Tu peux croire une chose pareille ?

— Mais je croyais qu'il vous avait envoyé un chèque-cadeau pour le spa l'autre jour, s'enquit Jacqui, encourageante.

Son intuition avait été la bonne : Kevin allait prendre les enfants. À tous les coups, elle allait se retrouver au chômage !

— C'est vrai, mais je suis sûre que c'est sa secrétaire qui l'a commandé. Il n'achète jamais un cadeau lui-même, souligna Anna de l'air de celle à qui on ne la fait pas.

Jacqui s'efforça de ne pas rougir, vu que c'était elle qui avait commandé le cadeau sous le nom de Kevin.

— Mais l'iPod avec toutes les chansons ? insista Jacqui.

Anna haussa les épaules.

— Admettons.

— Ce n'est pas possible qu'il veuille divorcer. Je suis sûre que ce n'est qu'un petit jeu : il veut vous faire croire qu'il s'en va pour mieux vous reconquérir, dit Jacqui.

— Qu'est-ce que tu racontes ? demanda Anna. Je ne comprends plus rien.

— Parfois, une demande de divorce n'est rien d'autre qu'une marque d'amour, argumenta désespérément Jacqui.

Elle essayait d'élaborer un charabia psychologique qui tienne la route. Il fallait absolument qu'Anna la croie.

— Je ne sais pas. Peut-être que c'est mieux comme ça. (Anna soupira.) Peut-être que je devrais simplement signer les papiers, prendre Cody et retourner dans le New Jersey. Tout ce que je veux, c'est me sentir de nouveau jeune. Toute la passion de notre mariage s'est éteinte. Au début... oh, c'était la folie. Il était fou de moi. Il piaffait d'impatience de divorcer de Brigitte. Mais à présent...

Sa voix s'estompa, couverte par les rugissements de Kayne West.

— Moi, je pense que le divorce n'est qu'un écran de fumée. À mon avis, Kevin prépare quelque chose de vraiment spécial pour vous deux, assura Jacqui avec toute la sincérité possible.

C'était affreux. L'opération « À nous quatre » était un fiasco, les « cadeaux » de Kevin n'avaient pas eu l'effet escompté. Et pour l'instant, Jacqui n'avait pas trouvé le moyen de les réunir tous les deux dans la même ville.

— Tu crois ? demanda Anna avec espoir.

— Faites-moi confiance. C'est la preuve qu'il prend votre histoire au sérieux. Il vous aime.

— Ou du moins il m'aimait, dit Anna d'un air sceptique.

Leur conversation fut interrompue par des voix criant « Anna ! Anna ! Anna ! » à la table de Beyrouth.

— Oh, il faut que j'y aille : c'est mon tour ! fit-elle en sautillant joyeusement vers la table de jeu.

Jacqui se mordit la lèvre. Elle allait devoir trouver un autre moyen de la convaincre que Kevin l'aimait encore. C'était le seul moyen pour qu'Anna pense qu'elle intéressait encore son mari. Soudain, la pers-

pective de rentrer à São Paulo à la fin de l'été lui
sembla inévitable, et à cette idée Jacqui eut confusé-
ment peur. Si seulement elle pouvait trouver quelqu'un
à qui parler, quelqu'un qui lui remonte le moral,
comme Ben l'avait fait la première fois qu'ils s'étaient
embrassés...

— Il y a vraiment de tout ici, remarqua Grant en
s'approchant derrière elle et en regardant Anna descendre trois pintes de bière d'un coup. Ta patronne,
c'est bien ça ?

— M-mm, opina Jacqui.

Elle pensait encore à la déception de sa grand-mère
quand elle apprendrait qu'elle avait échoué à intégrer
une université américaine. Mais Grant parlait toujours
et lui avait enlacé la taille pour l'attirer contre lui.

— L'autre soir, elle est venue ici se plaindre du
bruit. Mais elle a réalisé qu'elle nous avait déjà vus
en boîte avec toi. Alors Duffy l'a invitée à entrer... eh
bien depuis, elle est revenue tous les soirs.

— Tu ne trouves pas ça bizarre ? Je veux dire, elle
a au moins quarante ans.

En réalité, Anna avait un peu moins, mais du haut
de ses dix-sept ans Jacqui considérait trente-trois ans
comme le troisième âge et Anna comme une candidate
à la retraite.

— Ouais, eh bien Duffy en ferait bien son quatre-
heures. Alors tu vois.

Grant haussa les épaules et l'entraîna dans une
pièce tranquille derrière le salon. Il ferma la porte à
clé derrière eux et se mit à la bécoter dans le cou avec
de doux petits baisers de papillon. Des baisers qui,
en temps normal, lui auraient fait trembler les genoux
et fondre le cœur ; mais lorsqu'il commença à débou-

tonner son chemisier, Jacqui n'eut pas envie de poursuivre les câlins. Ce n'était pas le moment.

Elle repoussa ses mains pour se soustraire à son étreinte, tint sa chemise fermée devant elle et le regarda dans les yeux. Les garçons trouvaient sans doute très drôle de voir leur voisine coincée s'adonner à des jeux à boire, mais cela n'amusait pas Jacqui.

— Je ne crois pas que ce soit une bonne idée de l'encourager à venir. Tu comprends, comment va-t-elle sauver son mariage si elle ne fait que traîner ici ?

— Hein ? dit Grant qui avait déjà oublié le sujet de la conversation. Qu'est-ce que ça peut te faire ? demanda-t-il en l'enlaçant de nouveau et en l'embrassant sur le front, puis sur les lèvres.

Il repoussa doucement ses bras pour finir d'enlever son vêtement. Il lui caressa le ventre du bout des doigts.

Jacqui soupira et lui tourna le dos. Il y avait pire, pour passer le temps, que de flirter avec un joli garçon... mais en ce moment c'était la dernière chose dont elle eût envie.

New York, parfois,
ça repose des Hamptons

Mara avait tellement pris l'habitude d'être admise partout dans les Hamptons que lorsque l'hôtesse, à l'entrée, empêcha ses amies d'entrer à la soirée – le lancement du dernier CD d'un groupe de hip-hop –, elle n'en crut pas ses oreilles.

— Mais elles sont avec moi, insista-t-elle. Je travaille à *Hamptons*. Lucky est arrivé ?

— Je sais, Mara, et c'est un plaisir de te voir ce soir, mais on a trop de monde, là. Navrée. Je peux te faire entrer avec une personne, mais pas deux, lui dit l'assistante de Mitzi.

— Ça ne fait rien, fit Jacqui en haussant les épaules. Je peux m'en aller.

— Non, tu ne bouges pas d'ici, rétorqua Mara avec autorité.

— Laisse tomber, on s'en va, dit Eliza. Je n'ai aucune envie de rester là à argumenter avec les gorilles toute la soirée. Allons prendre un verre de l'autre côté de la rue. On peut quand même payer nos boissons une fois de temps en temps, tu sais.

— Mais mon papier... protesta Mara à qui il fallait encore quelques anecdotes pour sa chronique.

— Oh, allez, Mara. Une soirée de repos, c'est trop demander ? Tu passes tout ton temps à courir avec ton bloc-notes et ton dictaphone. Sam Davis t'a félicitée pour ton travail, non ? Elle a même dit que tu lui rappelais sa jeunesse. Tu ne peux pas te détendre et oublier ta chronique pour un soir ? Reste un peu avec nous. Et pas question de te lever pour aller parler à des célébrités, d'accord ? proposa Eliza.

— Bon, d'accord, concéda Mara. Je pourrai sans doute rédiger quelque chose à partir des photos demain.

Elle était rapidement devenue experte dans l'art d'organiser ses articles autour des photos prises sur le vif par Lucky.

— Voilà, ça c'est parler ! sourit Eliza.

Elles s'installèrent sur un canapé près de la porte et commandèrent à boire. Jacqui était en train de leur raconter la récente métamorphose d'Anna Perry lorsque Taylor et Lindsay entrèrent dans le bar. Toutes deux avaient été les meilleures amies d'Eliza du temps où elle était encore la fille la plus populaire du lycée Spence ; mais elles l'avaient laissée tomber comme une vieille paire de Uggs lorsqu'elles avaient appris que sa famille était ruinée et qu'elle-même en était réduite à travailler comme fille au pair.

— Tiens, salut, dit Eliza.

Depuis que sa famille était de nouveau à flot, ses

anciennes amies de New York étaient redevenues cordiales. Ce qui ne lui faisait ni chaud ni froid.

Lindsay se contenta de hausser les épaules, mais Taylor réagit plus chaleureusement.

— Salut, E., il paraît que tu as été admise à Princeton... bravo, dit-elle.

— Merci. Et toi, tu vas où ?

— Je me suis fait jeter de Yale. Tu le crois, ça ? Mon grand-père a menacé de supprimer sa donation. Mais je suis admise à Brown, heureusement. Donc tout va bien. De toute manière, Providence, comme bled, ce n'est pas pire que New Haven.

— Et toi, Linds ?

— Oh, pour moi c'est la NYU, répondit Lindsay en soufflant une volute de fumée de cigarette. Tout près de chez moi. D'ailleurs, je retourne en ville le week-end prochain pour une visite de prérentrée.

— Bon, à un de ces quatre, Eliza, dit Taylor.

— Eh, tu ne travailles pas chez Lunch en ce moment ? lui lança Lindsay, narquoise.

Eliza ne releva pas la question et se tourna plutôt vers Jacqui.

— Et toi, tu y vas, à cette prérentrée ? Tu devrais. On te fait visiter le campus, on te parle des cours et tout ça. Je suis sûre qu'Anna te donnera ton week-end. Shannon peut s'occuper des enfants.

— Oh, moi ? Je... euh, je ne sais pas, bredouilla Jacqui.

— Mais il faut que tu y ailles, insista Eliza. Il faut que tu voies comment sont les garçons et que tu repères les meilleurs dortoirs. Sinon, tu vas te retrouver dans un coin aussi sympa que la Sibérie.

— Oui, Jac, tu sais quoi ? On devrait toutes y aller ! intervint Mara.

Un week-end en ville, c'était un programme alléchant.

— Oh mon Dieu, quelle idée géniale ! Absolument ! approuva Eliza. On n'a jamais été toutes les trois ensemble à New York... Ce serait fantastique !

— J'ai bossé comme une dingue, ça ne me ferait pas de mal d'oublier un peu Sam Davis. Aujourd'hui, elle m'a envoyée chercher une barre Mounds au chocolat au lait. Eh bien, après avoir cherché partout, j'ai fini par apprendre qu'il n'y en avait qu'au chocolat noir. *Les Mounds au chocolat au lait, ça n'existe pas !* Mais à votre avis, elle m'a crue ? En plus, Ryan a une bande de potes de sa confrérie qui débarquent le week-end prochain. Je crois que je vais éviter.

Mara frissonna. Les copains de fac de Ryan étaient plutôt sympa individuellement, mais dès qu'ils étaient en groupe c'était une épidémie de crétinisme. Quel était l'élément mystérieux qui transformait les garçons, dès qu'ils se retrouvaient ensemble, en adolescents immatures, imbibés de testostérone, accro à la bière et aux jeux vidéo ?

— En tout cas, tant que j'y serai, je pourrai peut-être faire une visite de Columbia. Je suis toujours sans nouvelles de Dartmouth.

— Alors c'est décidé : on y va. Jacqui peut faire son truc à la NYU, Mara peut visiter Columbia, et ensuite, on se retrouve pour traîner et faire du shopping, trancha Eliza.

Elles se tapèrent dans les mains en titubant. Jacqui avait le cœur en cendres. Comment leur dire qu'elle n'allait pas à la NYU ? Impossible. Pour ce qui était de s'occuper des enfants, Shannon était parfaitement capable de tenir un siège tout en poursuivant l'opération « À nous quatre ». C'était elle qui avait eu l'idée du bon-cadeau pour le spa – qui d'ailleurs n'avait pas fait grand effet. De plus, un week-end en ville l'éloignerait un peu d'Anna, ce dont elle avait bien besoin depuis que cette dernière semblait décidée à accaparer sa vie sociale.

Ce serait encore une fuite en avant.

Elle descendit rapidement son verre et regarda avec envie la petite bande qui se mêlait devant le juke-box. Elle tapait du pied avec impatience en se disant que ce serait marrant de se joindre à eux. Comme par un fait exprès, elle repéra un visage connu près du bar et lui fit signe de s'approcher.

— Mesdames, bonsoir, dit Ben Defever qui avait l'air d'un adorable hibou avec ses lunettes à monture carrée. Je peux vous piquer Jacqui un moment ?

Eliza et Mara échangèrent des sourires entendus.

— Vas-y, le pressa Mara.

Jacqui bondit de son siège pour le suivre sur la piste de danse improvisée. Elle se mit à se déhancher sauvagement sur un tube irrésistible d'Outkast, mais Ben resta sur le côté à siroter son verre.

— Tu ne veux pas danser ? l'implora-t-elle.

— C'est trop bruyant ici. Allons quelque part où on puisse vraiment parler, proposa Ben en mettant la main en cornet autour de sa bouche et en criant pour se faire entendre par-dessus la musique.

— Ah, bon, d'accord, soupira Jacqui en se laissant entraîner dans un coin plus calme.

Ce soir-là, elle avait moins envie de parler que de danser. Si seulement elle était tombée plutôt sur

Duffy... On pouvait toujours compter sur lui pour une imitation hilarante de Napoléon Dynamite sur la piste de danse.

Mais quand on sort avec trois garçons à la fois, il arrive qu'on se retrouve au bon endroit avec le mauvais mec.

Shannon se fait la main
sur une petite usurpation d'identité

La lumière brillait encore dans la chambre des filles au pair lorsque Jacqui rentra de cette assommante conversation avec Ben. Ils étaient allés parler dans un coffee shop proche du bar. Jacqui aurait préféré s'amuser, mais ce que voulait Ben, c'était approfondir sérieusement la question de ses sentiments. Il l'avait déposée devant la maison principale, et elle cheminait vers le cottage lorsqu'elle était tombée par hasard sur Duffy qui allait à la plage en sautant sur une échasse à ressort. Cependant, après la séance « café et analyse » avec Ben, les pitreries de Duffy la laissèrent de marbre. Tout ce qu'elle aurait voulu, c'était s'allonger sur la plage, blottie dans ses bras.

Malheureusement, Duffy n'était pas d'humeur à cela. Il ne tenait pas en place et, l'espace d'un instant, Jacqui regretta de ne pas se trouver avec Grant : lui, au moins, savait vraiment s'y prendre pour qu'une fille se sente bien. Lorsque Duffy se tordit la cheville à force de sauter et dut rentrer chez lui en boitillant, elle lui souhaita bonne nuit. Jacqui secoua la tête : ah, les garçons ! Ils avaient tant à offrir... et pourtant c'était bien peu.

— Encore debout ? demanda Jacqui en voyant Shannon, assise toute droite au milieu du lit une place, qui pianotait sur un ordinateur portable.

— Tu vas voir ce que j'ai trouvé, triompha Shannon d'une voix vibrante d'excitation.

La nouvelle fille au pair s'était lancée avec ardeur dans l'opération « À nous quatre ». Elle adorait trouver des combines pour manipuler les Perry.

— Viens voir, dit-elle.

Jacqui s'assit sur le lit à côté d'elle pour regarder l'écran.

— Est-ce que ce ne serait pas...

— Celui d'Anna. Je sais. Je l'ai pris dans son bureau. Laurie a laissé la clé dans la cuisine l'autre jour et je l'ai piquée.

Shannon tapa sur une série de touches et la messagerie électronique d'Anna s'ouvrit.

— Comment tu as eu son mot de passe ?

— Facile, tout est stocké en mémoire. Je suis coréenne... on est tous des petits génies en informatique, pas vrai ? Un gamin y arriverait, ricana Shannon.

Shannon cliqua sur une icône en forme d'enveloppe pour créer un nouveau message. Dans la fenêtre « À », elle entra l'adresse électronique de Kevin.

— Je crois qu'il est grand temps que Kevin reçoive une lettre d'amour de sa femme, tu ne crois pas ? demanda la petite.

Jacqui était impressionnée. Écrire de faux e-mails, voilà qui plaçait la barre un cran plus haut. Shannon tapa :

Cher Kevin, je suis désolée de m'être comportée comme une folle. Je ne supporte pas d'être séparée de toi. Tu sais que tu es le seul qui compte pour moi. Tout cela est allé bien assez loin. Tu me manques et je n'arrive pas à m'endormir en te sachant loin de moi. J'espère que ton oreille va bien. Je ne peux pas vivre en sachant que je t'ai fait du mal. Enterrons la hache de guerre et recommençons ensemble. À toi, toujours, Minou Câlin. Toute la maisonnée savait que c'était le petit nom que Kevin donnait à Anna. Elle l'avait même fait broder sur l'un des coussins de son boudoir.

— Pas mal, hein ? fit Shannon avec un sourire effronté.

Elle cliqua sur « Envoyer » et le message d'amour fut propulsé comme une flèche dans le cyberespace. Ensuite, elle le supprima du dossier « Éléments envoyés » pour qu'Anna ne le trouve jamais.

Jacqui en était encore à s'émerveiller de la créativité de cette petite lorsque Shannon ouvrit un nouveau message. Cette fois, elle entra l'adresse du portable professionnel de Kevin. Rapide et efficace, Shannon accéda également à son compte de messagerie.

— Il lui arrive d'utiliser l'ordi portable d'Anna. Tout ce que j'ai eu à faire a été de trouver les cookies ; en plus, tous ses mots de passe étaient aussi en mémoire.

Jacqui hocha la tête en lisant par-dessus l'épaule de Shannon ce qu'elle commençait à taper :

Anna chérie, je crois que je me suis trompé. Je te conjure de me pardonner. Je suis perdu sans toi. Tu es aussi belle que lorsque je t'ai vue pour la première fois dans mon bureau, et que nous nous sommes éclipsés au Regency Hotel. Te souviens-tu de ce temps-là ? Tu étais mon secret, à présent tu es mon avenir. Je t'aime encore. À toi, Kevinounours. P.S. Mon oreille se remet bien.

— Kevinounours ? rigola Jacqui.

— J'ai trouvé ça dans de vieux e-mails, dit Shannon en gloussant.

Comme tout le personnel des Perry, elle connaissait en détail l'histoire du mariage de ses employeurs et savait qu'Anna avait été la secrétaire et la maîtresse de Kevin avant de devenir sa femme.

Elles vérifièrent la messagerie d'Anna. Le mail de Kevin apparaissait bien dans le dossier « Boîte de réception ».

— Tu crois que ça va marcher ? demanda Shannon.

Jacqui hocha la tête.

— À peu près sûre côté Anna, au moins. Tout ce qu'il lui faut, c'est quelques mails flatteurs de lui, et elle se mettra à lui envoyer des lettres d'amour toute seule. Le seul problème, c'est Kevin. S'il ne veut vraiment plus d'elle, et s'il le lui écrit ?

— Eh bien, je me suis arrangée pour être prévenue par texto chaque fois qu'Anna reçoit un message de son compte à lui, comme ça je pourrai effacer ses vrais messages s'ils sont trop durs, expliqua Shannon. Je suis sûre qu'il finira par se radoucir et par envoyer des mails à l'eau de rose de lui-même. Tu l'as dit toi-même, il l'aime encore. Entre-temps, on va tout simplement les écrire pour lui.

Jacqui contempla Shannon avec une admiration respectueuse.

— Tu es un génie !

— Je sais, fit Shannon, modeste. Appelle-moi Kevinounours.

C'était tout vu. Elles se mirent à rire comme des folles. Simuler une idylle entre leurs deux employeurs en guerre, c'était tout simplement trop dingue. Jacqui sentit ses yeux s'emplir de larmes, et Shannon rit tellement fort que ses épaules en étaient secouées et qu'elle faillit faire tomber le portable d'Anna. Leur hilarité fut interrompue par Madison qui apparut soudain dans l'encadrement de la porte. Jacqui avait oublié de fermer à clé en entrant.

Madison leur expliqua qu'elle n'arrivait pas à dormir. Elle venait voir si Shannon était encore debout, pour aller regarder un film avec elle dans la salle de projection.

— Qu'est-ce qu'il y a de si drôle ? demanda la jeune fille, qui regardait tour à tour Jacqui et Shannon avec impatience. Racontez-moi !

Le fou rire de Jacqui fut coupé net, et soudain Shannon eut l'air vraiment coupable. Pour elles, c'était matière à s'amuser, alors que c'était des parents de Madison qu'elles parlaient.

— Rien ! Il y a, euh... une vidéo vraiment marrante sur DortoirEnFolie.com, dit Shannon pour les dédouaner en vitesse.

— Faites voir, les implora Madison.

Shannon se dépêcha de fermer tous les fichiers ouverts et se connecta sur le site des garçons.

— C'est tout ? s'étonna Madison, peu convaincue,

lorsque Shannon eut cliqué sur une vidéo où on voyait un type tomber de son skateboard.

Elle les scruta d'un air inquisiteur. Shannon détourna vite les yeux pour ne pas croiser le regard de son amie.

Jacqui haussa les épaules.

— Mad, il est grand temps que je me couche, mais si Shannon et toi vous voulez regarder *Titanic* encore une fois sur grand écran, allez-y.

— Je crois que je vais aller dormir, répondit froidement Madison.

— Je me sens mal, avoua Shannon une fois qu'elle fut partie. On devrait lui en parler.

— Je sais, concéda Jacqui. Mais elle le dirait aux autres enfants, et Anna piquerait une crise. De toute manière, une fois que notre plan aura marché, elle n'aura plus rien à savoir. Ils seront partis pour une nouvelle lune de miel en un rien de temps. Nous leur offrons ce que chacun attend le plus de l'autre : des excuses.

— C'est vrai, approuva Shannon.

Toutes deux étaient très contentes des fausses lettres d'amour électroniques. L'opération « À nous quatre » serait bientôt mission accomplie.

Shannon rangea l'ordi portable et lui souhaita une bonne nuit en éteignant la lumière. Jacqui grimpa sur le lit du haut et, pendant un moment, le calme régna dans la chambre où les deux filles sombraient dans le sommeil. Jusqu'à ce que Shannon chuchote : « Minou Câlin », ce qui les fit de nouveau pouffer de rire.

La science confirme ce que toute fille savait déjà : le taux de dopamine monte en flèche quand on fait du shopping

Ce mois de juillet était plus chaud que la normale, et Eliza monta la clim de sa Land Rover au maximum. Elles roulèrent bien sur l'autoroute et atteignirent Greenwich Village un peu avant midi. L'essentiel de l'université de New York s'étendait autour de Washington Square Park, minuscule tache de verdure dans le dense tissu urbain des alentours.

Eliza se gara à côté de la réplique à échelle réduite de l'arc de triomphe de Paris. Le monument était revêtu pour la circonstance d'une gigantesque bannière violette portant le logo de la NYU et les mots BIENVENUE AUX FUTURS ARRIVANTS EN PREMIÈRE ANNÉE ! Plusieurs guichets et tables d'inscription étaient installés, et le parc fourmillait d'étudiants en T-shirts violets de la NYU, qui guidaient des lycéens impressionnés. Il y avait des ballons de baudruche violets partout. C'était une journée radieuse, joyeuse, et une partie de Frisbee Ultime était déjà en route dans le coin sud-ouest.

— Alors, qu'est-ce que tu en penses ? Ça devrait se terminer vers quatre ou cinq heures ? On peut te reprendre à ce moment-là, proposa Eliza en déverrouillant les portes.

— Bien sûr, acquiesca Jacqui en descendant.

Elle salua ses amies depuis le trottoir et regarda la voiture disparaître au bout de la rue. Lorsqu'elles furent hors de sa vue, Jacqui perdit son apparente vivacité et laissa mollement retomber sa main.

Pourquoi ne pouvait-elle pas dire la vérité ? Elles ne l'auraient pas jugée. Elles étaient ses amies. Mais leur avouer son échec revenait à se l'avouer à elle-même. Et elle n'était toujours pas prête pour cela.

Un rouquin mignon à taches de rousseur, en T-shirt de la NYU, la vit s'enfuir furtivement aux abords de la manifestation.

— Eh ! Bienvenue à la NYU. On te verra à l'automne ? lui demanda-t-il en lui tendant un pin's de l'université.

Jacqui piqua un fard.

— Oh, oh non... non, balbutia-t-elle.

Sur ce, elle franchit l'arche de pierre en courant avant de fondre en larmes.

Elle s'essuya furieusement la figure du dos de la main. Ce n'était pas une manière de se comporter. Elle était à New York, et il n'y avait absolument aucune raison de pleurer. D'accord, elle devrait peut-être rentrer au Brésil à la fin de l'été, et elle resterait peut-être toute sa vie vendeuse ou quelque chose comme ça, mais ce n'était pas la peine d'y penser pour le moment. En descendant Bleecker Street, elle passa devant la boutique Marc Jacobs.

Le mannequin dans la vitrine portait un adorable bikini avec des cœurs violets.

Jacqui arrêta de renifler et entra, poussant la porte en verre qui carillonna pour annoncer son arrivée.

— Bonjour, que puis-je faire pour vous ? demanda une vendeuse accueillante.

Jacqui hocha la tête. Bon, OK, chaque fois qu'elle était déprimée elle achetait un nouveau bikini. Mais il se trouvait que sortir sa carte de crédit lui remontait le moral. N'est-ce pas ce qu'on appelle de la thérapie comportementale ?

Mara regarde pousser le lierre[1]
dans la grosse pomme

Le campus de Columbia se trouvait tout en haut de la ville, complètement à l'opposé. Eliza déposa Mara juste au coin de la 116e Rue et de Broadway, devant College Walk, une jolie rue pavée de briques et bordée d'arbres. À la différence de la NYU, Columbia disposait d'un vrai campus. Il y avait deux pelouses vertes au milieu d'une esplanade encadrée au nord par la bibliothèque Low, un bâtiment néoclassique coiffé d'un dôme, et au sud par la bibliothèque Butler, qui abritait la collection de livres de l'université (l'une des plus vastes au monde après la bibliothèque du Congrès). Sur les frontons des deux bâtiments étaient

_____

1. Columbia, comme Dartmouth, fait partie d'une ligue de neuf universités parmi les plus réputées des États-Unis, appelée Ivy League (la Ligue du Lierre) parce que la plupart de leurs bâtiments sont couverts de lierre *(N.d.T.)*.

gravés des noms d'écrivains et de philosophes grecs :
SOPHOCLE, SOCRATE, HÉRODOTE, HOMÈRE.

Mara déambulait, impressionnée par l'échelle de l'architecture et l'atmosphère savante qu'elle dégageait. Elle ne s'attendait pas à ce que Columbia soit si splendide. En visitant Dartmouth, elle était immédiatement tombée amoureuse de son style colonial de la Nouvelle-Angleterre, très vert ; mais à Columbia l'ambiance était différente. C'était un campus urbain, New York était juste de l'autre côté des grilles. Un havre de paix au milieu d'une métropole vibrante, l'idéal pour profiter du meilleur des deux.

Mais cela ne changeait rien : Columbia avait beau offrir une architecture classique et une adresse new-yorkaise, on n'y trouvait pas Ryan. Mara pénétra dans un bâtiment moderne de verre et d'acier devant lequel se croisaient des rampes d'accès. Au bureau des inscriptions, on lui avait dit d'aller retrouver son guide étudiant devant Ferris Booth Hall. Mara remarqua la modernité du café qui se trouvait dans le bâtiment, ainsi que le chic des étudiants. À Dartmouth c'était un style consensuel, BCBG négligé, qui prévalait (tout le monde en pull J. Crew et pantalon de jogging ramollo). Les jeunes de Columbia était beaucoup plus habillés, en jeans et vêtements noirs très tendance.

Elle s'approcha d'une fille en jean taille basse, T-shirt vintage d'un groupe de rock underground et baskets Puma.

— Bonjour, tu es Danielle ? lui demanda-t-elle.

— Absolument. Donc tu dois être Mara ?

Mara acquiesça.

— Merci beaucoup de me faire visiter.

— Aucun problème, ça me fait plaisir, sourit Danielle.

Ses cheveux étaient simplement attachés en queue-de-cheval, et Mara remarqua qu'elle ne portait pas un soupçon de maquillage. Aucun de ses vêtements n'était dernier cri ni hors de prix, pourtant elle dégageait quelque chose de frais, de pragmatique et d'indéniablement séduisant. Mara l'aima sur-le-champ.

Danielle lui expliqua qu'elle était en deuxième année et venait de Californie. Elle travaillait à la résidence universitaire pour l'été, et poursuivait des études de cinéma et d'histoire du féminisme. Elle discutait gaiement de ses cours, des principaux cursus offerts par Columbia, des avantages et inconvénients des différents dortoirs de première année.

— Bon, Carmen est le plus demandé. C'est, pour ainsi dire, l'expérience classique de Columbia en première année. Tu as une suite avec deux chambres et une salle de bains pour quatre colocataires. C'est bien, c'est comme un petit appartement, ce qui t'évite d'avoir à partager les douches avec les garçons. Les autres bâtiments peuvent être un peu effrayants. Beaucoup ont des sanitaires mixtes, et ma copine qui y était l'an dernier m'a dit qu'elle était restée constipée toute l'année !

Pendant que Danielle lui faisait visiter, Mara remarqua que la fille aux cheveux bouclés saluait toutes sortes de gens : un grand type en maillot de basket-ball, une fille en robe de grand-mère imprimée et chaussures de marche, un garçon en débardeur blanc moulant avec un badge arc-en-ciel, un minishort en jean et des rangers noires.

— Et qu'est-ce que vous faites pour vous amuser ?

— Oh, il y a des tonnes de choses. La plupart du temps, je sors en ville. Je suis assez branchée clubbing. Et bien sûr il y a l'Angelika, le cinéma d'art et essai. Les restaurants sont incroyables à New York. Tu as déjà mangé éthiopien ? Il y a un excellent restau éthiopien dans la 115e Rue. Et ce qui est chouette, c'est que la carte d'étudiant est acceptée dans pleins d'endroits à Broadway.

— Et sinon, c'est très animé ?

— Comment ça ?

Mara haussa les épaules, gênée.

— Il y a beaucoup de fêtes de confréries ?

Danielle plissa le nez. Elles étaient dans la 114e Rue et longeaient un alignement de bâtiments en grès brun dont chaque porte était décorée d'une lettre grecque.

— Ouais, on a des confréries. Mais elles ne comptent pas trop dans la vie de Columbia. Notre équipe de foot est nulle. Toute cette conception de l'idéal de vie à la grecque n'est pas très répandue par ici. Il y a bien la confrérie des poètes : tous les ans, ils donnent une soirée vraiment super intitulée « Jazz hot et champagne frais ». Les filles sont en robe de cocktail et il y a une formation de jazz qui joue du Billie Holiday. C'est très sympa.

Mara se dit que cela avait l'air vraiment bien... et extrêmement différent de tout ce que lui avait raconté Tinker sur la vie sociale à Dartmouth.

— Alors, qu'est-ce que tu fais cet été ? Repos ?

Mara lui parla de sa chronique au magazine *Hamptons*.

Le visage de Danielle s'illumina sur-le-champ.

— C'est fantastique ! Wow ! Tant mieux pour toi. Columbia, c'est vraiment l'endroit où il faut être quand on veut faire du journalisme, tu sais. Sam Davis... c'est bien cette femme qui a dirigé plein de grands magazines ? Eh bien c'est une ancienne élève. Comme beaucoup de gens dans l'édition. Nous avons une revue d'art, une revue d'écrivains, une revue d'écrivains de non-fiction, et le *Spectator* est un des meilleurs journaux universitaires du pays.

Mara avait la tête qui tournait. Columbia lui plaisait vraiment, vraiment beaucoup. Et le cursus d'écriture était très tentant, avec sa liste prestigieuse d'anciens élèves. En plus, elle était déjà admise. La fac voulait réellement d'elle, elle n'en était pas encore à hésiter, comme Dartmouth.

Peut-être qu'elle ne voulait même plus y aller, à Dartmouth. Mais c'était complètement fou, non ? Et Ryan ? Elle s'en voulait d'avoir de telles pensées, surtout après toutes leurs disputes de ces derniers temps.

Après la visite, elle dit au revoir à Danielle et promit de la contacter si elle venait bien sur le campus à l'automne. Puis elle héla un taxi et se fit emmener en ville pour retrouver les filles dans le Meatpacking District afin de jeter un œil aux nouveaux magasins. C'était un des avantages de déménager à New York : point de vue shopping, il n'y avait pas de comparaison avec le New Hampshire.

Dans une bataille de nourriture, il faut toujours avoir des munitions

Shannon avait plus de mal que prévu à s'occuper des enfants sans Jacqui. Elle qui avait cru que ce serait du gâteau ! À vrai dire, elle avait même attendu le week-end avec impatience : ça ne pouvait pas être bien difficile.

Mais la Land Rover d'Eliza avait à peine tourné le coin de la rue que les hostilités commencèrent. Assise à la table du petit déjeuner, Zoé regarda la nouvelle fille au pair d'un œil sceptique.

— Je ne mange pas de pancakes, l'informa-t-elle.

— Tu en manges quand c'est Jaqui qui les fait, lui fit remarquer Shannon.

— Ils sont dégoûtants, décréta Zoé en repoussant son assiette.

En voyant sa sœur faire de la résistance, Cody l'imita.

— Pas manger, dit-il. Je te déteste ! Je te déteste ! Je te déteste !

— Allons, les enfants, ils sont bons, vous voyez ? dit Shannon en piquant une bouchée avec sa fourchette et en la portant à sa bouche. Miam !

— Non, Zoé a raison, ils sont dégoûtants. C'est les pancakes les plus dégoûtants du monde, intervint William.

Un sourire diabolique apparut sur son visage. Si Jacqui avait été là, elle aurait reconnu ce sourire. C'était le signe qu'un désastre était sur le point d'arriver.

William prit un pancake et le lança à travers la table, atteignant Zoé en pleine figure.

— Ouille ! cria la petite fille.

Elle attrapa une poignée de fruits rouges dans un bol et en bombarda son grand frère.

En gloussant, Cody fit la même chose et renversa la carafe de sirop d'érable sur la table en noyer.

— Arrêtez ! Arrêtez ! hurla Shannon.

— Bataille de nourriture ! déclara joyeusement William.

— Nooooon ! brailla Shannon lorsque Cody fit tomber son verre de lait par terre.

Madison entra, en nage et les joues rouges, de retour d'une partie de tennis matinale. Depuis le soir où elle avait surpris Jacqui et Shannon à rire de quelque chose dans son dos, l'ambiance s'était un peu refroidie entre les deux meilleures-amies-du-monde. Shannon savait que Madison pensait qu'elle lui cachait quelque chose, et comme Madison avait raison, elle ne savait pas quoi faire.

— Euh... je... ils ne veulent pas s'arrêter, bredouilla Shannon au moment où une banane volante s'écrasait contre le micro-ondes.

— Oui, je vois ça, dit Madison en haussant les épaules. Zoé, Bill, arrêtez. Soyez sympa avec Shannon. Allez, nettoyez ce bazar. Vous savez que c'est mal, ce que vous faites.

— Tu peux pas faire ça, dit Zoé. Tu peux pas nous dire ce qu'on doit faire.

— Ouais, t'es pas Jacqui, continua William.

— Et alors ? Je suis plus grande que vous tous. Vous devez m'écouter. Vous écoutez bien Ryan, Sugar et Poppy, fit remarquer Madison.

Pour toute réponse, William donna un coup de pied dans sa chaise et Zoé flanqua son assiette par terre. Cody éclata de rire et fit de même ; la porcelaine vola en éclats.

— *Arrêtez !* Arrêtez-vous tous, sinon je prends tous vos jouets et je les donne à des enfants qui les apprécieront ! ordonna Madison en leur faisant bien comprendre qu'elle ne plaisantait pas.

Les petits haussèrent les épaules et, un par un, s'éclipsèrent dans leurs chambres pour se nettoyer et faire ce qu'on leur demandait. Ils n'avaient aucun moyen de savoir si Madison mettrait sa menace à exécution, mais ils n'avaient pas envie de le vérifier.

— Merci, dit Shannon.

Madison l'aida à ramasser les fruits écrasés et tendit à Shannon un rouleau de papier absorbant pour qu'elle essuie par terre.

— C'est rien. Il faut juste leur montrer qui commande. Je crois qu'ils sont un peu sur les nerfs parce qu'on n'a pas vu papa depuis un moment, et que la dernière fois qu'on l'a vu, lui et maman se sont séparés.

Shannon était à genoux par terre, occupée à frotter, et ne répondit pas.

— Est-ce que tu sais quelque chose ? Est-ce que papa et Anna vont divorcer ? lui demanda franchement Madison. Anna est vraiment bizarre en ce moment, et papa ne s'est pas montré de tout l'été.

— Je ne sais pas, mentit Shannon en regrettant de ne pas pouvoir lui dire la vérité. Je crois que tout va bien.

Anna entra au moment où Madison sortait.

— Oh, Shannon, j'espère que tous les petits déjeuners ne vont pas se passer comme ça, dit-elle en remarquant les taches sur le comptoir en ardoise.

Elle était étonnamment joyeuse et portait une robe débardeur moulante. Elle vérifia son reflet dans le miroir biseauté de l'entrée.

— Vous avez rendez-vous ? demanda Shannon avec un sourire complice.

Conformément à leur nouveau plan, Jacqui et Shannon, se faisant passer pour Kevin et Anna, avaient envoyé des invitations par e-mail depuis leurs deux adresses pour provoquer un rendez-vous en tête à tête. Les messages laissaient croire à Kevin qu'Anna voulait lui parler de réconciliation, et à Anna que Kevin souhaitait lui parler du retrait de la demande de divorce.

— Oui, avec un vieil ami. (Anna sourit mystérieusement.) Il y a bien longtemps que je n'avais pas eu de nouvelles de Ward Pershing, mais c'était l'un des jeunes associés les plus séduisants de l'étude. Je manquais mourir à chaque fois qu'il m'empruntait mon agrafeuse. Il m'a dit qu'il adorerait déjeuner avec moi chez Babette. Comment a-t-il su que c'était mon endroit préféré ?

Mais qu'est-ce que c'est que ce Ward Pershing ? se demanda Shannon, paniquée.

Quelque chose clochait. À la première occasion, Shannon se jeta sur le portable d'Anna. Elle fit apparaître les éléments supprimés, où étaient stockés ses faux e-mails. Elle les fit défiler jusqu'à celui, intitulé *Café, thé ou...* moi[1] ?, qui disait : *Toi, moi, chez Babette, 13 h. Viens. Rattrapons le temps perdu.* Hélas, la ligne « De » indiquait pershing@perryassociates. com, et non perry@perryassociates.com. Par erreur, Shannon avait laissé la fonction automatique de la messagerie d'Anna inscrire l'adresse de Ward Pershing au lieu de celle de Kevin Perry. Résultat, Anna s'en allait à la rencontre d'un ancien flirt en lieu et place de son mari. Pire, Kevin serait présent, il allait les voir ensemble, il allait croire qu'Anna lui jouait un mauvais tour et ne voulait plus entendre parler de lui !

Shannon gémit. Jacqui allait la *tuer* ! Et en plus, elle avait menti directement à Madison qui se doutait de quelque chose.

Le week-end promettait d'être long.

---

1. En français dans le texte *(N.d.T.)*.

Comment trouver chaussure à son pied

Pendant son exil à Buffalo, Eliza s'était languie de bien des aspects de New York : la cuisine, ses amis, leur appartement, les lumières se reflétant dans l'Hudson la nuit. Mais rien ne lui avait manqué autant que Todd Gillian, son vendeur de chaussures chez Jeffrey.

Jeffrey était une boutique colorée comme un bonbon tout à l'ouest du bas-Manhattan, dans le Meatpacking District. Cet ancien quartier de boucheries et de bars à travestis était devenu le coin le plus branché de la ville, où abondaient les boutiques de stylistes et les restaurants asiatiques. Comme Barneys, Bergdorf's ou Saks, Jeffrey était un grand magasin dédié à la mode. On y trouvait tout ce qu'il y avait de mieux : les tailleurs Gucci, les robes du soir Yves Saint Laurent, les pulls Marni, les manteaux en peau retournée Balenciaga. Mais chez Jeffrey, ce qui faisait la différence, c'était le choix de chaussures. Les étals étaient entièrement dédiés aux derniers stilettos de cuir Christian Louboutin à semelle de liège et talons de douze centimètres, aux bottes Manolo Blahnik bordées de vison et aux sandales arachnéennes Jimmy Choo. C'était le temple de la chaussure de créateur, le Walhalla de la sandale.

Chaque fois qu'Eliza en passait les portes, elle entendait les anges chanter. (Bon d'accord, ils avaient la voix de Sarah Jessica Parker, mais quand même.) Après avoir déposé Jacqui et Mara, Eliza retraversa toute la ville jusqu'à la 14e Rue pour se rendre chez Jeffrey où Todd l'attendait.

Elle connaissait Todd depuis la cinquième, l'année où il avait passé à ses pieds une paire de mules Jimmy Choo couleur citron vert pour la bat-mitsva de son amie Taylor. Todd avait accompagné Eliza dans toutes les grandes étapes de sa vie : son premier mocassin Gucci, son premier escarpin Manolo, sa première compensée Yves Saint Laurent, son premier python Roger Vivier.

Il l'accueillit à bras ouverts.

— Eliza ! Princesse !

— Todd ! Mon amour !

C'était leur salut rituel.

— Attends de voir ce que j'ai pour toi, chuchota Todd en disparaissant dans la réserve.

Il revint chargé d'une brassée de boîtes à chaussures noires.

Eliza s'assit sur le divan de daim sombre, retira ses sandales Clergerie et joignit les mains d'impatience.

Elle passa plusieurs heures délicieuses à essayer toutes les paires. Il y en avait une adorable de chez Marni avec des pompons sur les pointes ; des splendeurs Dries Van Noten – dorées, avec des flocons d'argent dans le talon –, une paire de Rochas super sexy à talons aiguilles en Lucite. Elle était au paradis de la chaussure. Jusqu'au moment où une voix interrompit sa rêverie. *Oh non, pas encore elle !* Eliza se retourna.

Paige McGinley se tenait devant la caisse et réprimandait la caissière. Elle avait les bras chargés des toutes dernières créations des stylistes.

— Où est la robe en cuir McQueen ? Je l'ai commandée spécialement.

— Oui, mademoiselle. Mais il faut payer d'avance, et...

Todd suivit le regard d'Eliza.

— Encore elle, murmura-t-il. Elle est tout le temps ici. Au même moment, à chaque saison. Elle veut la nouvelle collection avant même qu'elle soit en vente. Elle veut voir les carnets de tendances, les échantillons. Tu sais qu'elle travaille pour Sydney Minx ? Eh bien tout ce qu'elle fait, c'est copier les collections des autres. On a arrêté de vendre la marque il y a des années. Sydney et Jeffrey se sont brouillés.

Paige remarqua Eliza assise sur le divan et s'approcha avec tous ses sacs de shopping.

— Alors, on est de nouveau en fonds ? ironisat-elle. Papa et maman ont payé ta caution ? Je sais, c'est trop dur de travailler pour vivre.

Eliza essaya de garder un sourire factice plaqué sur son visage.

— C'est le week-end, Paige. Je ne suis pas en service.

Paige ne prêta pas attention à la réponse, car son téléphone sonnait et elle fouillait dans son sac à sa recherche. Elle sortit des mouchoirs en papier, des paquets de cartes de visite et une trousse de maquillage avant de le trouver. Plusieurs cartes de visite voletèrent jusqu'au sol. En ramassant celles qui tombaient à côté d'elle, Eliza en repéra une qui attira son attention. L'autre la remercia d'un haussement d'épaule en ouvrant son téléphone. Trop tard, elle avait raté l'appel.

— Tiens, d'où tu connais Jeremy Stone ? lui demanda Eliza en lui tendant ses cartes, celle de Jeremy, en bristol marron, posée au-dessus de la pile.

Eliza ne pouvait pas se retenir, il lui fallait aussi sa version de l'histoire. Et si Jeremy lui cachait quelque chose ?

Le front de Paige se plissa.

— Jeremy qui ?

Puis il se détendit.

— Ah oui. Je suis sortie avec lui, fit-elle d'une voix lasse.

Eliza blêmit, mais garda le sourire collé à son visage.

— Ah bon ?

— On est sortis ensemble pendant deux ans au lycée, et encore un moment après la fac. Un gentil mec. Il est paysagiste à son compte, maintenant ; tant mieux pour lui. Et toi, comment tu le connais ?

Eliza ne répondit pas. Elle calculait mentalement les dates : lycée, université, ce qui voulait dire... que Paige était l'ex de Jeremy. Celle dont il ne parlait jamais. Celle qui était censée lui avoir brisé le cœur lorsqu'ils avaient rompu. Soudain, elle eut froid, comme si on lui avait versé un pichet de margarita dans le dos.

Paige et Jeremy avaient été ensemble. Paige... était la fille avec qui Jeremy avait perdu sa virginité. C'était presque trop à avaler. Jeremy lui avait dit qu'il n'avait été amoureux qu'une fois, mais que cela n'avait pas marché. Eliza avait eu l'impression qu'il avait mis longtemps à s'en remettre. Peut-être même qu'il n'en était pas encore remis. Peut-être l'aimait-il encore. Peut-être voyait-il en Eliza un simple lot de consolation alors que tout ce qu'il voulait, en réalité, c'était Paige.

Eliza remarqua quelque chose de blanc à côté des boîtes à chaussures. C'était un autre papier tombé du sac de Paige. Elle le ramassa dans l'intention de le rendre, et puis elle vit ce que c'était. La facture de la robe McQueen commandée spécialement. En un éclair, Eliza la froissa, l'enfonça dans la pointe de l'une des chaussures qu'elle ne comptait pas acheter, et referma hermétiquement le couvercle. Ils ne la retrouveraient jamais. Elle savait qu'à cause de son acte la commande serait retardée et que, le jour où Sydney mettrait la main sur la robe, il serait trop tard pour fabriquer des imitations.

Mais saboter le projet de Sydney et savoir que Paige aurait à subir sa fureur ne l'aida en rien à se sentir mieux.

Paige avait été avec Jeremy. Jeremy avait couché avec Paige. Cette nouvelle était encore pire que ce qu'elle réalisait à présent : une fois sa sélection faite, elle n'aurait pas les moyens de payer ne serait-ce que le début d'un petit morceau de chaussure. En effet, elle venait juste de se rappeler que sa mère avait confisqué ses cartes de crédit, et qu'elle ne serait pas payée par Lunch avant une semaine.

Les filles braquent les flèches de Cupidon droit sur les Perry

Mara et Jacqui arrivèrent en même temps chez Pastis. Elles trouvèrent Eliza morose, assise toute seule dans un coin du restaurant bourdonnant d'activité.

— Qu'est-ce qui ne va pas ? demanda Mara en prenant une chaise.

Toutes trois commandèrent rapidement des moules-frites, de la salade frisée et une bouteille de vin. Elles attaquèrent le repas, sauçant le jus à l'ail avec le pain craquant et trinquant avec leurs verres de vin.

Eliza leur raconta l'histoire de Paige et Jeremy, et leur fit part de son inquiétude, car il ne l'avait pas rappelée depuis leur dispute au Mont-Fuji.

— Et le pire de tout ça, c'est que j'ai dix-huit ans et que je suis encore vierge ! gémit Eliza en essayant de tourner la situation à la plaisanterie.

— Ça finira par arriver, affirma Mara. Je suis sûre qu'il va t'appeler dès ton retour.

— *Querida*, tu es vierge, et alors ? Mieux vaut attendre le bon moment, dit Jacqui avec sagesse.

— Admettons. Ça ne fait rien, de toute façon.

Eliza haussa les épaules. Elle soupira et essaya de s'égayer. Elle ne voulait pas jouer les rabat-joie pendant leur week-end à New York.

— Bien sûr que si, reprit Mara en tendant la main pour lui serrer le bras.

C'était si bon d'avoir des amies qui se souciaient vraiment de ses sentiments !

— Je sais. Mais on n'a pas besoin d'en parler maintenant. Vous voulez une autre bouteille, les filles ? J'ai laissé ma voiture au garage, je ne conduis pas. Et allons à une table en terrasse pour pouvoir fumer.

Beaucoup de cigarettes et quelques bouteilles de vin plus tard, elles prirent un taxi qui les ramena dans l'Upper East Side, où elles allaient passer la nuit dans l'appartement de Jacqui. Eliza les avait toutes invitées à dormir chez elle, mais elles s'étaient dit que ce serait plus amusant de voir où habitait Jacqui. En outre, les parents d'Eliza étaient un peu bizarres avec les invités : sa mère avait failli avoir une crise cardiaque en trouvant une trace de doigt graisseuse sur le canapé Régence après un dîner, et depuis, ils recevaient très peu. Alors que chez Jacqui, elles pouvaient faire ce qu'elles voulaient.

En déverrouillant la porte, elle ressentait la fierté du propriétaire.

— C'est tout petit... mais c'est chez moi.

Elle s'arrêta net. On entendait des voix venant de l'alcôve. Il y avait des gens à l'intérieur.

— Excusez-moi ? appela-t-elle.

Une femme agent immobilier en tailleur sombre Corcoran se tenait au milieu du salon. Elle parlait avec un jeune couple enthousiaste d'une vingtaine d'années.

— Oh, bonsoir, vous êtes l'occupante actuelle ? Désolée. Kevin m'a dit cet après-midi que je pouvais faire visiter, expliqua-t-elle. Nous n'allons pas vous déranger plus longtemps.

Ils s'en allèrent et Jacqui ferma la porte, complètement bouleversée.

— Ils ne peuvent pas vendre cet appart ! Impossible ! C'est chez moi !

Que s'était-il passé ? Jacqui paniqua. Pourquoi Kevin vendait-il l'appartement ? Lui et Anna étaient censés avoir partagé un déjeuner romantique chez Babette un peu plus tôt, le divorce aurait dû être enterré.

— Pourquoi ? lui demanda Mara en posant son sac par terre et en admirant la cheminée en marbre, sur le manteau de laquelle étaient disposées des photos d'elles les étés précédents et pendant leurs vacances de printemps à Cabo.

— Une minute, dit Jacqui. Il faut que j'appelle Shannon.

Elle prit son téléphone et pianota frénétiquement. Shannon décrocha à la première sonnerie.

— Jac, je suis absolument désolée. Je voulais t'appeler, mais j'ai eu tellement de boulot sans toi ici...

— Qu'est-ce qui s'est passé ? Ils n'ont pas déjeuné ensemble ?

— C'est ça le problème... ils n'ont pas déjeuné, avoua Shannon. Enfin je veux dire, ils y sont allés tous les deux, mais quand Kevin est arrivé, Anna était à table avec quelqu'un d'autre.

— Pardon ?

Shannon lui expliqua l'imbroglio Pershing/Perry. Elle lui raconta qu'Anna était rentrée de son déjeuner plus furieuse que jamais parce que Kevin l'avait engueulée en plein restaurant. Il l'avait accusée de le duper et, encore pire, d'avoir une liaison avec un homme beaucoup plus jeune.

— Donc le divorce est encore à l'ordre du jour ? se lamenta Jacqui.

— Absolument. Kevin a piqué une crise de nerfs, il a dit qu'il allait chez le juge dès que possible et qu'il comptait passer la vitesse supérieure.

Shannon soupira.

— Ce n'est pas ta faute, assura Jacqui même si elle avait envie de l'étrangler pour avoir commis une telle erreur.

Mais c'était tout le problème avec un plan à la Cyrano : un vol d'identité ne pouvait que compliquer les choses. Elle raccrocha le téléphone et regarda Mara et Eliza, qui attendaient patiemment une explication à son emportement et à cet étrange coup de fil.

— Qu'est-ce que c'est que cette histoire ? demanda Mara.

— Oui, et pourquoi est-ce que ça t'inquiète tellement que Kevin vende cet appart ? Tu seras logée sur le campus, non ? poursuivit Eliza en ouvrant le frigo.

Jacqui avait l'air profondément malheureux.

— Parce que...

— Tu veux essayer de garder l'appartement ? insista Eliza qui ne comprenait toujours pas. Tu as tort. Tu te feras plus d'amies si tu habites sur place, tu sais.

267

— Non, non... Je... Je ne vais pas à la NYU, dit Jacqui en s'effondrant sur le comptoir qui séparait la cuisinière et le frigo du reste de la pièce.

Le visage ravagé, elle s'enfouit la tête dans les mains. Elle avait fait son possible pour se leurrer tout l'été en passant son temps avec les garçons du site web, mais à présent qu'elle était avec ses amies, elle ne pouvait plus supporter cela toute seule. Elle avait besoin de leur soutien.

— La visite ne t'a pas plu ? demanda Mara, toujours dans le brouillard.

— Non... je ne l'ai pas faite, dit Jacqui en refaisant surface un instant. Je... je ne suis pas admise.

Mara et Eliza échangèrent des regards choqués, et Jacqui leur raconta toute l'histoire : les acquisitions insuffisantes en math et en physique, l'année de lycée supplémentaire, le divorce imminent des Perry et le fait que, s'ils se séparaient, Jacqui récoltait un aller simple pour le Brésil. Elles étaient horrifiées pour Jacqui : Mara parce qu'elle n'arrêtait pas de parler de la fac, Eliza parce qu'elle savait comme c'était dur de vivre avec un secret.

— Je suis désolée de vous avoir menti, reconnut Jacqui. Je ne voulais pas voir les choses en face, c'est tout.

— Ça ne fait rien, dit Mara en l'entourant d'un bras pour la serrer contre elle. On comprend. J'aimerais qu'on puisse faire quelque chose pour t'aider.

Jacqui renifla.

— Moi aussi. Vous allez vraiment me manquer si je dois rentrer.

— Eh bien, ça ne va pas se passer comme ça, déclara Eliza de son ton autoritaire.

— Non, pas question, renchérit Mara. Tu ne rentres nulle part. C'est très étrange que Ryan ne m'ait jamais parlé de tout ça. Mais il faut dire qu'il parle à peine avec son père.

— Anna ne veut pas que les enfants soient au courant. Mais ça se présente mal. Il lui a déjà remis les assignations et elle est sur le point de signer.

Jacqui leur raconta l'opération « À nous quatre » : l'envoi de cadeaux romantiques à Anna au nom de Kevin, l'idée de Shannon d'envoyer des e-mails énamourés à la place de ce dernier, ainsi que la manière dont cette idée venait de leur exploser au visage parce qu'un message d'« Anna » s'était égaré.

— Ouh, compatit Eliza. Sacrée Shannon, hein ?

— On doit pouvoir encore faire quelque chose, dit Mara. Quelque chose qui les force à se retrouver vraiment ensemble, face à face.

— Leur anniversaire de mariage tombe le mois prochain, c'est bien ce que tu as dit ? commença Eliza, pensive.

Jacqui acquiesça.

— Qu'est-ce qu'on peut faire ? demanda Mara. Il y a forcément une chose qui comblerait Anna, qui la ferait changer d'avis.

— Que pensez-vous d'une réception ?

— Pour qui ?

— Pour eux deux. Une surprise, dit Eliza en s'animant. Peut-être que s'ils fêtent leur anniversaire de mariage, ils ne voudront plus se séparer. Quand mes parents ont failli divorcer, mon père a organisé une gigantesque soirée à la Frick Collection pour ma mère. Et grâce à cela, ils ont décidé de rester ensemble. Ma mère a dit que si mon père était prêt à louer tout un musée pour la garder, ça valait la peine de rester.

— J'aime bien ça, approuva Mara. C'est romantique.

— On le fait ! plaida Eliza.

— OK, conclut Jacqui. Ça vaut le choc d'essayer.

— Le coup. Ça vaut le coup, la corrigea automatiquement Mara.

— Oui oui. (Jacqui hocha la tête avec impatience.) Vous voyez ce que je veux dire. Mais je ne sais quand même pas si ça va marcher. On peut bien donner la plus belle réception du monde... mais si aucun des deux ne vient ?

— Eh bien, il faut s'arranger pour qu'ils n'aient pas le choix. Ça ne peut pas être si difficile que ça ! s'exclama Eliza, toujours optimiste.

Toutes les trois mirent leurs idées en commun et discutèrent longtemps cette nuit-là. Jamais une organisatrice de soirées n'avait travaillé aussi dur.

Eliza a-t-elle plus à offrir
qu'une jolie frimousse ?

Après un week-end passé à s'amuser à New York, la reprise fut encore plus pénible qu'Eliza ne l'aurait cru. Ce n'était pas qu'elle n'aimât pas travailler chez Lunch : l'endroit était sympa, et l'ambiance en cuisine lui plaisait. Ses collègues étaient devenus plus chaleureux avec elle en voyant tous ses efforts pour faire du bon boulot. C'étaient, pour la plupart, de jeunes Irlandais qui travaillaient au noir ou des natifs de Long Island qui se faisaient un peu d'argent pour leur shopping de l'été, comme elle. Elle avait été de nouveau affectée à la cuisine suite au départ soudain d'un couple de cuistots. Heureusement, cette fois-ci elle n'avait renversé aucune marmite de soupe ni libéré aucun homard.

Le travail était répétitif et fatigant : en tant qu'aide-cuisinière, elle devait s'assurer que tous les légumes nécessaires aux diverses soupes et salades soient bien épluchés. Tout devait être coupé précisément en dés de la même taille, et elle avait mal à la main à force d'appuyer sur le couteau. Mais elle ne s'en plaignait pas : elle était bien déterminée à ne pas se comporter comme la princesse pour laquelle Jeremy la prenait. Elle ne l'avait pas rappelé depuis leur prise de bec au Mont-Fuji, et elle était triste qu'il ne l'ait pas appelée non plus. Ils n'étaient jamais restés aussi longtemps sans se parler. Tout le week-end, elle avait vérifié et revérifié son Palm Treo, mais il n'y avait aucun appel en absence de J. Stone.

— Une commande ! cria la serveuse en entrant avec fracas par la porte du restaurant juste au moment où une autre silhouette arrivait par la porte de derrière.

Eliza jetait des oignons émincés dans le velouté. Lorsqu'elle se retourna, elle vit Jeremy debout à côté des éviers en Inox, les bras croisés.

— Tu n'as pas le droit d'être ici, dit-elle avec humeur alors même que son cœur s'emballait d'allégresse.

— T'inquiète, je les connais, répondit-il en faisant un clin d'œil aux aides de cuisine mexicains.

— Qu'est-ce que tu veux ?

— Viens, sortons parler, fit-il d'un ton apaisant.

— Impossible, je n'ai pas de pause.

— Ricardo... Ça va si Eliza prend un quart d'heure ? demanda-t-il.

Le chef cuisinier accepta. Jeremy avait grandi dans le coin, c'est pourquoi il connaissait presque tous ceux qui travaillaient chez Lunch.

Eliza soupira et le suivit sur le parking.

— Je sais que tu m'en veux. Et je veux te dire que

272

j'y ai repensé : c'est vrai que j'ai été dur l'autre soir, je suis désolé.

— Bien. C'est tout ? trancha Eliza.

— Je te fais mes excuses... ça ne te suffit pas ?

— OK, mais tu n'aurais pas dû me mentir, l'accusa-t-elle.

Jeremy plissa le front.

— Comment ça ? De quoi tu parles ?

— De Paige. Je sais ce qui s'est passé entre vous deux. Elle me l'a dit.

Il leva les bras au ciel.

— Ce qui s'est passé entre nous deux ? Je ne comprends pas très bien. Et alors, qu'est-ce qui s'est passé, entre nous deux ?

— Tu es sorti avec elle.

Il soupira profondément.

— C'était il y a longtemps. C'était rien, affirma-t-il en se rongeant une petite peau près de l'ongle du pouce.

— Rien ? Tu te fous de moi. C'est elle, pas vrai ? *Elle.*

— Elle ?

Sur un ton féroce, Eliza chuchota.

— Celle qui t'a dépucelé. Ton amoureuse du lycée qui t'a largué à la fac.

— Attends un peu ! protesta Jeremy. D'abord, OK, oui, c'est elle. Mais c'était il y a longtemps, et sérieusement, on ne savait pas ce qu'on faisait, ni l'un ni l'autre. Et elle ne m'a pas largué. C'est moi qui ai cassé. Allez, quoi ! C'est de l'histoire ancienne.

— Pas pour moi.

— Tu sais que tu es vraiment une fille pas ordinaire ? dit-il en souriant.

— C'est quoi, ce petit air satisfait ? demanda-t-elle.

— Moi ? Mais non. C'est toi qui es bête. Ne nous battons pas.

— Je ne me bats pas, dit Eliza, sur la défensive.

Mais ils continuèrent à se disputer jusqu'au moment où Jeremy perdit patience.

— Tu sais quoi ? Puisque tu es tellement obsédée par Paige, tu devrais peut-être essayer de lui ressembler un peu plus. Elle, au moins, elle se passionne pour son boulot. Elle ne fait pas que compter sur son look et ses relations. Elle ne se plaint jamais ! Elle aime son travail, elle fait quelque chose qu'elle adore.

— Oh... Toi ! dit Eliza en le frappant avec son tablier.

Une marque rouge s'imprima sur sa joue.

Jeremy haussa les sourcils et secoua la tête. Il partit sans ajouter un mot.

Eliza retourna dans la cuisine surchauffée. Elle était profondément dégoûtée. C'était à la portée de tout le monde d'être le toutou de quelqu'un, comme Paige avec Sydney. Mais se comporter en esclave, ce n'était pas de la passion ! Et depuis quand son travail chez Lunch indiquait-il qu'elle « ne faisait que compter sur son look et ses relations » ? Et en plus, aurait-elle voulu lui dire, elle avait justement trouvé sa passion : elle avait adoré travailler pour la marque, mais elle s'était fait virer avant même de pouvoir approfondir sa découverte. Elle allait leur faire voir ! Elle allait montrer à Jeremy et à Paige qu'elle n'était pas qu'une feignasse de gosse de riches tout juste bonne à faire du shopping.

Il faisait plus de quarante degrés dans la cuisine. Eliza essora la sueur du bas de son T-shirt. À l'aide d'une paire de ciseaux, elle en découpa le col et l'ourlet pour le rendre plus aéré et confortable. Puis elle roula son short et l'épingla.

— Eh, regardez-moi ça ! lança Margie, l'Irlandaise responsable de la friture. Tu peux faire la même chose pour moi ?

Eliza essuya ses larmes.

— Bien sûr, répondit-elle en hochant la tête.

Alors, « qui rira le dernier » ?

Depuis le soir où elle avait embrassé ses trois cofon-
dateurs, Jacqui avait pris l'habitude d'aller régulièrement faire un tour sur DortoirEnFolie.com. Mais en
se connectant sur le site à son retour de New York,
elle constata que les blagues n'avaient pas changé de
toute la semaine. Aucun des gags n'avait été mis à
jour, et la vidéo la plus récente – une starlette ivre
morte souriant bêtement à la caméra alors que sa
bretelle descendue révélait son sein gauche et ses cica-
trices de chirurgie esthétique – était déjà ancienne.

Elle éteignit l'écran en se demandant s'il y avait un
problème.

En arrivant au château des Reynolds ce soir-là, elle
constata avec surprise que, pour la première fois de
tout l'été, il était plongé dans le noir : les lumières
étaient éteintes, les volets clos. Aucun signe de folie
nocturne : pas de foule de Hamptoniens se battant
pour entrer, pas de concours de T-shirts mouillés sur
la pelouse, pas de hip-hop à fond, pas de tournois de

Beyrouth. Que se passait-il ? Est-ce que quelqu'un était mort ? Elle ouvrit la porte en appelant doucement : Grant ? Ben ? Duffy ? Où êtes-vous, les mecs ?

Elle les trouva assis tous les trois sur le canapé, l'air lugubre, chacun sirotant une canette de bière. Grant lançait mollement des fléchettes vers la cible de l'autre côté de la pièce, mais la ratait largement ; le tapis était jonché de fléchettes. Duffy tripotait une croûte qu'il s'était faite au coude en tombant de son échasse à ressort. Ben était absorbé dans un jeu vidéo, mais il avait l'air mal parti : la voix sortie de l'écran de télé ne cessait de répéter « Rechargez. Rechargez. »

Grant s'arrêta en plein jet, et la fléchette atteignit Ben au genou.

— Fais gaffe ! dit Ben, contrarié, en la lui renvoyant ; mais elle s'en alla frapper le coude blessé de Duffy.

— Ho ! brailla Duffy.

Ils levèrent tous les yeux sur Jacqui avec leurs têtes d'enterrement, en fort contraste avec l'agitation fébrile dont ils étaient coutumiers.

— Ah, te voilà, fit Duffy sans son enthousiasme habituel.

— Jacqui, Jacqui, Jacqui.

Grant secoua la tête.

— Qu'est-ce que tu veux ? demanda Ben avec un peu de brusquerie.

Jacqui s'assit sur l'accoudoir du canapé.

— Tout va bien ?

— Non, soupira Ben. Le site est en train de couler. On n'a rien de nouveau, pas de blagues, pas de vidéos. Le nombre de visites s'est effondré. On a perdu quelque chose comme soixante-dix pour cent de parts de marché.

— Il y a un nouveau site sur lequel les jeunes peuvent charger eux-mêmes leurs blagues et leurs vidéos. Saloperie de net-économie. Tout va trop vite, s'emporta Duffy.

Ils lui expliquèrent que l'absence de « pop-ups » avait entraîné une chute libre de leurs revenus publicitaires, et que le coût de leurs folles soirées hebdomadaires les avait menés au bord de la faillite.

— On va peut-être devoir vendre le Black Hawk, s'écria Grant.

— Et pourquoi vous ne mettez pas de nouvelles blagues en ligne ? questionna Jacqui.

— On n'en trouve plus. (Duffy haussa les épaules.) On est à court d'idées. Rien ne nous fait plus rire.

— Je suis déprimé, admit Ben.

— On est foutus, déclara Grant.

— Allez, les mecs, ça ne peut pas être si terrible que ça ! C'est juste un cahot sur la route ! Vous allez trouver quelque chose, j'en suis sûre Duffy... Ben... Grant... Allez...

— On sait, tu sais, la coupa Ben.

— Pardon ? demanda-t-elle en se penchant en avant.

— On sait ce que tu faisais, dit Duffy en la regardant d'un air mélancolique.

— Tu nous as dupés, se lamenta Ben.

— Quoi ?

— Tu es sortie avec nous trois... N'essaie pas de nier, on est tous au courant, précisa Grant.

Jacqui rougit.

— Je ne voulais pas...

C'est vrai, elle ne voulait pas. C'était arrivé, tout simplement : elle les avait trouvés irrésistibles tous les trois, même si, au fond d'elle-même, elle savait que ce jour devait arriver. Soudain, elle se sentit horriblement mal.

— C'est bon, va. On aurait dû s'en douter, dit Ben. Ce n'est pas si grave, sauf qu'on est trois, et que tu n'es qu'une.

— Et on ne peut pas vivre comme ça, avoua Grant. Alors, il faut que tu choisisses.

— L'un de nous, énonça Duffy sobrement. Un seul.

Échanger les trois garçons contre un seul ? Jacqui eut une bouffée de chaleur. Comment pourrait-elle jamais se décider ? Parce que d'une certaine manière, elle les aimait tous les trois...

Parfois, les vœux se réalisent...

À son retour de New York, Mara s'attendait à trouver *La Négligence* plus en désordre que jamais. Car après tout, plusieurs potes d'université de Ryan s'étaient rabattus sur le bateau pour le week-end. Avant de pénétrer dans la cabine, elle se raidit à l'idée de l'odeur de bière éventée.

Elle poussa la porte coulissante, mais fut accueillie par une senteur étonnamment agréable. On aurait dit des légumes braisés et du romarin. Elle regarda autour d'elle... pas de cartons par terre, pas de mégots, pas de canettes vides, pas de moutons de poussière dans les coins. Au contraire, le yacht était propre, le parquet luisait, les tapis avaient été aspirés. Dans un vase, une gerbe de bambous dégageait un parfum plaisant, qui rappelait celui du linge fraîchement lavé.

Un instant, Mara fut tentée d'aller vérifier sur l'étrave du bateau si elle ne s'était pas trompée.

Mais Ryan sortit de la cuisine, une cuillère en bois à la main.

280

— Goûte ! dit-il en guise de bienvenue, en approchant la cuillère de ses lèvres.

— Tu cuisines ? demanda-t-elle en acceptant.

C'était délicieux. De la sauce marinara.

— Ça m'arrive.

— Et tu as fait le ménage ?

— En fait, Laurie a envoyé quelqu'un le faire, avoua-t-il. Mais je me suis dit qu'il était temps. J'aurais dû faire venir quelqu'un toutes les semaines. Tu avais raison : ça commençait à être vraiment crade, ici.

— C'était sympa avec tes amis ? lui demanda-t-elle en le regardant déboucher une bouteille de vin.

— On s'est bien marrés, dit Ryan. Mais tu m'as manqué.

— Toi aussi, répondit Mara en frottant le nez contre sa joue.

Ils s'embrassèrent brièvement. Ryan lui renifla les cheveux, inhalant son odeur – ce qu'il n'avait pas fait depuis longtemps.

Elle se serra dans ses bras. Elle était aux anges. Cette démonstration d'affection semblait indiquer qu'il était prêt à soutenir plus pleinement ses ambitions professionnelles. Elle en avait assez de toujours culpabiliser de l'abandonner.

— J'ai une grande nouvelle ! déclara-t-elle.

— Moi aussi, mais toi d'abord, dit Ryan, les yeux brillants. Il la tenait encore tout contre lui.

— Sam Davis m'a appelée quand j'étais à New York. L'agence Associated Press va reprendre mon article sur Sydney ! Elle va le proposer à tous ses partenaires médiatiques. Je vais être publiée au niveau national ! Tu te rends compte ?

Mara était encore sous le choc de cette nouvelle. Sam n'avait pas tari d'éloges et avait assuré que Mara avait « la niaque ».

— C'est super, opina Ryan, mais Mara remarqua qu'il la lâchait imperceptiblement. Tant mieux pour toi.

Son sourire vacilla un peu. Pourquoi Ryan n'avait-il pas l'air de s'intéresser à son travail ? Il avait un jour reconnu qu'il n'ouvrait jamais *Hamptons*, sauf pour lire sa chronique. Mais seulement quand elle l'y faisait penser.

— Sam dit que ça ne leur arrive jamais de vendre un article à AP. Et l'autre jour, j'ai reçu un appel d'une éditrice de *Harper's Bazaar* : ils veulent que j'écrive un papier sur « le style des Hamptons ». Cinq cents mots seulement, mais quand même.

— Mmm. (Ryan hocha de nouveau la tête.) C'est très chouette.

— Et toi, ta bonne nouvelle ? demanda Mara, se rappelant soudain qu'il avait dit en avoir une aussi.

Le visage de Ryan s'illumina sur-le-champ.

— Il y a quelque chose pour toi. Sur la table.

Mara s'approcha de son bureau. C'était une épaisse enveloppe blanche frappée du blason de Dartmouth.

— Oh mon Dieu ! murmura-t-elle.

Les yeux de Ryan dansaient de joie.

— Tu es prise ! Je te l'avais dit !

— Je suis prise, souffla Mara en passant les doigts sous le rabat de l'enveloppe.

Elle en retira une liasse de formulaires et lut la lettre officielle de félicitations pour son admission dans la prochaine promotion de première année à Dartmouth.

— On va pouvoir être ensemble !

Il la prit dans ses bras.

Mara replaça les formulaires dans l'enveloppe, tiraillée par des émotions contradictoires. Elle aurait dû être heureuse. Elle obtenait enfin ce qu'elle avait tant voulu. Elle était admise à Dartmouth. Mais elle se rappelait le campus de Columbia : l'énergie de la ville, le cursus d'écriture, la sophistication naturelle de Danielle. Son article allait être diffusé partout, et elle avait une commande de *Harper's Bazaar*. Comment pourrait-elle continuer à écrire sur la mode si elle était coincée dans le New Hampshire ?

Elle avait tant désiré Dartmouth... et maintenant qu'elle l'avait, elle était déçue.

— Eh bien, qu'est-ce que tu attends ? l'exhorta Ryan en lui tendant un stylo pour qu'elle signe tous les formulaires d'admission.

Il avait l'air si impatient, si content pour elle... Mara se rappela pourquoi elle avait tant voulu entrer à Dartmouth. Elle et Ryan seraient ensemble désormais ; leur été n'aurait pas à se terminer. Peut-être même ne faisait-il que commencer.

Mara apposa sa signature en bas de la déclaration promettant qu'elle irait à Dartmouth à l'automne. Elle la mit dans son sac. Elle la posterait le lendemain à la première heure, avec un dépôt de garantie. Ryan lui donna un timbre.

— Allez viens, dit-il en l'attirant dans la cuisine. Le dîner va refroidir.

Donna Karan, attention :
bientôt « tu n'auras plus que tes yeux pour pleurer »

Alors comme ça, Jeremy trouvait qu'elle manquait de passion ? Elle allait lui montrer qu'elle n'était pas qu'une accro du shopping. Il croyait que tout ce qu'elle savait faire, c'était dépenser ? Et apparemment, même avec son boulot chez Lunch (qui lui faisait les mains calleuses, hé, ho !), elle ne méritait toujours pas son respect. Paige faisait quelque chose qu'elle aimait, alors qu'Eliza n'était qu'une pauvre salariée... Eh bien, ça suffisait. Elle aussi, elle allait faire quelque chose qu'elle aimait.

Tout le monde lui avait toujours dit qu'elle était la mieux habillée, qu'elle avait un sens du style exceptionnel que tout le monde voulait imiter, et c'était son coup d'œil à elle qui avait fait le succès du défilé de Sydney ; elle avait même entendu dire que, grâce à la sensation provoquée par son arrivée en hélicoptère, les commandes étaient en hausse et les collections de Sydney étaient redevenues rentables. Après un mois de travail chez Lunch, Eliza n'avait plus peur de se mettre au charbon. Elle comprit soudain comment elle pouvait joindre l'utile à l'agréable, conjuger sa passion pour la mode et sa nouvelle attitude de bosseuse.

Elle allait dessiner sa propre collection. Quelques créations seulement, peut-être dix tenues en tout. Il lui fallait juste une pièce exceptionnelle. Calvin Klein s'était bien fait un nom avec ses jeans, Donna Karan sur un body en Stretch, Zac Posen sur la force d'une robe de soirée aérienne.

Qui disait « automne » disait « rentrée » ; qui disait « rentrée » disait, en général, « uniforme ». Eliza esquissa les projets d'une collection de travailleuse glamour : elle l'appellerait « l'Uniforme de l'automne ». Des pièces décontractées, branchées, inspirées de toutes sortes d'uniformes : uniformes scolaires (écossais, à carreaux, en lainage gris, bordeaux, cravates), uniformes d'hôtesses de l'air (jupes entravées, vestes cintrées, foulards de couleurs vives), uniformes militaires (manteaux à boutons de cuivre, épaulettes, camouflage), uniformes de Wall Street (tailleurs ajustés, pantalons cigarette, pied-de-poule). L'uniforme de la femme active, le summum du chic vestimentaire.

À la moindre pause dans son travail au restaurant, elle se mettait à gribouiller dans son carnet ; grâce à son passage chez Sydney, elle savait où trouver les meilleures modélistes et les meilleurs fournisseurs de tissu. Son ami Todd, le vendeur de chaussures de chez

Jeffrey, était partant pour s'associer au projet. Elle débordait d'enthousiasme à l'idée de monter sa marque.

Elle allait apprendre à Paige et à Sydney une ou deux choses sur la vraie motivation et l'inspiration créatrice... ce dont ils manquaient l'un comme l'autre.

Quelques jours plus tard, ses parents étant sortis pour la soirée, Eliza invita les filles à dîner chez elle. Elle s'était dit que ce serait amusant de cuisiner toutes les trois au lieu de sortir comme d'habitude. Elle était allée au marché dans l'après-midi et en avait rapporté des légumes frais et des herbes aromatiques ; son patron chez Lunch lui avait donné quelques gros filets de truite.

Eliza déposait le poisson dans une marinade d'huile d'olive et de citron lorsque Jacqui et Mara arrivèrent avec des bouteilles de vin et du pain frais de chez Citarella.

— J'adore votre cuisine, dit Mara en rangeant les provisions et en regardant le poisson par-dessus l'épaule d'Eliza. Cette maison est superbe.

Elle pressa avec affection le bras d'Eliza. Cette dernière sourit.

— Merci, c'était celle de ma grand-mère. Elle était dans la famille depuis toujours. Papa a dû la racheter le double de ce qu'il l'avait vendue, mais elle en vaut la peine.

La cuisine des Thompson avait quelque chose de campagnard, confortable, rustique, malgré les réfrigérateurs industriels Traulsen encastrés en acier Inox. La mère d'Eliza l'avait décorée dans un style champêtre vaguement français, avec des tonnes de faïences en forme de poules et de coqs, et des torchons bariolés à fleurs. Un plancher délavé, des boiseries patinées et rouillées. Et chaque centimètre carré disponible était couvert de photos de famille. Eliza à son cinquième anniversaire, en robe rose, portant une ombrelle. Ses parents dansant au Stork Club. Eliza à skis à Gstaad. Sa mère à un bal de débutantes au Waldorf. Des photos d'une famille glamour, mais aimante.

Mara admira les clichés un par un en se disant qu'Eliza menait une vie enchantée et enchanteresse : la cuisine vibrait de bonne énergie.

— Qu'est-ce que c'est ? demanda Jacqui en remarquant un épais carnet de croquis au milieu de la table. (Elle l'ouvrit et se mit à le feuilleter.) Ouah, Liza ! C'est de toi, tout ça ? C'est excellent.

Eliza opina en posant le poisson sur le gril.

— M-mm.

Elle leur expliqua son idée de monter sa marque, le visage rayonnant.

— C'est fantastique ! admira Mara en regardant les exercices de style imaginés par Eliza. On peut faire quelque chose ?

— Ouf, heureusement que tu le proposes : j'ai tellement besoin d'aide ! avoua Eliza avant de détailler les différentes tâches : découper le tissu, jouer les mannequins d'essayage pour les patrons, rédiger un communiqué de presse, démarcher les propriétaires de boutiques.

— J'ai acheté une machine à coudre, continuat-elle, mais je ferai réaliser les prototypes à New York par de vraies couturières.

— Quand aura lieu le défilé ? fit Jacqui en sirotant son verre.

Elle avait déjà proposé à Eliza ses talents de coordinatrice des ventes : elle parlerait de la nouvelle ligne à ses anciens patrons, dans la boutique où elle avait travaillé au Brésil.

— Un défilé... mon Dieu. Je n'y avais même pas pensé, admit Eliza. Mais c'est une idée géniale.

— Sydney fait le sien la dernière semaine d'août, l'informa Mara. On a reçu l'invitation aujourd'hui même. Il ne participe pas à la Fashion Week à New York : il veut défiler en avance.

— Ce serait marrant de faire mon défilé le même soir, non ?

À ces mots, Eliza éclata de rire. Et soudain elle sut que c'était exactement ce qu'elle allait faire.

— Mais, reprit-elle, comment monter un défilé sans un sou ? Il faudrait payer la location d'un lieu et tout. Je n'en ai pas les moyens.

— Pourquoi pas sur la plage ? La plage, c'est gratuit. Il y a une belle étendue de sable à Flying Point, assez loin de toute habitation. Tu pourrais le présenter là, suggéra Jacqui.

Elle pensa à la nuit qu'elle y avait passée avec Grant, et s'attristait de devoir s'expliquer avec lui. Grant ne répondait pas à ses appels. Elle avait raconté à ses amies ce qui était arrivé, et toutes deux lui avaient conseillé de laisser passer un peu de temps.

— J'adore ! Adjugé ! décida Eliza. Merci, les filles !

Elles mirent la table et s'installèrent pour dîner. Le poisson était frais et merveilleusement tendre, et elles complimentèrent Eliza pour ses talents de cordon bleu.

— Jeremy est un veinard, dit Mara.

Eliza se crispa.

— Je n'en sais rien. On ne se parle plus vraiment en ce moment.

Elle leur raconta la scène de l'autre jour chez Lunch. Cela la rendait malade. Elle ne savait pas s'ils étaient encore ensemble ou en train de se séparer.

— Bref, conclut-elle, je suppose que l'un de nous devrait s'excuser, mais je n'arrive pas à me décider : soit j'attends des nouvelles de lui, soit je le rappelle, tout simplement.

— Tu devrais l'appeler, la pressa Mara. L'été est presque terminé. Tu n'as pas de temps à perdre, dit-elle en pensant plutôt à Ryan et elle.

Elle leur annonça qu'elle était enfin prise à Dartmouth, et elles trinquèrent à son admission.

— Mais ça n'a pas l'air de te rendre heureuse ? remarqua Jacqui.

— Oui et non, avoua Mara. Je me dis qu'au fond, je voudrais rester à New York, mais d'un autre côté il y a Ryan...

— Ah, les mecs, résuma Eliza. On ne peut vivre ni avec eux ni sans eux.

— Je bois à cette vérité première, s'esclaffa Jacqui.

Depuis leur ultimatum, chacun des garçons essayait de voler un peu de temps en tête à tête avec elle dans le dos des deux autres. Chacun avait pris à son compte cette épreuve de force et s'était persuadé qu'elle le choisirait. Il fallait mettre un terme à cette folie avant que quelqu'un ne se fasse vraiment mal. Et à cet instant précis, Jacqui prit sa décision.

Elles passèrent la soirée à aider Eliza avec son tissu, à épingler des patrons, à faire des essayages avec quelques-unes des tenues, et à danser dans toute la pièce sur le dernier album de Gwen Stefani. Même si les garçons leur donnaient du fil à retordre, c'était réconfortant de savoir qu'elles pourraient toujours compter les unes sur les autres.

Elle n'est pas folle de toi, c'est tout...

Organiser une fête d'anniversaire de mariage pour deux personnes au bord du divorce était plus difficile que Jacqui ne l'aurait cru. Surtout quand votre propre vie amoureuse ne se révélait pas si folichonne non plus. Le moment de mettre fin au ménage à quatre était venu, et lorsque Duffy lui proposa une balade au coucher du soleil en voiturette de golf, elle y vit une occasion d'effacer l'ardoise. Ils étaient garés près de l'endroit où ils avaient roulé dans le sable et s'étaient embrassés pour la première fois.

— Ce que tu as l'air sérieuse, la gronda Duffy quand elle lui eut annoncé qu'elle avait quelque chose d'important à lui dire.

— J'ai de mauvaises nouvelles, commença-t-elle doucement en époussetant le sable de son jean.

— Ce n'est pas moi, c'est ça ? supposa-t-il.

— Ce n'est pas toi, dit Jacqui. C'est moi.

Cette réplique éculée les fit pouffer de rire.

— Ah, Jacarei. On s'amusait tellement bien !

— J'espère que tu ne m'en veux pas.

Duffy eut un large sourire, le même que lors de leur première rencontre.

— Comment en vouloir à une si belle fille ?

— Alors, amis ? risqua Jacqui en levant la main pour la claquer contre la sienne.

Ce que fit Duffy avec affection.

— Toujours.

Jacqui expira profondément. Un de fait, plus que deux.

Plus tard cet après-midi-là, au quartier général de Cupidon, Eliza s'était procuré le numéro de la meilleure organisatrice de mariages de la ville, chez qui elles avaient rendez-vous pour passer en revue les détails de l'événement. Elles avaient décidé que le meilleur endroit serait le jardin des Perry. Le bureau de Georgina Perkins se trouvait dans une villa de Southampton garnie de canapés molletonnés sous leurs housses de lin. Il y avait des gravures de fleurs anciennes encadrées aux murs, quantité de plaids en chenille couleur pastel, des faïences dépareillées : un style rustique chic et de bon goût.

— Donc, c'est pour vos parents ? demanda la parfaite mais nerveuse femme d'intérieur coiffée d'un carré blond, en ouvrant son énorme registre de rendez-vous noir.

— Non, dit rapidement Jacqui.

— En quelque sorte, répondit Eliza.

— En fait, euh, ils sont comme des parents pour nous, expliqua Mara avec un sourire encourageant.

— Et donc, vous pensiez chapiteau dans le jardin, petits-fours servis sur plateaux, cinq plats, orchestre, feu d'artifice final ? proposa Georgina en décrivant le tralala hamptonien de base à cent mille dollars.

— Oh oui, opinèrent-elles toutes les trois avec enthousiasme.

— Et une fontaine de chocolat. Il nous en faut une, insista Eliza. (Sa cousine s'était mariée au printemps, et l'extravagante cascade d'un mètre cinquante de haut déversant du chocolat fondu avait été le clou de la soirée.) C'est romantique, ajouta-t-elle.

— C'est en supplément, nota Georgina.

— Et pourrait-on avoir des steaks de chez Delmonico ? demanda Jacqui.

— Bien sûr, mais il faudra les faire venir de New York, donc ce sera aussi en supplément.

— Pourquoi Delmonico ? se renseigna Mara.

— Je vous expliquerai plus tard, dit Jacqui.

— Et pour les musiciens, à qui pensiez-vous ? enchaîna Georgina.

— Eh bien... je sais que c'est beaucoup demander, mais pensez-vous que nous pourrions convaincre Matchbox Twenty de venir chanter ? poursuivit Jacqui.

— Matchbox Twenty ? s'étrangla Eliza. Oh là là, ils sont tellement... 1998 !

Mara pouffa de rire. Même si elle n'avait rien contre ce groupe, Eliza n'avait pas tort. C'était presque aussi atroce que d'inviter Sheryl Crow.

— Justement. C'est à cette époque qu'ils se sont rencontrés, rappela Jacqui. Anna en mourrait de joie.

— Je ne sais pas si nous pourrons les avoir ; il me semble qu'ils se sont séparés, dit Georgina. Mais Rob Thomas acceptera peut-être de venir chanter une chanson. Je connais sa femme.

— *Excelente*, sourit Jacqui.

Georgina prenait des notes avec ardeur. Puis elle sortit un formulaire de dépôt de garantie.

— Il me faut cinquante pour cent maintenant, et le reste le jour de la réception. Signez ici.

— Pas de problème, dit Jacqui d'une voix égale.

En sortant, elles se rendirent à pied dans un café proche.

— Mais qui paie pour cette réception ? interrogea Eliza.

Jacqui prit un air penaud.

— J'ai fait tout mettre sur le compte d'Anna. Je me suis dit que si ça marchait, elle m'en remercierait plus tard. Et sinon, de toute manière je suis virée.

— Ah, bien. Eliza hocha la tête, impressionnée.

Il n'y avait plus qu'un problème : Jacqui et Shannon n'avaient pas trouvé le moyen d'attirer Kevin Perry dans les Hamptons le jour de la fête. Après la confrontation au restaurant et la mauvaise impression qu'elle avait laissée, il n'était même plus question qu'il s'approche de sa femme. Pire : en consultant sa messagerie électronique, Shannon avait découvert que Kevin avait prévu un voyage dans les Caraïbes fin août, juste au moment prévu pour la soirée. Il fallait qu'elles trouvent quelque chose, et vite ; sinon, Rob Thomas allait devoir chanter une complainte de divorce, pas une chanson d'amour.

Plus tard dans la soirée, Jacqui partagea avec Ben un banana split au Snowflake Diner afin de régler une autre question en suspens.

Ben tendit le bras pour lui prendre la main ; Jacqui le repoussa, doucement mais fermement.

— Écoute-moi, j'ai quelque chose à te dire.

Elle soupira : voilà qui allait être délicat. Mais Ben, toujours sensible à ses humeurs, lui épargna le plus difficile.

— Je sais déjà, dit-il calmement. Je regrette que l'on ait dû te faire choisir. C'était bien tant que ça a duré. Je pense qu'on savait tous ce qui se passait, mais qu'on faisait comme si de rien n'était.

— Ben... vous avez eu raison. Je ne peux pas me diviser en trois, et ce n'est pas juste pour vous.

Elle prit dans sa cuillère de la glace recouverte de sauce au chocolat, mais changea d'avis et la reposa. Cela ne lui semblait pas correct de manger dans un moment pareil.

— Je suis désolée, ajouta-t-elle.

— Il ne faut pas. C'était formidable. (Ben sourit et lui caressa la joue avec douceur.) Ça en valait la peine.

Jacqui se pencha en avant pour lui faire gentiment la bise.

— À chaque instant.

Si Nicky Hilton peut le faire,
pourquoi pas Eliza ?

Le mois d'août était entré dans sa troisième semaine...
l'été avait passé si vite ! Mara, installée à sa place
attitrée au bureau, s'émerveillait de tout ce qu'elle
avait appris cette année. Elle revoyait avec Sam le plan
de sa dernière chronique. Au téléphone, Sam abreuvait son mari d'injures parce qu'il leur avait pris des
billets d'avion pour les Caraïbes sans s'assurer qu'ils
seraient surclassés en première.

— Tu leur as dit qui j'étais ? Vraiment ? Et... ils
ont refusé ?

— Donc, je me disais que pour mon dernier
papier... il y a une nouvelle styliste bourrée de talent
qui fait un défilé sur la plage la semaine prochaine,
continua Mara une fois que Sam eut violemment rac-
croché le téléphone.

À présent, elle était habituée à voir sa patronne
agresser verbalement tout le monde, y compris son
époux. C'était la routine.

— Qui est-ce ? Elle peut envoyer des échantillons ? demanda Sam avec intérêt, d'un ton tout à fait normal, comme si elle ne venait pas de hurler à s'en décrocher les poumons quelques secondes plus tôt.

— Non, c'est sa première collection. C'est Eliza Thompson. Vous vous rappelez, la fille que nous avons mise en page centrale la première semaine de juillet ?

Tous les étés, le magazine publiait régulièrement la photo des jet-setteuses les plus en vue sur un dépliant de trois pages au milieu du magazine. C'était un clin d'œil humoristique aux filles de *Playboy*, accompagné de listes de ce que les jeunes femmes en vue « adoraient » et « détestaient ». *J'adore : les draps en toile cinq cents fils. Je déteste : voler sur les lignes régulières.* Les lectrices fidèles les collectionnaient comme des cartes de baseball. (« Oh, tu as une Elisabeth Kieselstein-Cord ! Je te l'échange contre une Ivanka Trump ? »)

— Elle a une collection ?

Mara confirma avec fougue.

— Je ne sais pas, dit Sam, méfiante. C'est le dernier numéro de l'été, donc on ne peut couvrir que les grands noms. Sydney Minx fait son défilé au même moment. En plus, j'ai parlé à son attachée de presse : cette fois, il va nous accorder toute une interview.

— Mais je crois vraiment qu'Eliza Thompson est beaucoup plus indiquée pour notre chronique, pour la nouvelle génération de lectrices de son âge... argumenta Mara.

Après le succès de ses articles et depuis qu'elle avait attiré l'attention du monde des médias new-yorkais, elle commençait à croire qu'elle s'en tirait bien comme reporter. Elle était impatiente d'éprouver ses nouveaux talents de journaliste, surtout si cela lui permettait d'aider une amie.

— Peut-être, se déroba Sam. Mais cette vogue des jet-setteuses-qui-créent-une-collection est un peu dépassée, non ? Elles ne sont pas toutes DJ de nos jours ? Ou stars du porno ? Non, on va s'en tenir à Sydney.

— Vous êtes sûre ? J'ai vraiment l'impression que le défilé d'Eliza sera plus dynamique, plus actuel, insista Mara qui avait en tête plusieurs tenues fabuleuses créées par Eliza.

— Le défilé de Sydney sera le plus grand événement à se dérouler dans cette ville, dit sèchement Sam. Il fera la clôture de la saison mondaine. Tout le monde y sera : personne ne peut plus s'arrêter de parler de ce défilé qu'il a fait en début de saison. Et votre portrait va lui donner encore plus d'importance. Les gens adorent le scandale. Ce sera son come-back.

— Mais Eliza...

— Ça suffit. Je veux que vous soyez au défilé de Sydney.

Mara hocha la tête. Elle s'était fait descendre en flammes, mais que faire ? Après tout, Sam était dans la profession depuis vingt ans.

Elle regarda l'invitation qu'Eliza lui avait envoyée – un origami délicatement plié en forme de cabas géant (« Le nouveau porte-documents de la femme active ») – et la mit de côté. Elle n'avait aucun moyen de couvrir à la fois le défilé de Sydney et celui d'Eliza. Cette dernière allait être très déçue ; elle avait déjà dit à plusieurs acheteurs potentiels que *Hamptons* parlerait de la collection. Mara espérait que son amie serait compréhensive.

Si maman ne sait pas,
demandez à sa fille...

Au beau milieu de ses essayages, Jacqui reçut un appel de l'organisatrice de mariages. Mauvaise nouvelle. Le compte bancaire dont Jacqui lui avait donné les références lors de leur rendez-vous était clos. Kevin avait déjà commencé à geler tous leurs avoirs communs. *Zut.* Jacqui réfléchit à toute vitesse et lui donna le numéro de carte de retrait d'Anna. Elle croisa les doigts. Avec un peu de chance, le compte courant marchait encore. Georgina rappela. C'était le cas. Tout était arrangé.

— Qu'est-ce qui se passe ? demanda Eliza en épinglant la robe sur son buste. Tu te sens bien comme ça ?

Jacqui acquiesça. Debout au milieu de la chambre d'Eliza, elle se regarda dans le miroir. Elle n'en revenait pas de voir à quel point la robe lui allait bien. C'était une déclinaison malicieuse de l'uniforme des écolières catholiques, à motif écossais et col Claudine.

Mais loin de ressembler... disons, à un déguisement pervers, la robe était fraîche et tendance tout en restant incroyablement confortable.

— C'est fabuleux ! dit-elle à Eliza. Tellement agréable à porter.

— Du coton avec un soupçon de Lycra, précisa Eliza avec un grand sourire.

La collection « glamour girl » s'inspirait de son concept des « Filles qui comptent » : l'idée était de créer des vêtements pour les filles qui avaient autre chose à faire que se soucier... de leurs vêtements. L'« uniforme » était censé supprimer toute angoisse au moment de s'habiller : on attrape un pull, un chemisier, un pantalon, et on y va.

Elle avait réussi à persuader quelques-unes de ses anciennes camarades de classe de défiler, elles aussi ; assises dans la chambre d'Eliza, elles attendaient leur tour.

— Il me faudrait encore deux filles, s'inquiéta Eliza.

— Que dirais-tu de Shannon et Madison ? proposa Jacqui. Je suis sûre qu'elles adoreraient participer.

Jacqui trouva Shannon en train de lire un livre à Cody dans le solarium. Elle lui expliqua qu'Eliza avait encore besoin de quelques filles pour son défilé, et qu'à son avis elle et Madison seraient idéales.

— Moi ? Dans un défilé ? Génial ! dit Shannon en posant le livre. Mais...

— Mais ?

— Je ne suis pas sûre pour Madison. Elle a une dent contre moi en ce moment.

Shannon raconta à Jacqui que Madison lui avait

demandé de but en blanc si Anna et Kevin divorçaient, et qu'elle avait dû lui mentir.

— Je crois qu'elle se doute de quelque chose, ajouta-t-elle.

— On ferait peut-être mieux de tout lui dire, décida Jacqui après réflexion.

Il paraissait cruel de la laisser dans l'ignorance. Et puisqu'elles se creusaient aussi la tête pour trouver comment attirer Kevin dans les Hamptons, peut-être que Madison – la plus observatrice de la famille – pourrait les aider à trouver un plan.

Les deux filles au pair allèrent la trouver dans sa chambre. Elle était occupée à tchatter avec ses amies.

— Quoi ? demanda-t-elle.

— Tout d'abord, Mad, je suis vraiment désolée, commença Shannon.

Elle lui expliqua que Jacqui l'avait mise au courant du divorce et qu'elles échafaudaient toutes les deux des plans extravagants pour réconcilier les Perry.

Le visage de Madison se figea comme un masque.

— Alors ils se séparent, c'est vrai ? Anna va devoir partir ? Et Cody aussi !

— On a fait tout notre possible pour l'éviter, soupira Jacqui en s'agenouillant pour serrer la jeune fille dans ses bras. Je suis absolument désolée.

— Mais tout n'est pas encore fichu, reprit Shannon. On leur prépare une réception pour leur anniversaire de mariage à quelques jours de la vraie date.

— Le seul problème, continua Jacqui, c'est d'attirer ton père pour qu'il y soit. Je me disais que si on pouvait le faire venir, la fête les ramènerait tous les deux à de meilleurs sentiments, et ils comprendraient qu'en fait ils ne veulent pas se séparer.

— Je vois, dit Madison, l'air peu convaincu.

Jacqui remarqua une photo de Madison et de Kevin sur son bureau. Soudain frappée par leur ressemblance, elle se fit la réflexion que Madison était aussi têtue que son père. Peut-être n'auraient-elles pas besoin de concocter des ruses délirantes, tout compte fait.

— Tu sais, vous êtes très proches, ton père et toi. Tu pourrais peut-être lui parler, toi, lui proposer de venir dans les Hamptons le week-end prochain...

Madison, qui mâchait un chewing-gum, souffla une grosse bulle.

— Sans doute. C'est vrai qu'il me manque un peu. Et j'ai mon premier tournoi de tennis le lendemain.

— Il serait tellement fier de toi ! s'empressa d'ajouter Jacqui.

— Ce serait bien, concéda Madison avant d'ajouter, un peu triste : il ne m'a jamais vue jouer.

— Tu l'as déjà invité ? demanda Shannon.

La jeune fille secoua la tête.

— Papa est tout le temps très occupé. Mais vous avez raison : il faut qu'il vienne à mon tournoi. Il se vante toujours d'avoir gagné le championnat junior une fois. D'accord, je vais le faire.

Jacqui lui donna une tape dans le dos.

— Merveilleux.

Madison sourit largement.

— D'ailleurs, si ça ne marche pas, je n'ai qu'à lui dire que les voisins empiètent sur sa propriété. Ça le met en rogne à tous les coups. Il rappliquera dare-dare pour vérifier.

Jacqui éclata de rire. Assurément, c'était Kevin tout craché.

— Tu m'en veux ? fit timidement Shannon. Je suis désolée de t'avoir menti.

— Un peu, admit Madison. Mais tu essayais de m'aider. Moi non plus, je ne veux pas qu'Anna et papa se séparent. Elle n'est pas formidable, mais vous savez, c'est tout ce qu'on a, dit Madison, faisant preuve d'une grande maturité en ce qui concernait sa belle-mère.

— En tout cas, ce n'est pas ce qu'on était venues te dire, intervint Jacqui, radieuse.

Les deux plus jeunes des filles se retrouvèrent dans la chambre d'Eliza, aux mains d'un essaim de couturières. Elles avaient du mal à contenir leur excitation. Elles allaient être mannequins !

— C'est pas grand-chose, vous savez, leur dit Eliza. Même pas un vrai défilé. C'est plus comme une sorte d'acte de guérilla. Je veux dire qu'on invite la presse, mais ce n'est pas sanctionné par la Fashion Week ni rien.

— Et alors ? jubila Shannon. Ça va être dément !

— Complètement, approuva Madison.

Elles échangèrent de grands sourires, et l'amertume et les soupçons des dernières semaines fondirent comme neige au soleil : elles étaient de nouveau les meilleures amies du monde.

Plus tard dans la soirée, Grant frappa à la porte du cottage. Il avait pris l'habitude de passer en pleine nuit pour un câlin tardif, et pendant pratiquement tout l'été Jacqui y avait consenti très volontiers. Mais pas cette fois. Elle descendit les marches branlantes et l'arrêta à la porte.

Grant haussa les sourcils, Jacqui hocha la tête, et ils marchèrent calmement jusqu'à la plage où Grant avait déjà creusé un foyer et ramassé du bois pour faire un feu. Il s'agenouilla et craqua une allumette. Les flammes léchèrent le bois et ne tardèrent pas à projeter des étincelles. Jacqui s'enroula dans les couvertures que Grant apportait toujours en de telles occasions.

Il vint se blottir contre elle et passa un bras autour de ses épaules. D'habitude, c'était le moment où il commençait à l'embrasser en descendant doucement de sa bouche à son cou, puis au creux profond entre ses omoplates, en passant ses mains chaudes sous son chemisier, son soutien-gorge, dans son jean. Mais après quelques baisers passionnés, à bout de souffle, Jacqui reprit sa respiration.

— Grant ?

— Hein ?

— Il faut qu'on arrête. On ne peut plus faire ça. Je suis désolée.

— Comment ça ? s'étonna Grant. Je croyais... enfin, Ben et Duff m'ont dit que tu avais rompu avec eux, alors j'ai pensé...

Oh. Le sourire tendu de Jacqui suffit à lui faire comprendre son erreur.

Il retira ses mains et les mit autour de sa tête.

— Je me sens tout con.

— Non, dit Jacqui. C'est ma faute. Je n'aurais pas dû continuer si longtemps.

Elle soupira. La vérité, c'était qu'elle aimait bien Grant, mais qu'il n'était pas l'homme de sa vie. Juste un mec parmi trois.

— Si c'est ce que tu veux... souffla Grant

Jacqui acquiesça.

— C'est ce que je veux.

Grant se tripota les cheveux pendant un moment en la regardant intensément. Finalement, il se mit à parler.

— Eh bien, s'il y a une chose que je fais toujours, c'est donner aux filles ce qu'elles veulent. (Il l'embrassa doucement sur les lèvres une dernière fois.) Je penserai toujours à toi, dit-il.

Il la fixa de son regard sexy, incandescent, et Jacqui sut qu'il méritait une fille qui n'aurait d'yeux que pour lui.

Elle resta un moment seule, debout sur la plage, à le regarder s'éloigner. Elle était contente de ce qu'elle venait de faire, mais se sentait tout de même triste. Elle s'était bien amusée tout l'été avec trois amoureux, mais au fond ils avaient été trop nombreux dans cette relation. Les cris lancinants des mouettes résonnaient dans l'air, et Jacqui se demanda si tous les étés seraient ainsi teintés d'amertume.

Fashion Fiasco

À la différence de tous les autres grands stylistes de New York, Sydney Minx avait décidé que son défilé se tiendrait fin août, une semaine avant la Fashion Week, qui attirait le monde de la mode au complet sous les chapiteaux de Bryant Park, à Manhattan. Il était décidé à créer l'événement en « défilant en avance ». D'ailleurs, la plupart de ses clients se trouvaient dans les Hamptons. Il avait entièrement loué la boîte de nuit Le Volcan, et un bourdonnement d'anticipation parcourait la foule de nantis, qui se pressait dans la salle près de la fontaine de lave pour prendre place sur les sièges drapés de lin blanc et garnis de gros sacs-cadeaux.

Tout le monde était là : journalistes de mode internationaux (contrariés d'avoir dû écourter leurs vacances), acheteurs de grands magasins, mondains et mondaines au brushing impeccable, célébrités locales, et tous ceux qui avaient fait un saut en jet privé jusqu'à l'aéroport d'East Hampton pour le simple privilège de s'asseoir au premier rang.

Grâce à tout le battage autour de l'exploit en hélicoptère d'Eliza et de l'énergie qu'elle avait insufflée au style de la collection, l'excitation était palpable. Tout le monde était impatient de voir ce que le styliste allait encore faire d'extraordinaire. Presque toutes les femmes présentes portaient les vêtements de mousseline déchiquetée, patinée et dorée à la bombe créés par Eliza. Il leur tardait de voir ce qu'elles porteraient à l'automne.

En coulisse, Mara tenait un dictaphone sous le nez du styliste. Sydney lui avait déjà débité un torrent d'explications mal ficelées sur son inspiration ; mais pour l'instant, tout ce que Mara pouvait en conclure, c'est qu'il n'en avait pas.

— Je vois des fêtardes, des filles qui dansent sur les tables, des filles dont on parle dans les pages *people*, disait-il en agitant son éventail, des filles dans le vent, encore et toujours des filles dans le vent !

C'était un cliché éculé, et Mara avait pitié de ce vieil homme qui s'efforçait de tenir le rythme de la culture alors que, visiblement, sa place était n'importe où sauf à un défilé. Elle remarqua une fille aux traits durs et aux cheveux noirs, qui apprêtait les mannequins pour le show. *Ça doit être Paige*, se dit-elle. Elle remercia Sydney de lui avoir accordé un peu de son temps et regagna la salle.

Elle prit place au deuxième rang et feuilleta le programme dans l'espoir de trouver un angle d'attaque pour son papier, quelque chose qui résumât le concept de la collection pour qu'elle puisse le transmettre à ses lecteurs. Elle eut une bouffée de culpabilité à l'idée de ne pas être au défilé d'Eliza, de l'autre côté de la ville. Elle n'avait pas eu le cœur de lui dire qu'elle ne couvrirait pas ses premiers pas.

Avec exactement une heure de retard, le défilé de Sydney commença enfin.

La foule se tut et tous les regards se braquèrent sur le fond du podium, où le premier mannequin passa le rideau et fit son entrée.

La fille portait une robe en cuir ouverte jusqu'au nombril et de grosses chaussures à plate-forme. La tenue semblait plus faite pour danser sur une scène de Las Vegas que pour un cocktail chic à Manhattan. À partir de là, ce fut la dégringolade.

La collection était un ramassis de chemisiers chichiteux outrageusement décolletés et de jupes moulantes, sans aucun rapport avec ce que les femmes avaient vraiment envie de porter.

— Il croit qu'on vit à Los Angeles ? railla une femme qui n'avait coché sur sa liste de commandes aucune des tenues exposées.

Dîner habillé, précisaient les notices alors qu'un mannequin caracolait en déshabillé transparent garni de plumes.

— Un dîner au manoir Playboy, sans doute ! répliqua une aristocrate consternée.

Mara en avait assez vu. Elle regarda sa montre. Si la circulation était fluide, elle pouvait encore arriver à l'heure au défilé d'Eliza. De l'autre côté de l'allée elle aperçut sa patronne, Sam Davis, grimaçant à la vue d'un mannequin qui défilait en jupe et soutien-gorge.

Si elle voulait y aller, c'était le moment ou jamais. Mara inspira profondément, baissa la tête et s'excusa en quittant son siège et en longeant toute la rangée en direction de la sortie.

Elle se retourna pour jeter un dernier regard au podium et croisa accidentellement le regard de Sam.

— Où allez-vous ? articula silencieusement Sam d'un air fâché.

Mara haussa les épaules. Il fallait qu'elle suive son instinct, et de toute manière, même si cela ne payait pas, son stage à *Hamptons* était presque fini. Il n'était pas question qu'elle rate le premier défilé de mode de son amie.

Quelques petits problèmes techniques

Les mannequins étaient toutes habillées et maquillées, et Eliza était touchée de l'amitié que tant de gens lui témoignaient : sa maquilleuse lui avait accordé son temps gratuitement, ainsi que son coiffeur. Une équipe de chez Lunch avait préparé une table d'amuse-gueules, et des collègues de l'année précédente au Septième Cercle avaient piqué de l'alcool pour le cocktail qui précédait le défilé. Même le DJ avait proposé ses services à l'œil. L'ambiance était à la camaraderie ; l'assistance était principalement composée de jeunes, enchantés de participer à un véritable événement artistique et non à une présentation commerciale aseptisée. Eliza se demandait où pouvait bien être Mara. Cette dernière lui avait promis de l'interviewer pour son article avant le défilé, mais pour l'instant elle restait introuvable.

Eliza était gonflée à bloc, à un détail près : en route pour le défilé, elle était passée près du Volcan et avait vu Paige et Jeremy ensemble devant la boîte. Paige y était pour la préparation du défilé de Sydney, mais que faisait Jeremy là-bas avec elle ? Ils étaient profondément absorbés dans une discussion, et Jeremy avait même la main sur l'épaule de Paige. Ils avaient regardé passer Eliza dans sa voiture, et elle avait croisé leur regard à tous les deux. Jeremy avait l'air coupable, et Paige, contrariée. Eliza s'était sentie comme poignardée. Ils étaient donc bien ensemble. Jeremy n'attendait plus que d'être débarrassé d'elle pour pouvoir retourner à son ancienne passion.

Elle essaya de chasser cette image de son esprit et se remit à inspecter tous les mannequins.

— Les filles, vous êtes superbes, dit-elle.

Sa vision de l'« uniforme » de la femme active glamour prenait vie, pour de vrai. Elle avait hâte de voir la réaction du public. Allaient-ils détester ? Allaient-ils adorer ? Avait-elle un avenir dans la profession ?

Cachée derrière sa voiture, Eliza jeta un œil discret sur l'assemblée. Elle avait demandé à ses invités de se regrouper sur la plage. Des cordons disposés sur le sable dessinaient un podium de fortune, et elle avait loué deux projecteurs pour éclairer la « scène ». Dès qu'ils seraient allumés, le défilé pourrait commencer.

Elle attendit que la lumière embrase le podium.

Elle attendit...

Et attendit...

Au bout d'un moment, une silhouette se leva du sable pour courir vers elle. Lorsqu'elle s'approcha, Eliza reconnut Serge, l'aide-cuistot du restaurant qui avait proposé de s'occuper de l'éclairage.

— Pas moyen de les allumer. Je ne comprends pas bien pourquoi.

Serge secoua la tête.

— Quoi ? s'écria Eliza.

— Je les ai testés deux fois, j'ai vérifié les câbles ; tout avait l'air de marcher. Je ne sais pas. Peut-être que les ampoules ont grillé ?

À quoi bon organiser un défilé de mode si le public ne voyait même pas les vêtements ? La plage était plongée dans l'obscurité, et les gens commençaient à s'impatienter. Eliza vit plusieurs personnes se regrouper pour boire les vodkas-martinis détournés du Septième Cercle. Si elle ne trouvait pas rapidement une solution, son défilé allait se résumer à un simple cocktail.

— Qu'est-ce qu'on va faire ? demanda Shannon dont les cils étaient lourds de mascara.

— Il faut qu'on y aille, Eliza. La musique a commencé, insista Madison alors que résonnaient les premières notes de *Hollaback Girl*, le tube de Gwen Stefani.

— Merde ! jura Eliza en se rongeant jusqu'au sang les peaux autour des ongles. Elle n'avait aucune idée de ce qu'il fallait faire.

Jacqui, remarquant que rien ne commençait, sortit du rang pour aller parler à Eliza.

— C'est quoi, le problème ?

Avant qu'Eliza ait le temps de répondre, une autre silhouette apparut à côté de sa voiture.

— Eh ! J'ai raté quelque chose ? lança Mara en rejoignant le petit groupe.

— Les projecteurs... ils ne marchent pas ! répondit Eliza à ses amies. Je ne sais pas quoi faire !

— J'ai vu quelqu'un les bricoler, se rappela Jacqui. J'ai cru que c'était une de tes volontaires.

— Non, Serge vient de les vérifier. Il dit qu'ils sont foutus, gémit Eliza. Mar, où étais-tu passée ?

Mara rougit jusqu'aux oreilles.

— Sam m'a obligée à aller au défilé de Sydney. Mais ne t'en fais pas : c'est un désastre complet. Les gens ne sont même pas restés jusqu'au final. Je me croyais la seule à partir avant la fin, mais quand je me suis retournée j'ai vu plein de monde derrière moi. Je crois qu'ils m'ont tous suivie ici.

Ces nouvelles transportèrent Eliza de joie. Le défilé de Sydney était un fiasco ! Ha ! C'est alors qu'elle comprit. Paige. C'était forcément elle. Elle savait qu'Eliza préparait un défilé, et elle avait certainement écumé de rage en voyant tout le monde quitter celui de Sydney avant la fin pour rallier le sien. Elle avait dû se venger en sabotant les projecteurs.

Eliza commença à sentir la sueur perler dans son dos. Elle était complètement grillée. De là où elle se trouvait, elle voyait d'importantes rédactrices de *W*, *Vogue*, *Bazaar* et du *New York Times*, ainsi que plusieurs acheteuses de première importance, qui travaillaient pour les meilleurs grands magasins du pays. Si elle ratait ceci, jamais elles ne lui redonneraient sa chance. Elle ne serait qu'un chiffre de plus dans le monde de la mode, rejoignant les cohortes de jeunes qui rêvent de percer et dont les créations encombrent les bacs de liquidation des stocks. Et encore, si elle arrivait jusque-là.

— Bon, si on donnait des bougies aux mannequins ? proposa-t-elle. Je peux faire un saut à la station service sur la 27 et...

Mais soudain, un mugissement s'éleva de la foule, puis des acclamations.

— Qu'est-ce qu'il y a ?

Eliza se tordit le cou. Elle vit le podium de sable tout illuminé, alors que les projecteurs étaient toujours éteints.

— Mais comment...

— Quelle importance ? Allons-y ! dit Jacqui en sortant de derrière la voiture et en prenant la tête de la troupe de mannequins.

Le défilé commença enfin. À la surprise de tous, Eliza en tête, il s'avéra que le « podium » était éclairé par deux rangs de voitures garées le long de la plage, tous phares allumés.

Jacqui au pays des merveilles

Jacqui portait encore sa tenue du final – un costume trois-pièces noir parfaitement taillé pour ses proportions – lorsqu'elle vit trois types venus de trois directions différentes s'approcher d'elle, chacun portant un énorme bouquet de fleurs. Ils les lui offrirent l'un après l'autre avec une expression adorablement piteuse.

— Tu as été magnifique, déclara Duffy. Ça m'a donné envie de porter les fringues moi-même !

Ben le poussa du coude et se tourna vers Jacqui d'un air sombre.

— Ça va ? fit-il, inquiet.

— Très bien, acquiesça Jacqui. Je vous aime vraiment beaucoup.

— On t'aime vraiment beaucoup aussi, fit Grant avec un clin d'œil.

— Et le site, tout va bien ? demanda-t-elle.

Ben hocha la tête.

— Les actions sont revenues à leur niveau d'avant la chute, quelques points au-dessus même.

— Quelqu'un nous a envoyé une vidéo de Boris Carter, la star de cinéma, tu sais ? Monsieur Action, celui qui prétend qu'il réalise toutes ses cascades lui-même. On le voit se prendre une crampe à la jambe en promenant son chien. Trop marrant.

Duffy se balança sur ses talons et lui passa un bras amical autour des épaules.

— Tu peux nous croire, personne n'arrêtera le DortoirEnFolie, promit-il.

Ils s'embrassèrent tous avec affection, et Jacqui réalisa que même si elle avait perdu ses chances de trouver l'amour, au moins elle terminait l'été avec trois très bons amis. Rompre avec tous avait été la meilleure décision possible.

À eux trois, ils formaient un petit ami génial, mais Jacqui était certaine qu'un jour elle rencontrerait *le* garçon qui réunirait toutes ces qualités : l'énergie de Duffy, le magnétisme de Grant et la sensibilité de Ben. Entre-temps, leur amitié survivrait et, à défaut d'amour, Jacqui était devenue le quatrième mousquetaire.

À première vue, tout s'arrangeait pour le mieux. Sauf que l'heure tournait : la réception d'anniversaire de mariage était pour le lendemain soir. Madison leur avait joyeusement annoncé que Kevin avait repoussé son voyage dans les Caraïbes pour pouvoir assister à son match de tennis : il serait bien à East Hampton pour l'encourager, et aussi pour constater *de visu* l'intrusion fictive sur sa propriété. Il s'était embrasé de colère quand elle lui avait raconté que les Reynolds construisaient un pavillon de jardin de trois étages qui donnait en plein sur la piscine des Perry et leur bloquait la vue sur l'océan.

Toutefois, il y avait un nouveau hic : Anna n'était toujours pas rentrée de son séjour dans un spa. Elle aurait dû rentrer plus tôt dans la soirée, mais elle leur avait expliqué qu'elle prendrait plutôt le vol du lendemain matin, car elle voulait une nuit de plus pour « communier avec les étoiles ». Jacqui espérait que sa patronne fraîchement régénérée serait bien dans cet avion. Sinon, il y en aurait un pour São Paulo avec son nom écrit en grosses lettres sur la carlingue.

Pleins feux sur Eliza

À la fin du défilé, Eliza vint saluer. Elle surveilla de l'œil les invités qui applaudissaient – il y eut même des acclamations et des sifflets enthousiastes. Ils avaient adoré... mais le meilleur de tout, c'est qu'à aucun moment de sa vie elle ne s'était sentie aussi comblée. Ces deux dernières semaines, elle avait travaillé d'arrache-pied, et elle était tellement fière ! Sa collection était un succès. Même si personne ne lui commandait une pièce ni n'écrivait une ligne sur elle, elle serait satisfaite. Elle l'avait fait pour elle-même.

Mara courut lui offrir un bouquet de tulipes.

— De la part de Jacqui et moi, dit-elle en l'embrassant sur la joue. On est tellement heureuses pour toi !

Un homme arborant un nœud papillon très chic s'approcha avec une carte de visite et se présenta comme le directeur de Parsons.

— J'aimerais beaucoup évoquer avec vous les possibilités de bourse d'études pour notre promotion de première année.

La Parsons School of Design ? L'école qui comptait parmi ses anciens élèves Marc Jacobs, Donna Karan et Calvin Klein ? Eliza n'en croyait pas ses oreilles. Elle n'avait jamais imaginé une seconde soumettre sa candidature, tellement elle était certaine de ne pas être admise – sans compter toute l'histoire avec Princeton. Elle avait tellement travaillé pour entrer à Princeton... Si elle disait à ses parents qu'elle voulait intégrer une école de stylisme, ils allaient s'étouffer avec leur crème vichyssoise.

— Merci, dit-elle.

Une fille svelte aux longs cheveux bruns portant le plus beau jean de la saison se joignit au groupe.

— Eh, super collection. Il faut qu'on parle : j'aimerais beaucoup passer des commandes pour ma boutique.

Eliza la reconnut sur-le-champ, elle qui faisait son shopping chez Scoop depuis toujours. C'était Stefani Greenfield, la propriétaire du magasin.

— Appelez mon acheteuse ! ordonna Stefani.

— Je n'y manquerai pas, répondit Eliza dans un grand sourire.

Elle regarda autour d'elle, heureuse. Ses « mannequins » se mêlaient aux invités ; toutes les acheteuses parlaient avec Todd, son nouvel associé ; et plusieurs rédactrices l'avaient félicitée en rejoignant leurs voitures. Lentement, deux par deux, les phares qui avaient illuminé le défilé se détournèrent et disparurent sur la route, jusqu'à ce que le podium de fortune soit de nouveau plongé dans l'obscurité. Ce moment aurait pu être le plus heureux de sa vie... si seulement...

Soudain, Jeremy lui manqua si douloureusement qu'elle eut du mal à respirer. Elle n'avait personne avec qui partager son succès, personne avec qui se repasser chaque petit détail délicieux, personne pour lui redire comme elle s'était bien débrouillée. Bien sûr elle avait ses amies : elle sourit à la vue de Jacqui essayant de faire la paix avec ses trois soupirants et de Ryan et Mara qui marchaient main dans la main sur la plage. Si seulement...

Eliza soupira. C'était peut-être le propre de la vie de ne pas être parfaite. Il manquerait toujours quelque chose. Elle rassembla le reste des vêtements et les emballa soigneusement pour les expédier aux fabricants italiens plus tard dans la semaine. Si elle recevait autant de commandes qu'elle le pensait, il faudrait passer à la production en série le plus tôt possible.

Elle traînait un coffre à roulettes vers sa voiture lorsqu'une silhouette familière surgit de l'ombre.

— Tu veux un coup de main ? demanda tranquillement Jeremy.

Eliza leva les yeux. Elle avait souhaité tellement fort le voir apparaître que, maintenant que son souhait était exaucé, elle n'était plus sûre qu'il soit vraiment là, debout devant elle.

— Je peux me débrouiller.

— Je sais, dit-il en s'approchant pour empoigner l'autre bout du coffre. Ils le hissèrent ensemble dans la voiture.

— Je suis très fier de toi. J'ai toujours su que tu en étais capable. C'était incroyable. Je ne connais rien à la mode, mais je pense que les filles vont vraiment aimer.

Eliza sourit.

— J'espère.

Soudain, elle comprit. Un jour, Jeremy lui avait raconté que son travail de paysagiste consistait, entre autres, à concevoir l'éclairage des domaines dont il avait la charge. Certains clients préféraient les torches de bambou, d'autres les lanternes à gaz. Une fois, il avait été engagé pour éclairer une garden party donnée par une grosse entreprise de livraisons : il s'était servi de phares de camions pour créer une ambiance originale.

— C'est toi, pas vrai ? s'exclama-t-elle. Les phares ? C'est toi qui as eu l'idée ?

Jeremy prit un air penaud.

— Ouais, je t'ai entendue parler des projos bousillés, alors je les ai vérifiés. Les câbles étaient sectionnés.

— Quelle conne ! jura Eliza.

— C'est ma faute. Paige nous a fait un petit remake d'*Attraction fatale* ce soir. Elle m'a demandé de la retrouver au Volcan cet après-midi parce qu'elle avait soi-disant quelque chose à me dire. En fait, elle voulait juste qu'on se remette ensemble. Et puis tu es passée en voiture, et je lui ai dit que tu étais la seule qui ait jamais compté pour moi. Je crois que ça l'a mise hors d'elle.

— Tu lui as dit ça ?

Il hocha la tête.

— Eliza, il fallait me prévenir que Paige t'avait virée. Je savais qu'elle tenterait quelque chose de ce genre quand elle apprendrait pour nous deux. Elle a déjà essayé de renouer avec moi cette année, mais je lui ai dit que je sortais avec toi.

— Depuis le début, elle savait que j'étais ta copine ? demanda Eliza, incrédule.

Pas étonnant que Paige lui en ait fait baver ! Elle voulait reprendre Jeremy pour elle, mais lorsqu'il avait rejeté son affection, elle avait reporté sa colère sur sa rivale, Eliza. Tout s'expliquait.

— Alors elle a coupé les câbles ? résuma Eliza.

— Ouais, je crois. Elle est un peu dingue. La première fois que j'ai rompu avec elle, elle est venue chez les Perry tous les jours à cinq heures du matin. J'ai failli me faire virer. Mais ne t'inquiète pas, je crois qu'elle ne t'embêtera plus. Je lui ai juré que si jamais elle refaisait un truc comme ça, je raconterais tout à sa famille. Son père est flic : il ne laissera pas passer ce genre de choses.

— Comment as-tu convaincu tout le monde d'éclairer le podium ? lui demanda-t-elle en s'approchant pour qu'il la prenne dans ses bras. Les gens garés là-haut n'étaient pas tous venus pour le défilé.

— Je leur ai dit que, s'ils allumaient leurs phares, des filles superbes allaient apparaître, murmura-t-il.

C'est encore mieux la deuxième fois

Ils marchaient sur la plage, l'eau froide caressant leurs pieds nus. Mara posa la tête sur l'épaule de Ryan. L'été touchait à sa fin. Ce n'était pas ce à quoi elle s'était attendue : elle avait compris que l'amour ne faisait pas tout. Il y avait des corvées à prendre en considération. Ryan et elle avaient peut-être trop précipité les choses et tué le mystère. Vivre ensemble... Ils étaient encore si jeunes ! Ils avaient toute la vie pour se disputer au sujet de qui écrasait le tube de dentifrice par le milieu. Elle décida que si elle entrait finalement à Dartmouth, elle n'emménagerait pas avec lui avant la deuxième année.

Ryan l'embrassa sur le front.

— Devine ce que j'ai apporté, dit-il en fouillant dans son portefeuille Coach.

Il lui tendit un morceau de papier glacé.

On pouvait lire : *Washington Post*. SOUS TOUTES LES COUTURES : SYDNEY MINX, *par Mara Waters*. C'était le titre de l'article qu'elle avait écrit au début de l'été, celui qui avait été repris par l'agence Associated Press et distribué à tout son réseau.

— Oh mon Dieu ! s'écria Mara. Le *Washington Post* ! C'est énorme. C'est un vrai journal !

— Je sais, dit Ryan en souriant largement. Tu es une rock star.

— Quand est-ce que tu as vu ça ? s'étonna-t-elle.

— J'ai lancé une recherche l'autre jour. Ton papier est sorti dans une cinquantaine de journaux. Celui-ci est le plus important.

Ils marchèrent encore un peu, dépassèrent le podium et trouvèrent un coin tranquille derrière une dune. Elle était extrêmement touchée qu'il ait pensé à chercher où son article avait été publié et qu'il en ait gardé une copie dans son portefeuille.

— Ça me rappelle quelque chose, glissa malicieusement Mara en attirant Ryan sur le sable.

Il s'allongea sur le dos et joignit les mains sous sa tête pour regarder les étoiles. Elle se pelotonna contre lui et sentit la chaleur de son corps sur le sable humide.

— Quoi ? murmura-t-il d'une voix ensommeillée.

— La nuit où on a dormi sur la plage, tu te souviens ? Le premier été ?

— Mmm, approuva Ryan, les yeux fermés.

Mara se blottit dans son cou en s'émerveillant de la manière dont ses cils reposaient à plat sur la peau claire de sa joue. Il était si beau ! C'était le genre de garçon dont elle n'aurait jamais, au grand jamais pensé qu'il puisse s'intéresser à une fille ordinaire comme elle. Mais ce n'était plus « ce garçon », à présent. C'était tout simplement Ryan. Son Ryan.

Soudain il roula sur elle, la plaquant au sol sous son corps.

— Je voulais le faire, ce soir-là, avoua-t-il en lui immobilisant les poignets de ses mains.

— Qu'est-ce qui t'a arrêté ?

— C'était un peu difficile vu que tu étais tout emmitouflée dans ton sac de couchage, dit-il en riant.

— Et maintenant, qu'est-ce qui t'arrête ? risqua-t-elle en le regardant les yeux mi-clos tandis que, à leurs pieds, les vagues s'écrasaient avec fracas.

— Absolument rien, répondit-il.

Il souleva son pull et le passa sur la tête de Mara de manière qu'ils disparaissent tous les deux en dessous. Heureusement qu'il était large...

Plus tard, de retour au bateau, Mara s'employait à enlever le sable de son jean. *Voilà ce qui arrive quand on fait l'amour dans le sable*, pensa-t-elle, amusée. Elle avait les cheveux emmêlés et les lèvres rouges de ses baisers. Elle s'était trompée : en fait, l'amour faisait bien tout. L'amour était tout ce dont elle aurait jamais besoin. Elle ne voulait rien d'autre que Ryan. Ryan, Ryan, Ryan. Son nom était écrit dans les étoiles au-dessus de sa tête dans le ciel nocturne ; elle l'avait crié, encore et encore.

On frappa à la porte de la salle de bains.

— Entrez, dit-elle en lui souriant.

Il n'était vêtu que de son caleçon et sa musculature sculpturale luisait dans la pénombre.

— J'ai trouvé ça sur la table de la cuisine, commença-t-il en lui montrant l'enveloppe blanche qui portait l'adresse de Dartmouth. Pourquoi est-ce que tu ne l'as pas encore renvoyée ? Ce n'était pas hier, la date limite ?

Momentanément, Mara se trouva sans défense. Le formulaire d'acceptation. Toute la semaine elle avait voulu le poster, mais pour une raison ou pour une autre elle ne s'était pas décidée à le faire.

Elle ne savait pas quoi répondre. Elle avait délibérément oublié de l'envoyer, parce qu'elle hésitait encore à accepter. L'idée de décliner la proposition de Columbia semblait aberrante à présent, surtout vu la vitesse à laquelle elle amassait les publications.

— De toute façon ne t'inquiète pas, ajouta-t-il. Je peux rappeler le bureau des admissions.

— Comment ça, rappeler ? Ryan, tu as fait quelque chose ? demanda-t-elle en respirant avec difficulté. Elle commençait à être vraiment très en colère.

Au début de l'été, Ryan avait proposé de demander à son père – un important ancien élève – de dire un mot en faveur de sa candidature, mais elle lui avait expressément ordonné de n'en rien faire. Avait-il ignoré sa volonté ? Comment pouvait-il ne pas respecter ses souhaits ? Comment avait-il pu agir ainsi derrière son dos ?

— Est-ce que tu as demandé à ton père de me faire rayer de la liste d'attente de Dartmouth ? insista-t-elle en le fixant du regard.

— De quoi tu parles ? répliqua Ryan, offensé. Bien sûr que non, tu m'as dit de ne pas le faire.

— Mais tu viens de me dire que tu allais « rappeler ». Ne me mens pas, Ryan, menaça-t-elle. Je ne te mentirais jamais, moi.

Ryan secoua la tête.

— Je voulais juste m'assurer qu'on serait ensemble,

tous les deux. Où est le mal ? Tu ne veux pas qu'on soit ensemble ? Qu'est-ce que tu as ?

— Je ne peux pas le croire ! grinça Mara. Je n'arrive pas à croire que tu aies pu me trahir comme ça.

Elle sortit comme une furie de la cabine. Elle avait besoin de s'éloigner de Ryan. Il avait vraiment appelé son père pour lui demander de la pistonner ! Il avait vraiment utilisé ses relations pour la faire rayer de la liste d'attente ! Comment avait-il pu ? Il savait qu'elle désapprouvait cela : elle voulait être admise par elle-même, pas parce que le père de son petit ami jouait au golf avec le président de l'université. C'était tellement... tellement... nul !

Jamais il ne la comprendrait.

Recherche mariée désespérément

— Qu'est-ce qui se passe ? demanda Zoé en voyant une troupe d'ouvriers monter un énorme chapiteau blanc dans le jardin, près de la piscine.

— On fait une fête ! dit joyeusement Jacqui. Allez, va mettre ta belle robe.

— C'est l'anniversaire de qui ? fit Zoé pendant que Jacqui passait la robe de lin français à smocks par-dessus la tête de la petite fille.

— De ton papa et ta maman, répondit Shannon en aidant Cody à enfiler un joli costume de petit marin.

Une équipe envoyée par l'agence de Georgina mettait la dernière touche aux préparatifs : de petites bougies étaient disposées tout le long de l'allée, une immense tonnelle de roses surplombait la porte d'entrée, et dans le jardin se dressaient trois tentes : une pour la scène, celle du milieu pour dîner et danser, et une troisième entièrement équipée de toilettes séparées pour les hommes et pour les femmes.

Kevin devait arriver de Manhattan d'une minute à l'autre. Savoir que Madison s'était qualifiée pour le tournoi de tennis l'avait tellement enchanté, qu'il lui avait proposé de l'emmener dîner au restaurant, rien que tous les deux, pour renforcer le lien père-fille. Les enfants étaient tous habillés, et Jacqui avait réussi à convaincre William de mettre une belle chemise et une cravate.

Malheureusement, ils n'avaient encore aucune idée de l'heure à laquelle Anna arriverait. Elle aurait dû rentrer de sa semaine dans un spa de l'Arizona dans la matinée, mais elle n'était pas encore là.

Il était cinq heures de l'après-midi. Déjà, les premiers invités arrivaient : les amis proches d'Anna et de Kevin, les parents de Kevin, et quelques reporters *people* envoyés par divers journaux.

Jacqui se mit à paniquer. Si Anna ne se montrait pas, elle allait droit dans le mur. Kevin ne serait pas ravi d'apprendre qu'« Anna » avait orchestré une fête à cent mille dollars pour finalement ne pas y mettre les pieds. Il fallait faire quelque chose. Rob Thomas devait chanter la sérénade à l'heureux couple d'une minute à l'autre. Un trio de jazz jouait doucement des standards dans le patio pendant que les invités entraient au goutte à goutte.

Elle repéra Eliza qui passait la porte au bras de Jeremy. Ils riaient sous cape tous les deux et Eliza était radieuse. Une nouvelle tendresse était visible entre eux. Jeremy portait un costume de lin, et Eliza était superbe dans sa longue robe de lin blanc fendue jusqu'au genou.

Jacqui les accueillit chaleureusement. Eliza serra son amie dans ses bras. Elle avait les yeux brillants.

Une partie d'elle-même avait envie de tout raconter à Jacqui : comment Jeremy lui avait fait la surprise d'une réservation à l'hôtel Bentley, où on leur avait donné la plus belle chambre quand le personnel avait appris que la cliente était « Eliza Thompson ». Jeremy avait découvert qu'il y avait des avantages à être une princesse ! Et puis comment Jeremy l'avait déshabillée avec tellement de lenteur et de délicatesse qu'elle avait cru mourir d'impatience. Elle n'avait même pas eu à porter sa parure de lingerie. Tout avait été parfait, et elle n'avait rien planifié du tout. Mais elle garda le silence. Ce qui s'était passé la nuit précédente était un magnifique secret qu'elle voulait garder pour elle, pour l'instant. Elle qui n'avait jamais su tenir sa langue comprenait enfin pourquoi, dans certains cas, les gens ne racontaient pas tout.

— Vous deux, j'ai besoin de votre aide, jeta Jacqui en s'épargnant les banalités d'usage.

Eliza décela immédiatement l'urgence dans la voix de Jacqui.

— Qu'est-ce qu'il y a ? Qu'est-ce qu'il faut faire ?

— Anna n'est pas là.

— Où est-elle ?

— Aucune idée. J'ai vérifié sa carte de crédit et je l'ai suivie à la trace. Elle est montée dans l'avion, elle a pris une voiture à l'aéroport et elle devrait être arrivée, sauf que personne ne l'a vue. Je ne sais pas quoi faire.

— Calme-toi, dit Jeremy d'un ton rassurant. Elle habite ici. Elle va bien rentrer à un moment ou à un autre.

— Je sais, mais Rob Thomas...

— Rob Thomas, pouffa Eliza.

Jeremy haussa un sourcil interrogateur.

— Rob Thomas ?

— Oui, il monte sur scène dans cinq minutes pour chanter la sérénade à l'« heureux couple ». Kevin arrive, il sera là d'une minute à l'autre. Je ne veux même pas penser à ce qui va se passer s'il trouve cette fête et pas d'Anna.

— Bon, réfléchissons. Où est-ce qu'Anna passe le plus clair de son temps d'habitude ? Peut-être qu'elle y est allée, hasarda Eliza, encourageante.

Jacqui se frotta le front. Anna... Où Anna passait-elle son temps... Le salon de beauté... Les boutiques de Main Street... Mais ces derniers temps, elle était tout le temps fourrée chez les voisins, au château des Reynolds, à jouer à des jeux à boire. Jacqui jeta un coup d'œil rapide sur l'assemblée des invités et remarqua que les garçons du site web n'étaient pas encore là, ce qui était étrange puisqu'ils avaient promis de venir.

— Je crois que je sais où elle est, dit Jacqui d'un ton lugubre.

Duffy trouvait Anna sexy. Rien ne garantissait qu'il ne passerait pas à l'action avec une femme mariée et plus âgée que lui. Duffy verrait sûrement cela comme une aventure parmi d'autres. Anna appréciait sans doute d'être l'objet de son attention. Peut-être Jacqui n'aurait-elle pas dû la laisser l'accompagner dans toutes ces boîtes pendant l'été, ni la présenter aux garçons du site web. Si Anna s'était amourachée d'un garçon de la moitié de son âge, cela ne présageait rien de bon pour une réconciliation.

La porte du château des Reynolds n'était pas verrouillée. Jacqui emmena ses amis dans la salle de jeux, qui abritait la table de ping-pong. Hélas, personne ne lançait de balles dans des gobelets de bière.

— Ben ? Duffy ? Grant ? Où êtes-vous ? criat-elle.

Pendant un long moment, il n'y eut pas un bruit. La maison était vide. *Zut*. Son portable sonna : c'était Georgina, qui se demandait où étaient les Perry. Rob était en place et prêt à chanter leur chanson.

— Partons, elle n'est pas là, gémit Jacqui, découragée, en tapant dans un ballon de plage décoré du logo du site.

— Par ici ! appela une voix depuis la cuisine.

Ils entrèrent tous en même temps et trouvèrent Anna appuyée au comptoir de la cuisine en compagnie des trois garçons.

— Oh, salut Jacqui, dit Anna. Eliza, ça fait un bout de temps que je ne t'ai pas vue ! Et lui, c'est bien Jeremy, qui travaillait pour nous ? s'écria-t-elle joyeusement en leur faisant signe de la rejoindre.

Les trois garçons étaient tous habillés dans un style bord de mer chic : Duffy en costume de lin marron, Grant en toile légère, et Ben dans une chemise cubaine festive.

— Ces mecs prétendent que je donne une grosse fête chez nous ce soir, mais ils se paient ma tête, sourit Anna.

Ses bagages étaient posés par terre et elle était bronzée, reposée, l'air heureux après sa semaine au spa. Jacqui remarqua avec soulagement qu'elle ne buvait pas. Elle n'avait pas son éternel verre de bière de fêtarde à la main.

— Cet endroit est un vrai capharnaüm ! déclarat-elle en vaporisant du nettoyant au citron sur le comptoir et en frottant énergiquement. Je me suis dit que j'allais leur donner un coup de main pour remettre de l'ordre.

— Euh, c'est très gentil, Anna, mais je crois que Kevin a une surprise pour vous, risqua Jacqui. Il faut vraiment rentrer à la maison, maintenant.

— Une surprise ? répéta Anna, méfiante. Quel genre de surprise ?

À cet instant précis, les premiers accords de *Lonely no more* flottèrent jusqu'à leurs oreilles.

— Une bonne surprise, dit Eliza avec un grand sourire.

Les Perry ne sont plus seuls

Lorsqu'ils regagnèrent le jardin des Perry, Rob Thomas était sur scène avec sa guitare.

— Qu'est-ce qui se passe ? demanda Anna, mystifiée (tout en gardant la présence d'esprit de saluer tous ses amis.) Que font les parents de Kevin ici ?

Elle s'arrêta en voyant son mari au crâne dégarni traverser la foule.

— Il n'y a pas de pavillon ! répétait-il à qui voulait bien l'écouter. Que se passe-t-il ? s'étonna-t-il en se tournant vers Madison qui ne lui avait pas encore expliqué la raison de cette énorme réception avec une fontaine de chocolat de trois mètres de haut dans leur jardin.

Il vit Anna, et il s'arrêta net.

Tous deux se regardèrent intensément.

Mais avant qu'ils aient pu se dire un mot, Rob Thomas se pencha vers le micro.

— J'aimerais dédier cette chanson à un couple très spécial qui, à ce qu'on me dit, fêtera demain son cinquième anniversaire de mariage. À Anna et Kevin

Perry ! Par les temps qui courent, c'est merveilleux de voir un couple qui dure !

— Mais comment... ? demanda Kevin en se balançant d'un pied sur l'autre.

— Oh, Kevin ! murmura Anna alors que Rob commençait à chanter. Tu te souviens... ?

Kevin avait encore l'air fâché. Qui étaient ces gens ? Que faisaient ces trois tentes de cent cinquante mètres de long sur sa pelouse ? Mais à la vue de l'expression d'Anna, ses traits se détendirent.

— Tu as reçu mes e-mails ?

Anna hocha la tête.

— Tu étais sérieux ? C'est vrai que tu ne veux plus aller jusqu'au bout ?

Lorsque Shannon avait arrêté de leur envoyer les faux messages amoureux, il se trouve qu'Anna et Kevin s'étaient lancés dans une correspondance, en dépit du désastreux déjeuner chez Babette. À voir la jalousie de Kevin, Anna s'était sentie de nouveau belle, et elle l'avait assailli d'e-mails tendres et aguicheurs auxquels il avait, de fait, répondu. Comme quoi la vie nous réserve bien des surprises.

Jacqui, qui les avait observés en retenant son souffle, respira profondément.

— Joyeux anniversaire, dit doucement Kevin. Je suis heureux que nous puissions le fêter.

— Tu m'as manqué, avoua Anna en passant les mains autour son cou potelé.

— Toi aussi, mon bébé, avoua Kevin.

L'assistance les acclama et leur porta un toast. Les enfants Perry entourèrent leurs parents (ou plutôt leur père et leur belle-mère) et les embrassèrent avec bonheur. Ryan donna un coup de poing dans l'épaule de son père et le félicita pour cet anniversaire. Kevin embrassa Anna sur la joue, ébouriffa les cheveux des filles et caressa les joues des garçons. Madison et Zoé étaient rayonnantes ; quant à William et Cody, ils leur couraient autour en ululant bruyamment.

— Et moi aussi, j'ai une surprise, souffla Anna. Je suis enceinte !

— C'est vrai ? glapit Kevin.

— De trois mois. C'est pour ça que j'étais tellement grognon. Les hormones. Sautes d'humeur et tout le tralala. Je viens de l'apprendre, au spa. (Anna sourit.) Et je te promets de déchirer les cartes de crédit.

— Je te promets de ne plus travailler le week-end, répondit Kevin.

— Alors vous ne divorcez plus ? demanda Madison.

— Non, aucun risque, promit Kevin.

Pendant qu'ils dansaient maladroitement un slow sur la chanson de Matchbox Twenty, Jacqui les laissa tranquilles et trouva un banc de pierre où s'asseoir. Triomphante, elle s'agrippait de toutes ses forces au rebord. Elle avait réussi. Les Perry allaient rester ensemble. Ils auraient besoin d'elle pour s'occuper des enfants, et elle pourrait terminer le lycée. Pour le moment, son avenir était assuré. Elle n'avait encore aucune garantie d'être admise à la NYU, mais elle était bien décidée à essayer de nouveau. Elle allait pulvériser le niveau requis en math et en sciences. Jacqui était plus que jamais déterminée.

Pour vous motiver à réussir, rien ne vaut la peur de devoir passer sa vie à aider les femmes gâtées de milliardaires brésiliens, exhibées commes des trophées par leurs maris, à se boudiner dans des corsets Gaultier.

Tout compte fait, Sting avait raison

Pendant que devant la scène, Anna et Kevin horrifiaient les plus jeunes des invités avec leurs démonstrations outrageusement passionnées d'amour retrouvé, Mara et Ryan se balançaient calmement dans le hamac, devant le cottage des filles au pair. La veille au soir, Mara était rentrée au bateau toujours aussi en colère. Elle avait dormi sur l'une des banquettes réservées aux invités. Officiellement, ils étaient toujours en froid ; mais Mara avait promis de venir à la soirée et Ryan, quand il avait appris ce que les filles avaient manigancé, avait décidé d'y assister aussi. Après tout, c'est de son père qu'il s'agissait.

Ryan l'avait attirée à l'écart de la foule et ils s'étaient assis, gênés, dans le hamac. C'était le lieu historique de leur premier baiser, cela n'avait pas pu leur échapper.

— Écoute, Mara, dit-il avec un profond soupir. C'est vrai que j'ai passé un coup de fil, mais ce n'est pas ce que tu crois. J'avais l'intention d'essayer de faciliter les choses, mais tu étais déjà admise. Tout ce que j'ai demandé au bureau des admissions, c'est de te réserver une place dans le dortoir le plus proche de ma confrérie. C'est ce que je voulais dire quand j'ai parlé d'être ensemble. Tu as été admise sans l'aide de personne. Mon père n'a rien à voir là-dedans.

— Pourquoi est-ce que tu ne me l'as pas dit hier soir ?

Frustré, Ryan serra les poings sur les cordes du hamac.

— Tu étais tellement prête à penser le pire de moi que ça m'a énervé.

— Oh mon Dieu, Ryan, je suis tellement désolée !

Elle se sentait horriblement mal. Elle avait été toute prête à supposer que, simplement parce qu'il était riche et privilégié, il ne résisterait pas à la tentation d'utiliser ses relations pour obtenir ce qu'il voulait.

— Ne sois pas désolée, répondit-il. Il n'y a pas de raison.

— Je crois que je vais aller à Columbia, reprit Mara d'une voix douce. Je pense que c'est un meilleur choix pour moi.

— Je sais, reconnut Ryan d'un air sombre en poussant du pied sur l'herbe pour balancer légèrement le hamac dans la brise du soir.

— Je suis navrée, dit Mara, impuissante.

— Je ne t'en aurais jamais empêchée, tu le sais bien. Tout ce que tu avais à dire, c'était que tu ne voulais pas aller à Dartmouth, et j'aurais compris. Simplement, je croyais que c'était ta volonté, c'est pourquoi j'ai fait tous ces projets... J'aimerais que tu me croies, je ne veux que ton bien, dit-il tendrement.

— Je le sais, maintenant. Oh, Ryan, j'ai gâché tellement de choses, gémit-elle en pleurant.

Elle avait le cœur brisé en comprenant combien elle avait douté de lui tout l'été, combien elle avait cru qu'il ne soutenait pas ses ambitions et qu'il désapprouvait sa carrière, alors qu'il n'avait jamais eu que les meilleures intentions.

— Alors, et maintenant ? hasarda Ryan. Qu'advient-il de nous deux ?

— On se sépare, dit courageusement Mara.

Elle y avait énormément réfléchi toute la nuit, couchée seule sur la bannette en V.

Elle avait commencé l'été pleine de doutes sur ses talents d'écriture, intimidée par sa patronne et par ses missions, mais à présent elle était sûre de pouvoir réussir comme journaliste. Ou du moins, elle voulait essayer. De plus, elle se demandait réellement si Ryan et elle étaient faits l'un pour l'autre. Peut-être serait-il mieux avec une fille qui sache partager sa passion pour l'océan, et pas une qui voulait passer ses soirées derrière un clavier d'ordinateur. Elle espérait de toutes ses forces être celle qu'il lui fallait, mais en même temps elle ne voulait pas le rendre malheureux. Elle voulait éviter que, pour tenter de s'accorder l'un à l'autre, ils se contorsionnent au point de perdre de vue leur vraie personnalité.

Ryan souffla longuement.

— C'est ce que tu veux ?

Mara soupira. Quand on aime quelqu'un, il faut lui laisser sa liberté. S'ils étaient faits l'un pour l'autre, ils finiraient ensemble quoi qu'il arrive. Peut-être dans un an, dans deux ans, ou peut-être même après leurs études. Elle espérait qu'un jour ils trouveraient le chemin qui les ramènerait l'un vers l'autre. Mais il fallait qu'elle prenne le risque de le perdre, pour leur bien à tous les deux.

— Oui. Je pense qu'on a besoin de mûrir un peu. Toi comme moi.

— Je t'aime, dit Ryan en lui serrant fortement la main. Je t'aimerai toujours.

— Je t'aime aussi, répondit Mara.

Ils s'embrassèrent, d'un baiser divin, un baiser qui effleurait l'âme. Comme leur premier baiser dans le hamac, mais beaucoup plus profond, car il était teinté d'amertume.

Ils rentrèrent au bateau pour leur dernière nuit ensemble en tant que couple. Et le lendemain, ils s'en iraient en tant qu'individus.

Une porte se ferme,
mais c'est une fenêtre qui s'ouvre

Deux longs coups de Klaxon à l'extérieur signalèrent l'arrivée d'Eliza. Jacqui faisait ses bagages en vitesse dans le cottage des filles au pair. Les garçons lui avaient proposé de la ramener à New York dans le Black Hawk, mais elle avait refusé, car elle voulait passer encore quelques heures avec ses amies. Elle était un peu mélancolique à l'idée qu'aucun des garçons n'ait fait l'affaire comme petit ami, mais elle était impatiente de retrouver la ville et tout ce qu'elle avait à offrir. Dans une cité de huit millions de personnes, il devait bien se trouver *un* garçon qui soit le bon pour elle. Elle en avait la certitude.

Shannon tirait sur la fermeture Éclair de son sac fourre-tout, bourré de vêtements achetés lors de ses nombreuses expéditions de shopping avec ses aînées.

— Merci pour toute ton aide cet été, dit Jacqui en lui tendant la main.

Shannon la serra.

— Aucun problème. C'était bien, dit-elle avec un sourire malicieux. C'est toujours comme ça dans les Hamptons ?

Jacqui éclata de rire et réfléchit à la question.

— Oui, à peu près.

— Alors, on se verra à New York ? Et tu n'as pas à craindre de me voir débarquer chez toi. Madison m'a proposé de dormir dans leur maison quand je viendrais. Ne le prends pas mal, mais il paraît que chez eux il y a une piscine au sous-sol.

Cette fille est vraiment trop, se dit Jacqui, un sourire aux lèvres.

Eliza, au volant de sa voiture, appuyait en continu sur le Klaxon. Elle avait relevé ses cheveux en queue-de-cheval haute et portait la veste de travail de Jeremy. Ainsi, elle avait l'impression d'être près de lui. Ils avaient passé la nuit ensemble chez lui, et il avait prévu d'aller la voir en ville avant son départ pour la fac. Maintenant qu'il était son propre patron, il viendrait chaque fois qu'il le pourrait, et elle lui avait promis de descendre lui rendre visite tous les mois. Ils allaient faire en sorte que ça marche. Il était son véritable amour, et elle n'allait pas le lâcher.

Elle avait annoncé la nouvelle à ses parents la veille au soir : elle repoussait d'un an son entrée à Princeton et passerait cette année à Parsons. Son projet de devenir styliste de mode était sérieux, et elle voulait voir où la mènerait ce chemin. Toute sa vie, elle s'était efforcée de combler les attentes de quelqu'un d'autre, et elle voulait savoir ce qui se passerait si elle essayait de combler les siennes propres. Ses parents n'en avaient pas été enchantés, d'ailleurs ils espéraient encore qu'elle change d'avis – d'où la promesse de différer Princeton d'un an.

Mara, sur le siège passager, feuilletait le dernier numéro de *Hamptons*. Sa chronique avait rencontré un succès énorme et pour le dernier épisode, Sam avait approuvé un reportage exclusif de six pages sur la styliste dont le nom figurait en tête de toutes les listes de shopping de l'automne : Eliza Thompson. Le magazine avait un autre scoop : après l'échec lamentable de son dernier défilé, Sydney Minx était en faillite et avait annoncé qu'il se retirait dans sa villa en France. Quant à Paige McGinley, Eliza avait entendu dire que l'ex-assistante autoritaire en était réduite à travailler comme vendeuse chez Saks. Son talent pour la flatterie allait bien lui servir pour fourguer à des femmes des vêtements hors de prix dont elles n'avaient pas besoin.

Mara rentrait chez elle, à Sturbridge, pour préparer ses valises. Ryan et elle s'étaient quittés dans les larmes un peu plus tôt, et elle avait encore les yeux rouges d'avoir tant pleuré. Il fallait qu'elle soit courageuse, mais elle se demandait déjà si leur décision n'avait pas été trop précipitée. De toute manière il n'allait pas disparaître. Mara savait exactement où il serait, et Dartmouth n'était pas trop loin. Mais d'un commun accord, ils n'avaient aucun fil à la patte. Ils étaient libres. Libres de revenir l'un vers l'autre, aussi.

Elle s'efforçait de ne pas être trop triste. Après tout, tant de choses l'attendaient ! Sam Davis lui avait déjà demandé de réfléchir à l'idée d'un stage à *Metropolitan Circus* pendant l'année scolaire. Ce magazine généraliste, connu pour afficher des célébrités enceintes et nues en couverture, l'avait engagée comme rédactrice en chef : Sam Davis était de retour dans le monde des médias new-yorkais en moins de temps qu'il n'en faut pour dire « voiture avec chauffeur ».

Jacqui finit par apparaître à la porte de la maison. Elle fourra ses sacs dans le coffre et se glissa à l'arrière de la voiture.

— Prêtes ? dit-elle en leur souriant.

Eliza démarra et Mara posa son magazine. Elle brancha son iPod sur la prise auxiliaire, et la chaîne stéréo de la voiture résonna de la voix sensuelle de Gwen Stefani chantant *Your lovin' is better than gold...*

Un été de plus, mouvementé, difficile, venait de s'écouler. Les Hamptons avaient offert un cadre merveilleux à leurs aventures, et ses plages rocheuses, ses maisons à toits d'ardoises, son charme rustique et élégant allaient leur manquer. Peut-être reviendraient-elles, plus mûres, plus sages, moins susceptibles de finir en train de danser sur les tables en boîte. Ou pas.

Quoi qu'il arrive, chacune savait qu'elle pouvait compter sur le soutien, les conseils, l'affection et l'amitié des deux autres. Les Hamptons les avaient réunies, et elles seraient toujours heureuses de ce cadeau.

Et maintenant, New York leur ouvrait les bras...

REMERCIEMENTS

Ce livre n'aurait pas été possible sans carburant fémi-
nin à haut indice d'octane ! Une acclamation pour
mes potesses Siobhan Vivian et Sara Shandler chez
Alloy Entertainment ; pour les supertopméga pou-
lettes de chez S&S : Emily Meehan, Jennifer Zatorski,
Elizabeth Law et Tracy Van Straaten ; et pour les
nanas classieuses de chez ICM : Josie Freedman,
Karen Kenyon et Kate Lee. Et que serais-je sans les
garçons ? Chapeau bas à Richard Abate et James Gre-
gorio chez ICM ; Ben Schrank, Josh Bank et Les Mor-
genstein chez Alloy Entertainment ; et Rick Richter
chez S&&.

Merci du fond du cœur à toute ma famille :
Maman-Papa-Chito-Aina-Steve-Nico-et-le-poli
chinelle-dans-le-tiroir, Maman-J-Papa-J-John-Anji-
Alex-Tim-Rob-Jenn-Val-et-Lily, et à tous mes invrai-
semblablement merveilleux amis – vous vous
reconnaîtrez (voir les pages de fin de tous mes autres
livres !) –, surtout MaryClare Williams, la surfeuse la
plus cool de Malibu ; la fabuleuse Jennie Kim, ma

webmistress chez MySpace ; et la géniale Arisa Chen, qui veille à ce que ma page d'accueil soit toujours jolie.

Comme toujours, tous mes remerciements et mon amour à Mike « mon mari » Johnston, qui fut long-temps connu sous le nom de Mike « mon amoureux » Johnston parce que je ne pouvais pas prononcer son nom sans décliner son titre au complet. Merci d'avoir vécu de dîners tout prêts ces deux derniers mois. On peut se remettre à manger normalement, maintenant.

Ce roman vous a plu ?
Ou pas du tout ?

Donnez votre avis sur

Lecture-Academy.com
LE SITE DES MORDUS DE LECTURE

Chaque mois, le site organise
l'élection du « **lecteur du mois** ».
Ce sera peut-être toi !

Composition PCA - 44400 Rezé

Achevé d'imprimer en Espagne par LITOGRAFICA ROSES
32.10.2873.1/01 - ISBN : 978-2-01-322873-2
Loi n° 49-956 du 16 juillet 1949 sur les publications destinées à la jeunesse
Dépôt légal : mai 2010